BERTRAND PUARD

LUPIN

A RAINHA EM XEQUE

Copyright © Hachette Livre, 2022.
Copyright © Editora Planeta do Brasil, 2023
Copyright da tradução © Caroline Silva
Todos os direitos reservados.
Título original: *Lupin: Échec à La Reine*

Preparação: Ligia Alves
Revisão: Bárbara Parente e Tamiris Sene
Projeto gráfico e diagramação: Nine Editorial
Capa: Hachette Romans Studio
Imagens de capa: Julien Rico
Adaptação de capa: Camila Senaque

DADOS INTERNACIONAIS DE CATALOGAÇÃO NA PUBLICAÇÃO (CIP)
ANGÉLICA ILACQUA CRB-8/7057

Puard, Bertrand
  Lupin: a rainha em xeque / Bertrand Puard; tradução de Caroline Silva. - São Paulo: Planeta do Brasil, 2023.
  272 p.

  ISBN 978-85-422-2248-7
  Título original: Lupin: Échec à La Reine

  1. Ficção francesa I. Título II. Silva, Caroline

  23-2412   CDD 843

Índice para catálogo sistemático:
1. Ficção francesa

Ao escolher este livro, você está apoiando o manejo responsável das florestas do mundo

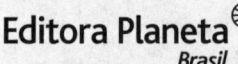

Este livro foi composto em Maiola e impresso pela Geográfica para a Editora Planeta do Brasil em junho de 2023.

2023
Todos os direitos desta edição reservados à
Editora Planeta do Brasil Ltda.
Rua Bela Cintra, 986, 4º andar – Consolação
São Paulo – SP – 01415-002
www.planetadelivros.com.br
faleconosco@editoraplaneta.com.br

— Quem é você, exatamente?
— Um aventureiro. Nada mais. Um amante das aventuras. A vida não vale a pena viver, exceto em momentos de desafios, nas aventuras de outros ou em aventuras pessoais.

Príncipe Serge Rénine, também conhecido como Arsène Lupin.
Maurice Leblanc, *Arsène Lupin e as oito badaladas do relógio.*

Los Angeles, Estados Unidos da América, julho de 1910

Ele sabia que uma viagem muito estranha estava para começar.

A notícia chegara logo no início da tarde. Archibald Winter havia deixado os subordinados conduzirem a reunião do conselho administrativo de seu grupo empresarial de imprensa sem ele depois de ter recebido um telefonema de seu cirurgião, Morphy, do Cedars of Lebanon Hospital, onde tratava suas terríveis enxaquecas.

O médico o recebera em seu consultório imenso e ensolarado, que ficava no último andar do edifício. Através da parede de vidro, voltada para o norte, era possível ver o tabuleiro de terra e grama do Griffith Park. Winter tinha contado as rugas na testa de Morphy e entendido na hora. Aliás, ele nem se dera o trabalho de olhar para o borrão do raio X de seu crânio mostrado por aquele que, ao longo das consultas, se tornara um amigo.

— Você está vendo esta massa do lado direito, Archie... não está?

O grande empresário se levantara. Mesmo sendo um dos homens mais ricos e respeitados dos Estados Unidos e, ao mesmo tempo, um dos enxadristas mais talentosos da sua geração, a doença conseguira lhe dar xeque-mate em pouquíssimas jogadas.

— É um tumor invasivo, sinto muito.

Winter contemplava o parque, ao longe, banhado pela maravilhosa luz dourada do dia.

— Dá para contar com algum tipo de tratamento? — perguntou, sem se virar para trás.

— O tumor já está em estado avançado, e tenho a impressão de que há metástases na base da nuca...

Certamente havia ali, logo em frente, nas colinas do parque, um lugar perfeito para construir um observatório para contemplar o céu.

— Quanto tempo de vida ainda tenho? — Winter perguntou.

— Não posso dizer com certeza, Archie. Desculpe.

— Quanto tempo?

— Pela minha experiência, no máximo um ano.

O doente ergueu a mão para impedir o cirurgião de despejar mais uma frase feita. Deixou o consultório e o hospital sabendo que nunca mais voltaria ali.

O motorista o levou para seu castelo em Monte Nido, no norte de Malibu, em meio às montanhas. Ele se trancou em sua biblioteca após deixar duas ordens a Raoul, o fiel mordomo francês. Primeira: ele queria ver Kennedy imediatamente, seu advogado, confidente e conselheiro. Segunda: exceto Kennedy, não queria ver nem ouvir mais ninguém.

Archibald Winter parou em frente ao imenso quadro de cinco metros por três que ornamentava a parede de tijolos de sua preciosa biblioteca. Ele nunca perdia a oportunidade de admirar o retrato gigante de seu chihuahua Danican, assinado por Rosa Bonheur, a genial artista francesa que ele conhecera muito tempo antes e que admirava pelo jeito tão único e sensível de pintar os animais, conseguindo transmitir a força primitiva, a vivacidade, a inteligência, tudo aquilo que a maioria de seus caçadores, isto é, os homens, lhes negavam.

Enquanto esperava por seu homem de confiança, ele continuou a alimentar sua alma com a visão da tela até chegar a uma espécie de êxtase, com a alegria adicional de depositar seu carinho e seus beijos em Danican, o modelo, que viera esparramar o corpo cheio de vida e amor nos seus joelhos magros.

Meia hora depois, Kennedy chegou, mergulhado em suor e quase sem fôlego.

— Só tenho mais um ano de vida — disse Winter, para introduzir a notícia.

O rosto do conselheiro ficou pálido, e o gigante irlandês cambaleou, gaguejou, perdeu as forças e, por fim, acabou desabando no braço da poltrona onde o patrão e amigo estava sentado.

Danican latiu.

— Mas... como... — balbuciou.

Archibald resumiu as informações mais necessárias.

— Você vai precisar lutar — disse o conselheiro. — Ainda há várias jogadas a fazer.

— Não, esse xeque-mate eu já levei, meu amigo. O Rei já foi derrubado. Nada mais importa.

— Você precisa pelo menos planejar a sucessão para que seus três filhos...

— Não! — Winter vociferou.

Sua cabeleira branca parecia estar em chamas.

— John, Paul e Winston...

Quando Kennedy pronunciou o nome dos três filhos, o chihuahua latiu mais uma vez.

— Não — repetiu Winter. — De mim esses desavergonhados não vão receber nada, Arthur. Nada. Entendeu? Nenhum centímetro dos meus milhões de hectares, nem um único centavo dos bilhões que tenho no banco. Nem uma porção do meu tabaco usado. São três cretinos que puxaram totalmente à mãe e nada a mim. Você sabe muito bem que eles sempre se recusaram a aprender as regras do xadrez só para me desafiar, esses rebeldes imbecis! Você sabe melhor do que ninguém o que significa essa afronta da qual eles se vangloriam de norte a sul do país. Pois bem, que continuem brincando, zombando de mim e torrando o dinheiro que a mãe lhes dá desde o nosso divórcio. Mas, depois que o tumor tiver consumido toda a minha massa cinzenta, Arthur, eles não terão mais nada! Vou vender tudo, tudo! Quando eu morrer, não terei mais nenhum tostão, não serei proprietário nem do caixão que abrigará meus restos. Vou vender este castelo, as empresas... tudo, Kennedy, está entendendo? Tudo! E vou esconder o que sobrar em algum lugar. Será meu tesouro. Aconteça o que acontecer!

O advogado balançou a cabeça. O tom da fala de Archibald Winter não deixava brecha para qualquer discussão.

— Mas esse tesouro... você vai deixar alguma pista para que seja possível encontrá-lo?

— Sim — Winter respondeu, com firmeza. — E vai passar a pertencer ao primeiro que colocar as mãos nele. Vou lhe deixar instruções por escrito. Para um esquema importante como esse, não vou me contentar com um testamento de próprio punho. Não se preocupe, Arthur. Já tenho algumas ideias sobre como vou fazer isso. Só preciso dar corpo a essa caça ao tesouro. Definir as regras. Quando chegar a hora, caberá a você executar o plano.

— Daqui a muito tempo, espero.

Depois disso, Winter pediu ao conselheiro que fosse embora. No entanto, enquanto o homem seguia hesitante em direção à porta, paralisou-o com um grito:

— Arthur?

— Diga, Archibald.

— Pensando melhor, quero deixar algum bem para meus três filhos inúteis, aqueles imprestáveis...

— Sou todo ouvidos, Archibald.

— Quero deixar este quadro — disse Winter, apontando para a obra de Rosa Bonheur —, porque eles detestam Danican tanto quanto eu o amo. Com a obrigação de mantê-lo na família. Quanto a Danican, o de verdade, você ficará responsável por ele. Tenho certeza de que seus nove filhos vão adorar brincar com ele na praia de Malibu, Arthur.

— Não tenho a menor dúvida, Archibald.

Sozinho com Danican, o magnata não voltou a observar o quadro de Rosa Bonheur; em vez disso, afundou em sua poltrona de leitura preferida. Em uma mesinha à sua direita, um livro grosso repousava ao lado de um tabuleiro de xadrez feito de madeira. Na capa, o desenho de uma silhueta negra com um bigode fino, muito elegante, coroada com uma cartola e segurando uma bengala.

— *Arsène Lupin, o ladrão de casaca* — leu Winter, com certo tom ambicioso.

Era a tradução de uma coletânea de histórias que ele tinha descoberto em Paris um ano antes, durante um torneio de xadrez, e que acabara de ser publicada pela M.A. Donohue & Co., uma editora de Chicago. Cairia muito bem naquele momento. Winter havia adorado a leitura em francês, mas tinha certeza de que seu conhecimento capenga do idioma do tal Maurice Leblanc deixara escapar uma boa dose de sutilezas.

Então, começou a ler com avidez e, quando chegou ao fim da quinta história da coletânea, fechou o livro.

— Ótima leitura, meu amigo Danican... — disse. — E, como não quero esconder nada de você, digo que foi uma grande fonte de inspiração!

Ele tinha acabado de encontrar uma solução para a questão do tesouro. Descobrira como dar um jeito na sucessão com a elegância que o caracterizava e que ele compartilhava com o herói francês por intermédio do qual vivera, por procuração, diferentes aventuras.

Soltou o peso do corpo na poltrona, sem deixar de fazer carinho no chihuahua.

E, apesar da notícia arrasadora que acabara de receber, e mesmo sabendo que seus meses, semanas, minutos, partidas de xadrez e leituras estavam contados por causa da massa imunda que crescia e se espalhava em seu cérebro tão precioso, Archibald Winter sorria como nunca.

Paris, julho de 2004

Édith pensou ter ouvido algum barulho. Ela havia acabado de desligar o abajur da mesinha de cabeceira após terminar as dez páginas do livro que lia todas as noites. Nenhuma a mais, nenhuma a menos, nunca. Virava a página cinco vezes e fechava o livro. Era seu ritual noturno. Já seu marido, Jules, era adepto da política de nunca interromper um capítulo no meio. Não era por isso, no entanto, que os dois dormiam em quartos separados. Quanto ao filho do casal, Benjamin, ela preferia não pensar muito nele. Seu único filho nunca gostara de ler, e esse era um dos grandes desgostos dela. Na família, cada um tinha seus pequenos hábitos, e era justamente isso que permitia que todos se entendessem – ou pelo menos convivessem.

Pois bem, assim que apertou o interruptor do abajur e ouviu o clique de sempre, ela pensou ter ouvido outro barulho; um barulho estranho, algo como um eco, um estalo abafado que vinha do andar térreo do sobrado.

Édith se acomodou no travesseiro. No estado de Jules, ele provavelmente derrubara algum objeto no chão do escritório ou esbarrara em alguma coisa. Ao se despedir dele, que se recusara a ir se deitar apesar de já estar muito tarde, ela pôde imaginar, só pelo cheiro do hálito, a quantidade de uísque puro malte que ele deve ter bebido na noitada com os amigos.

Uma quantidade imensa, sem a menor dúvida.

Houve outro barulho, algo parecido com um grito, muito rápido. Nesse instante, Édith lembrou que não tinha fechado as persianas. O quarto estava mergulhado na escuridão, mas um feixe da luz da lua iluminava a capa do romance policial, *Réquiem para uma fera*, no qual a famosa *Mulher com chapéu* de Matisse aparecia com as marcas de diversas punhaladas. A prata da lâmina da arma, ao lado de uma pena escarlate, brilhava com ironia.

Édith tateou tentando encontrar o interruptor do abajur, mas, como não ouviu mais nada, deixou para lá. E se aqueles barulhos estranhos estivessem vindo do jardim? O relógio mostrava que já era mais de meia-noite. Parecia tarde demais para que os filhos dos vizinhos estivessem brincando no jardim ao lado do sobrado. Édith balançou a cabeça. Não, claro que não. Os Anfredi eram pessoas irrepreensíveis; ele, presidente da filial francesa de um grande grupo petroleiro italiano; ela, cliente fiel do antiquário Férel, do qual Édith e o marido eram proprietários. Eram educados demais, portanto, para deixar as duas crianças fazerem bagunça no jardim àquela hora. É verdade que as noites estavam quentes naquele início de férias, mas ainda assim...

Para se tranquilizar, Édith se levantou e deu alguns passos em direção à janela. O jardim dos vizinhos estava, assim como o seu, mergulhado na escuridão. Só dava para reconhecer o topo da tenda de madeira e palha que o pai montara na semana anterior, com a ajuda de Jules e de Benjamin, para o aniversário de Alessio, o caçula do casal.

Édith voltou para a cama, mas não ficou deitada. Aqueles barulhos tão curtos quanto intrigantes tinham-na espantado de seu sono. Então, vestiu um robe de seda e foi na direção do banheiro. Sua boca estava seca, talvez seca demais. Ela precisava de um copo de água fresca.

Uma porta bateu com força no térreo. Édith teve um sobressalto e, por instinto, recuou para um canto da parede. Havia uma luz acesa no andar de baixo, provavelmente a do pequeno corredor que levava ao escritório de Jules.

A sensação de Édith era a de que o coração estava a ponto de sair pela boca. Uma barulheira daquela tão tarde da noite não era algo que o marido faria. Hesitou em chamá-lo. De toda forma, será que ele... de repente, ouviu um "Chega!" dito em uma voz muito firme, muito alta, mas que não era de Jules.

Ele estava recebendo alguma visita? Não, ele a teria avisado se houvesse alguém de fora na casa em plena madrugada.

Mais um susto. Agora, com um barulho de vidro quebrado, muito evidente, muito nítido, vindo do escritório do marido.

Édith tentou controlar a angústia que parecia perfurar seu peito. Alguma coisa estava acontecendo lá embaixo. Alguma coisa séria. Deveria chamar a polícia? Ela deixara o celular na cozinha, então, só tinha o telefone fixo do quarto. Mas desistiu. Aquilo não devia passar de um pequeno desentendimento entre o marido e um fornecedor ou um cliente noturno. Não seria a primeira vez que Jules estaria atendendo reservadamente para fazer uma negociação que exigia discrição. *Uma transação suspeita*, como Benjamin inocentemente adorava dizer, Édith pensou. Ela seria ingênua se colocasse para dentro de casa a polícia, que vasculharia o sobrado inteiro – o que seria um grande problema para os negócios do casal. O ofício de antiquário e de comerciante de arte às vezes exigia agir à margem da lei. Era uma regra implícita do mercado que as autoridades julgavam com muita seriedade.

No andar de baixo, a discussão havia ficado ainda mais acalorada. Agitada.

Édith voltou para o quarto e fechou a porta com o maior cuidado possível. Sua garganta estava tão seca que até engolir saliva era um suplício. Ela sabia que Jules guardava um revólver na mesinha de cabeceira. Ele vivia dizendo que a arma estava sempre carregada e que bastava remover a trava de segurança para que funcionasse.

Tateando, ela encontrou o cano do revólver, que parecia congelado. Pegou a arma enquanto o barulho de vozes lá embaixo aumentava cada vez mais.

— A segunda! — Ela ouviu com clareza.

Não era a voz de Jules. Decidiu descer.

Caminhou no escuro, recusando-se a acender qualquer luz. Felizmente ela sabia de cor quantos degraus tinha a escada que levava ao térreo, e muito tempo atrás sua cabeça havia memorizado a altura deles. Saiu do carpete e pisou no mármore, e o contato gelado do pé com a pedra foi como um choque. Quando passou em frente à porta dupla da sala de jantar, encostada à parede e com o dedo no gatilho, o cheiro adocicado do incenso armênio que Anémone acendera, conforme seu pedido, trouxe certo conforto a Édith.

Ela estava a poucos passos da porta do escritório. Deteve-se bruscamente.

— Está na hora, Férel! — esbravejou a voz.

A frase soou como um golpe. Desnorteada, Édith deu um passo desajeitado para trás e esbarrou em um pequeno pedestal sobre o qual havia um vaso Ming do século XVII, branco e azul, com estampa floral. Em desequilíbrio, o precioso objeto dançou por algum tempo entre as mãos de Édith e, enfim, foi de encontro ao mármore, espatifando-se.

Silêncio absoluto.

Houve uma breve calmaria atrás da porta do escritório. Depois, o barulho de um móvel sendo arrastado, seguido pelo ruído de uma queda.

Édith correu para a porta e, levada por uma atitude — assim ela esperava — racional, abriu-a de uma só vez.

A porta bateu contra a parede e ela ouviu um primeiro tiro.

O disparo não tinha sido feito por ela. Seu dedo, trêmulo, continuava no gatilho.

Édith distinguiu uma silhueta à sua direita prestes a sair.

— Jules! — gritou.

Mas será que era mesmo ele?

Nenhuma resposta. A luz se apagou. A porta de vidro que dava para o jardim estava aberta. Duas sombras já estavam desaparecendo. O homem que surgira em sua frente também correu. Não era Jules: era um ladrão!

Édith o encarou. O revólver fez dois disparos seguidos, com um barulho ensurdecedor. Ela não saberia dizer se as balas atingiram os fugitivos ou se tinham se perdido. Deixou cair o revólver, deu três passos para trás e afundou na poltrona do marido. Não via mais nada, não ouvia mais nada.

Não adiantava continuar chamando por Jules. Ela estava sozinha no escritório. O marido tinha desaparecido.

Alguns instantes depois, após se recuperar um pouco do susto, Édith acendeu a luz e percebeu que o escritório estava todo arrumado e que a porta do cofre estava perfeitamente fechada.

Onde estava Anémone, a cozinheira? E Joseph, o mordomo? Os dois empregados moravam ali, no térreo, do outro lado do enorme sobrado, mas os dois disparos certamente tinham acordado toda a vizinhança. Pela janela do escritório, Édith viu as luzes das casas próximas se acenderem uma a uma, formando ao redor do parque Montsouris um tipo de tabuleiro de xadrez preto e branco. Dois jardins ao lado, Dufy, o pastor-alemão de uma vizinha, latia furioso.

Trêmula, Édith pegou a garrafa de uísque do marido e serviu uma boa dose, que engoliu de uma só vez. Teve a impressão de que a bebida a rasgava ao meio, mas sentiu que estava retomando o domínio de seu corpo. Ela iria precisar de coragem nas horas – e dias – que estavam por vir.

Édith tirou o telefone do gancho, mas não havia sinal. Deu uma rápida olhada na direção da parede. A tomada fora arrancada. O celular de Jules estava ao seu alcance. Pegou-o. Ligar para a polícia? Não, com certeza não. Estava cedo demais. Ou tarde demais. Ela precisava encontrar Benjamin. Talvez ele estivesse a par daquela reunião. O pai e o filho ainda conversavam.

Com mais firmeza na mão, tentou digitar os seis números que desbloqueavam o aparelho, mas, no estado em que se encontrava, não conseguia se lembrar do código.

Concentrou-se e os três últimos números lhe vieram à mente.

... 813.

E só.

Benjamin Férel ajeitou no nariz aquilino os pequenos óculos redondos, que tinham o desagradável costume de deslizar para baixo. *Essa armação é pesada demais... ela causa uma boa impressão aos clientes da loja, certo, mas para enxergar a tela é difícil. Preciso de uma armação de titânio, mais leve, e de lentes antirreflexo*, pensou.

Enquanto pensava, digitava com desenvoltura no teclado do computador. Fez uma pausa, suspendendo as mãos acima das teclas, suspirou e pegou uma lapiseira para escrever uma palavra em um bloquinho de anotações de capa preta: *oftalmologista*.

Foi nesse instante que seu celular começou a vibrar. Benjamin não estava vendo a tela dele. As primeiras notas de uma sonata de Chopin – produzidas em sintetizador – preencheram todo o espaço do pequeno quarto.

— Agora não — sussurrou, retomando o ritmo dos dez dedos no teclado. — Não, Assane, não vou atender. Não, chega. Já pendurei as chuteiras... já até saí de campo. Sempre vamos ser amigos, mas não vou mais me meter nas suas histórias bizarras.

Ajeitou os óculos mais uma vez e fez uma pesquisa naquele novo buscador estadunidense que tinha o estranho nome de "Google" e que lhe parecia revolucionário. Estava fortemente convencido de que aquilo mudaria sua vida. Era exatamente por isso que ele tinha mandado instalar internet de alta velocidade na loja dos pais – que ele gerenciava e onde morava, no primeiro andar –, na rua de Verneuil, a menos de cem metros do Museu de Orsay.

O celular ficou em silêncio e então voltou a vibrar com toda a força. O filho dos Férel olhou para o quadro em estilo rococó que ficava à direita da tela. Havia uma foto dele ao lado de seus dois melhores amigos: Assane e Claire. Conheciam-se desde a adolescência. Eram inseparáveis.

— Uma da manhã! Sem chance — soltou Benjamin, que gostava de falar sozinho. — Vai ter que esperar o dia clarear, meu caro Assane.

Essa cena curta era um resumo muito justo, para dizer a verdade, da personalidade de Benjamin. Seu espírito, cheio de vida, dividia-se entre a ternura pelas coisas antigas, seu ofício de antiquário, e o amor pelas novas tecnologias, sua paixão plena e total.

Como a pessoa que estava atrás dele insistiu, ele acabou pegando o celular.

Não era Assane nem Claire.

Um estranho "Pai" estampado em letras garrafais parecia saltar da tela. Ele pressionou o botão verde, com o cenho franzido. Àquela hora, só podia ser urgente.

— Pai?

— Ah, finalmente você atendeu!

Reconheceu a voz da mãe e fez uma careta.

— Benjamin, com quem o seu pai tinha horário marcado hoje à noite?

— Do que é que você está falando?

O tom era seco. Ele ouviu Édith tomando mais um gole antes de responder:

— Seu pai recebeu algum cliente hoje à noite? Você sabe de alguma coisa? Ouvi gritos do escritório. Depois um tiro... entendeu? Um tiro. E depois... Jules desapareceu.

— Não estou entendendo nada. Meu pai não está com você? Vocês tinham uma festa...

— Ele estava no escritório... Começou uma confusão... Ouvi tiros, depois eu atirei...

Benjamin levou a mão ao rosto. Entre a voz ponderada, calma e fria que, no geral, era costumeira de sua mãe e a história desconexa, para dizer o mínimo, que ela estava contando havia um abismo imenso.

— Você deu um tiro? Em quem? Por quê?

— Não sei, não sei de nada. Você sabe de alguma coisa?

— Não. Não sigo cada passo do meu pai. Mas por que você deu um tiro?

— Fiquei com medo. Ouvi gritos. Vozes ameaçadoras...

— Será que foi roubo?

— Não sei — a mãe respondeu. — O escritório de Jules está em ordem.

— Mas ele não está em casa.

— Não.

— E o cofre?

— Trancado.

Benjamim suspirou. Será que os pais tinham bebido demais? Uma das discussões patéticas dos dois tinha acabado mal? O que ele precisava fazer agora? Estava tarde. Ele estava começando a ficar cansado. Teria forças para pedalar até a casa dos pais para assistir – muito provavelmente – a mais uma briga de casal?

De repente, teve uma ideia.

— Deixa eu falar com o Joseph, por favor?

Ele queria conversar com o mordomo. Benjamin o conhecia desde criança e sabia que era um homem profundamente equilibrado.

— Finalmente ele saiu da toca — queixou-se Édith. — Anémone também.

Édith gritou o nome do mordomo, despertando de novo a fúria do cão dos vizinhos.

— Ele está vindo do jardim.

— Deixa eu falar com ele.

Em resposta, Benjamin ouviu a mãe dar um grito estridente.

E a ligação caiu.

3

O filho dos Férel ficou imóvel; o grito de sua mãe ainda ressoava em seu ouvido. Ligou de volta, os dedos bambos na tela do celular. Joseph atendeu.

— Benjamin? — o mordomo sussurrou.

— O que está acontecendo, Joseph? Por que minha mãe deu aquele grito?

— Acabei de voltar do jardim — explicou o empregado da casa, com a voz trêmula. — Encontrei um lenço de homem nos pés de um dos ligustros do fundo. Um lenço...

Benjamin ouviu-o engolir em seco.

— ... sujo de sangue!

E, imediatamente, entendeu o que estava acontecendo. Desta vez ele tinha que ir à casa dos pais. Sangue tinha sido derramado.

— Estou indo. Deixa eu falar com a minha mãe.

Édith pegou o telefone, mal conseguindo respirar.

— Temos que chamar a polícia — ele disse.

Com a mão livre, arrastava o mouse para desligar o computador.

— Não, primeiro venha para cá.

— Chego em menos de vinte minutos.

Ele desligou e deu uma olhada na mesa de trabalho. À esquerda do teclado havia uma pilha de maços de notas de cem euros, além de várias placas-mãe e outros componentes de informática. Na prateleira, um desenho de Léon Spilliaert, uma paisagem de Ostende que

Benjamin comprara pela bagatela de trinta e cinco mil euros naquela mesma tarde. Guardou tudo no cofre blindado que ficava no alto, à direita de sua cama modesta.

Depois, desceu correndo a escada de madeira em espiral e chegou à loja, mergulhada na escuridão. Saiu pela porta lateral e subiu na bicicleta de guidão cromado, estacionada no fundo do pátio. Em Paris, Benjamin só se deslocava de bicicleta.

Pedalou em direção à rua de Verneuil e cortou para atravessar a estação de metrô Rue de Bac. Para chegar à casa dos pais, na rua Georges-Braques, perto do parque Montsouris, precisava subir todo o boulevard Raspail, até a praça Denfert-Rochereau. Era uma ladeira e tanto, mas Benjamin se sentia em forma.

Vejamos, ele pensou enquanto cruzava a toda velocidade o boulevard de Montparnasse, onde alguns turistas ainda enchiam a cara em frente às cervejarias, *meu pai saiu de casa sem dizer nada à minha mãe... não é a primeira vez que acontece. Mas essa história de tiro, esse lenço sujo de sangue...*

Passou pelo famoso Leão de Belfort, contornou a entrada das Catacumbas – que lhe trouxe algumas lembranças ao lado de Assane – e finalmente pegou a avenida René Coty. Ele tinha pedalado o mais rápido que podia, e suas panturrilhas estavam começando a doer. Ao chegar aos portões fechados do parque, fez um desvio para a direita, chegou à rua Georges-Braque e parou no número oito, onde estava estacionado um enorme furgão branco. Os paralelepípedos fizeram a bicicleta inteira vibrar, assim como seu corpo, mas ele já estava acostumado. Tinha passado a infância inteira ali e conhecia de cor e salteado aquele pedacinho de interior em Paris.

As luzes de todos os andares do grande sobrado estavam acesas, assim como as das mansões vizinhas.

— Está tudo bem, Férel? — perguntou uma voz masculina que Benjamin não reconheceu e que vinha da casa da frente. Ouvimos tiros e...

Benjamin, deixando a bicicleta no jardim, respondeu em voz alta, para tranquilizar todos os vizinhos:

— Sim, fique tranquilo, não foi nada sério.

Não disse mais nada e entrou na sala do sobrado. A mãe ainda não tinha saído do escritório de Jules. Ao ver o filho, ela deu um gritinho de estupor:

— Que barba é essa?

— Você não acha que temos coisas mais importantes para discutir do que a situação dos meus pelos faciais? — Benjamin rebateu.

Édith deu de ombros. Anémone e Joseph, os dois empregados da casa, estavam ao seu lado. Benjamin os cumprimentou e perguntou:

— Onde está o lenço?

Joseph apontou para o aparador perto da parede de vidro. Benjamin debruçou-se sobre o pedaço de tecido bordado com as iniciais de seu pai. O "F", de fato, estava tingido de um vermelho muito vivo, com o brilho do que ainda está fresco. Não ousou encostar no objeto. O sangue era de seu pai? Provavelmente. Isso não parecia nada bom.

— Tentou ligar para o meu pai? — perguntou.

— Ele deixou o celular aqui.

— Você sabe muito bem que o meu pai tem dois. Tentou ligar para o outro número?

— Sim, mas está caindo na caixa-postal.

Benjamin balançava a cabeça enquanto Édith lhe contava os acontecimentos em detalhes: sua angústia, sua entrada no escritório, seu pânico e seus dois tiros. Apavorada, ela olhava o tempo todo para o revólver de bolso que permanecia em cima da mesa.

— Você atingiu alguém?

A mãe balbuciou que não sabia de nada. Só sabia que tinha atirado.

— Não parece que foi roubo — concluiu Benjamin. — Está tudo em ordem.

Ele deu uma olhada superficial no escritório e encontrou, debaixo da mesa, um saco de tecido contendo mais de cinquenta mil euros em dinheiro vivo.

— Meu pai estava trazendo trabalho para casa? — perguntou enquanto se levantava.

Era uma espécie de gíria da área. Levar trabalho para casa, entre os comerciantes de arte, significava levar não uma ou duas pastas para serem estudadas, mas sim, muitas vezes, obras que poderiam valer uma fortuna.

— Sim — Édith respondeu. — Ele tinha falado de um Watteau que precisava ser avaliado. E de um pequeno Philippe de Champaigne também. E de algumas joias...

Ela se virou para uma estante cujas prateleiras estavam se curvando sob o peso dos livros de arte.

— Mas veja... o Watteau está aqui.

Benjamin se aproximou e viu que de fato havia um pequeno quadro no qual uma mulher tocava bandolim.

— E o cofre está trancado.

— Parece intacto — acrescentou Benjamin.

— Você sabe a senha? — Édith perguntou.

Sem dizer uma palavra, Benjamin se agachou para digitar o código. A porta destrancou; o Philippe de Champaigne estava ali, assim como três colares de pérolas.

Não podia mesmo ter sido um assalto. Ou os ladrões estavam em busca de um objeto específico. Mas por que não levaram o dinheiro?

— Levaram o seu pai! — disse Édith. — Acho que foi isso. Ele foi sequestrado! Tentou resistir... atiraram nele... foi o primeiro tiro que eu ouvi.

— Acho que o jeito vai ser chamar a polícia — sugeriu Benjamin.

A cozinheira e o mordomo, que observavam o pingue-pongue entre a patroa e o filho, aprovaram a ideia com um tímido aceno de cabeça.

Alguém tocou a campainha da porta principal. Benjamin trocou um olhar com a mãe e depois com Joseph.

— Isso está acontecendo o tempo todo, sr. Férel — disse o empregado.

Benjamin foi abrir. Era o sr. Anfredi, vestindo calça jeans e camisa, sem sua tradicional gravata, que vinha em busca de notícias.

— Ouvimos algumas explosões — disse, com um sotaque ritmado. — Espero que não tenha acontecido nada grave.

Benjamin o tranquilizou com um sorriso forçado.

— Meu pai convidou alguns artistas contemporâneos para fazerem uma apresentação. Você sabe como ele gosta de uma festa... Não se preocupe, Anfredi. As coisas não poderiam estar melhores.

O italiano apreciaria ter entrado, havia olhado com insistência para a sala, mas Benjamin fechou a porta e voltou para junto da mãe.

— Você podia ter inventado uma desculpa menos mirabolante que essa história de arte contemporânea — reclamou Édith.

Benjamin não respondeu e saiu pela imensa porta de vidro do escritório que dava para a grama bem cuidada. Curiosamente, agora o ar parecia menos quente que durante seu percurso de bicicleta. Deu alguns passos.

— Para onde o cara correu quando você atirou nele?

— Para lá — respondeu ela, apontando para o caramanchão —, para a direita... na direção da cerca viva.

Benjamin deu um passo, depois outro, mergulhando na parte do jardim que não era mais alcançada pelas luzes da casa. Por um breve instante, ele se perguntou se não seria mais prudente pegar a pistola Walther PPS do pai. Mas é óbvio que era uma ideia absurda. Ele não ia dar de cara com o bandido... ou com seu pai, como se este estivesse fazendo uma brincadeira de péssimo gosto.

— Você pode pedir para o Joseph ligar a iluminação em volta do caramanchão, por favor?

Uma súbita rajada de vento fez as árvores envergarem. As flores dos arbustos começaram a vibrar. Benjamin tirou a mecha de cabelo que estava em seu rosto e corrigiu a altura dos pesados óculos. Pensou em seu melhor amigo. Esse era um caso para Assane. Tiros misteriosos, uma pessoa desaparecida... um roubo que não parecia roubo.

— As luzes! — gritou Benjamin, que continuava no escuro.

Os potentes projetores se acenderam. Benjamin estava bem no centro do feixe de luz, sem conseguir enxergar nada. O rapaz apertou os olhos e depois se concentrou em analisar os canteiros de flores nos pés dos ligustros e da parede de cerca viva – de cerca de um metro e meio de altura. Atrás, uma pequena passagem dava acesso à rua Nansouty de um lado e ao parque do Hospital de Montsouris do outro.

Não era preciso ser um Sherlock Holmes – ou Herlock Sholmes, como Assane gostava de dizer – para constatar que a terra ali tinha sido pisada. Havia muitas marcas de solas de calçados, saltos e formas diversas. Benjamin acendeu a lanterna do celular para contá-las: três ou quatro tipos diferentes de marcas. Vários arbustos pareciam destruídos: tinham se apoiado neles para pular o muro.

Realmente havia acontecido uma confusão no jardim, Édith não mentira. O lenço do seu pai era uma prova de que ele certamente fora ferido pelos agressores. Então, ele tinha mesmo sido sequestrado?

Benjamin voltou correndo para o escritório. Se alguma reunião estivesse marcada para aquela noite, estaria anotada na agenda do pai. O caderno estava em cima do tapete de mesa de couro, perfeitamente alinhado, como sempre, com a caixa de charutos, o abridor de cartas e alguns livros. Somente a presença do revólver deixado ali pela mãe denunciava o fato de que aquela noite não era como qualquer outra.

Folheou a agenda e parou na página daquele dia. Na parte da noite, "festa com os Planchet". Nada além disso. Foi só ao fechar a agenda que ele percebeu uma marca no couro. Então, ergueu a agenda e ficou desnorteado no mesmo instante.

Jules Férel tinha gravado, com um traço meio desajeitado, pequenos símbolos no couro preto.

Benjamin aproximou a lanterna para iluminá-los.

Ele levou as mãos à cabeça. Estava vendo mesmo aqueles símbolos ou era sua imaginação pregando uma peça nele?

4

Um verão em meados dos anos 1990, casa de campo em um vilarejo da Normandia

Benjamin está recebendo Assane e Claire por alguns dias na casa de férias dos pais. Édith retornou a Paris para trabalhar, e Jules permaneceu na casa por mais alguns dias para redigir as últimas informações do catálogo de um leilão de manuscritos raros que aconteceria no Hotel Drouot em setembro. Melhor assim. Édith não gosta muito dos amigos do filho. Ela nunca entendeu como os pais daqueles jovens periféricos tinham o manejo social e, até mesmo, os recursos financeiros para matriculá-los na instituição de alto nível onde ela matriculou Benjamin. Jules, por sua vez, não se importa com a presença dos dois adolescentes. Ele sabe que o filho está feliz por passar alguns dias de férias com eles, e é isso que importa. Claire é uma moça muito simpática, educada e longe de ser tola. Por motivos diferentes, Férel também gosta muito de Assane. O jovem órfão adora ler, principalmente romances policiais ou de aventuras, o que vem a calhar, porque a biblioteca da casa de campo possui uma vasta coleção deles. E não é Benjamin que usufrui deles, já que passa a maior parte do tempo jogando videogame. À noite, quando Claire e Benjamin estão dormindo, Assane perde a noção do tempo na biblioteca. Ele vasculha as contracapas dos livros e, quando um deles chama sua atenção, ele o pega para ler as primeiras páginas. E continua lendo se gostar. Durante essas férias, ele descobriu os romances de John Dickson Carr, recheados de crimes impossíveis em locais fechados. Em um pequeno livro de páginas mofadas e capa amarela onde figura uma máscara preta atravessada por uma pena da mesma cor, ele leu uma história fascinante: La tour, prends garde, de David Alexander, no qual um homem, para denunciar seu assassino, reúne, enquanto agoniza, cartas que denunciarão o culpado. Assane sempre gostou de códigos secretos e compartilha essa paixão com Claire e Benjamin, que adora explorar esse assunto nos jogos de videogame. Mas o trio nunca poderia imaginar que Jules Férel também gosta muito deles.

Quando o antiquário surpreendeu Assane — às quatro da manhã, com os olhos cansados, mas ainda vivos — mergulhado nas últimas páginas do romance de David Alexander, simplesmente se sentou ao lado dele e desenhou símbolos estranhos, quase cabalísticos, em um bloco de papel.

— Se eu te disser que um ponto equivale a dois quadrados e que o nome que você tem que decodificar é o de um herói do livro que você acabou de terminar, você saberia resolver esse enigma?

O adolescente tentou descobrir, mas estava cansado demais. Quem conseguiu desvendar o mistério foi Claire, na manhã seguinte, enquanto devorava torradas gigantes de pão de fermentação natural cobertas de manteiga adocicada.

— Thomas Pirtle!

Jules Férel ficou impressionado e sugeriu abandonar, pelo menos naquele dia, a escrita do catálogo:

— Vamos nos sentar na biblioteca e somar nossas inteligências para inventar um código secreto só nosso!

Assane e Claire bateram palmas. A ideia era mesmo muito simpática. Já Benjamin se mostrou mais reticente.

— E isso vai servir para quê? — perguntou.

— Para nada — respondeu Assane.

— Por enquanto — acrescentou Jules. — Mas quem sabe um dia?

Eles se cercaram de dicionários, diferentes manuais, dezenas de páginas que foram rabiscando uma por uma. Optaram por um sistema de códigos à base de figuras, triângulos, quadrados, círculos, losangos, trapézios e pontos-cruz, com um gabarito de decodificação; algo que parecia muito misterioso, mas que na realidade era simples demais. Para os iniciados.

Quando Claire, Assane, Benjamin e Jules ergueram a cabeça dos papéis, terminado todo aquele trabalho, já estava na hora do jantar. Estavam esgotados, mas compartilhavam uma alegria que os enchia de energia. Para comemorar a empreitada, Jules os levou a um restaurante caro. Foi uma noite agradável e de muita celebração em que chamavam uns aos outros por meio de códigos, "Losango com uma cruz no meio", "Trapézio de ponto de exclamação", sob os olhares de perplexidade – e até de reprovação – das pessoas ao redor.

Sim, foi uma noite muito agradável. Uma das melhores que Benjamin já tinha passado ao lado do pai e dos dois melhores amigos.

"Por enquanto", dissera Jules Férel naquela manhã de verão na Normandia. "Mas quem sabe um dia?"

Finalmente esse dia tinha chegado. A descoberta daqueles símbolos que o desaparecido tinha gravado no tapete de couro da mesa, provavelmente com a ponta do abridor de cartas, mudava tudo.

Imediatamente, ele conseguiu deduzir duas coisas – seu amigo Assane ficaria orgulhoso. A primeira: se Jules tinha tido tempo para fazer aquelas marcas, era de imaginar que a tal conversa havia começado sem grandes conflitos, apesar de acompanhada de uma ameaça velada, já que seu pai conseguira pegar o cortador de papel, uma arma em potencial, sem ser impedido por seus interlocutores. Além disso, ele estava com a cabeça fria o suficiente para se lembrar do código e gravar os símbolos no couro do tapete da mesa. Certo.

A segunda: ao decidir usar esse código, Jules desejou que o filho fosse o único capaz de reconhecê-lo e, consequentemente, descobrir seu paradeiro.

Benjamin sacou seu celular para tirar uma foto da mensagem.

O único problema, que não era pequeno, era o fato de Benjamin não ter mais nenhuma lembrança do código.

Édith, que saíra do escritório a fim de se refrescar um pouco, retornou. Num reflexo, Benjamin imediatamente ajeitou a agenda no lugar onde ela estava antes. Joseph entrou logo em seguida.

— Falei com outro vizinho — disse. — Todo mundo está preocupado. Será que não deveríamos chamar a polícia? O lenço, as marcas de pés, os galhos quebrados...

Édith interrompeu o mordomo bruscamente:

— Poupe-nos desse inventário. Não acho que seja uma boa ideia chamar a polícia a uma hora destas.

Ela olhou para o filho, que parecia estar muito firme.

— Jules pode ter ido embora por conta própria.

— Mas e o lenço? — arriscou Joseph. — O patrão com certeza foi ferido.

Édith resolveu interpretar o silêncio do filho como um sinal de concordância.

— Se ele não foi embora porque quis e foi sequestrado, em pouco tempo alguém deve ligar pedindo o resgate. Nós temos dinheiro, podemos pagar. Não precisamos deixar a polícia meter o nariz na nossa vida pessoal.

Essa é realmente a minha mãe, pensou Benjamin. Animal de sangue-frio, pragmática como o diabo. Sempre pesando os prós e os contras antes de tomar qualquer decisão. Por que ele estava calado? Porque ele também não queria chamar a polícia; não antes de ter decifrado o código que lhe daria a solução, ou pelo menos parte dela, do enigma. Se a polícia chegasse e descobrisse alguns negócios escusos, a verdade é que no fundo ele não se importava. O problema é que o código seria percebido, e, se Jules o tinha escrito, significava que ele não queria que mais alguém além de Benjamin soubesse do segredo.

Benjamin. E também Assane e Claire. Porque o código envolvia o trio, não?

— Se ele estiver machucado — continuou Édith, sem conseguir pensar em outra coisa —, com certeza os sequestradores vão cuidar dele. Porque, se alguma coisa acontecesse com Jules, toda essa operação seria jogada no lixo. Além do mais, talvez Jules descubra um jeito de escapar. Se ele conseguisse, voltaria para casa e, juntos, nós pensaríamos na melhor saída para preservar os nossos negócios.

— Seus negócios? — indignou-se Benjamin, virando-se para trás tão bruscamente que acabou espalhando uma pilha de papéis precariamente amontoados em cima da mesa.

— Nossos negócios também são seus negócios — revidou Édith.

Benjamin só conseguiu responder com um sorrisinho irônico.

— Não venha posar de inocente, Benjamin. Você nunca foi muito fã dos caras. Já te vi evitar a presença deles muitas vezes.

Golpe baixo. Benjamin continuou em silêncio.

— Mais tarde vou ligar para o segundo número dele de novo — declarou Édith. — Se tiver alguma notícia, te aviso. Espero o mesmo de você.

— Você fala comigo como se eu fosse um dos seus empregados, mas eu sou seu filho! E do meu pai também!

— Mas você também é isso, Benjamin. Um empregado. Nosso funcionário. Já ignoramos muita coisa que você fez no passado; sua obrigação é se comportar de maneira irrepreensível conosco.

O olhar de Benjamin ficou um pouco mais duro.

— Você não vai começar sua ladainha de sempre sobre Assâne? Ou não quer fazer isso agora, nestas circunstâncias?

— Nós três fizemos um acordo. Não preciso te lembrar dos termos exatos desse acordo. Você resolveu se importar mais com esse suposto amigo que com seus próprios pais. Você caiu na lábia dele. E teve que pagar. Com tudo o que te custou. Você continua pagando, o que faz parte. Mas esta é a minha casa. Sou eu quem decide.

Édith tinha voltado a ser ela mesma: uma mulher autoritária e fria.

— Vamos ser racionais. Temos muito a perder se chamarmos a polícia agora. Se seu pai tiver sumido sem nos avisar por um motivo que só ele conhece, ele não nos perdoaria por termos cedido ao pânico.

Benjamin se levantou. A discussão, se é que tinha havido uma, estava encerrada. Olhou para o relógio com visor de cristal líquido. Duas e meia. Iria voltar para casa. Tinha uma missão. Foi embora depois de se despedir de Joseph e Anémone, mas sem abraçar a mãe.

No caminho de volta para casa, Benjamin lutou para não se entregar à onda de emoções que invadia seu peito. Quem era ele, no fim das contas? O que pensava de si mesmo? Era só um filhinho de papai de vinte e quatro anos que fora, de alguma maneira, obrigado a entrar para os negócios da família a fim de esquecer os problemas do passado? Para evitar o pior? Mas que, na realidade, continuava sonhando com outra vida... uma vida de aventuras, muito mais emocionante que a sua, que consistia em vender velharias de valor para colecionadores sem valores?

Ao lado de Assane e Claire, desde a adolescência, tinha jurado aproveitar a vida ao máximo, sem nunca se deixar sugar por um cotidiano morno e sem graça. Os três não vinham do mesmo mundo: o pai de Assane era um imigrante senegalês. Acusado de roubo por um empresário muito rico, o homem havia se matado na prisão. Já os pais de Claire levavam uma vida modesta, enquanto os de Benjamin eram burgueses abastados. O que unia os três era o desejo compartilhado de viver se aventurando por aí. Assane chegava ao ponto de dizer que o futuro podia ser lido nos romances, principalmente nos de um tal de Maurice Leblanc. Vai ver ele estava certo.

Depois de prender sua bicicleta no pátio do prédio, Benjamin voltou para a loja, subiu ao andar de cima e se jogou, com a roupa da rua, em sua cama de solteiro.

Ele tinha que decifrar aquela mensagem, e rápido. Era uma chance de ajudar o pai... e também de provar seu valor, além de voltar a viver uma aventura ao lado de seus amigos.

Deveria ligar para Assane? A uma hora dessas? Sua mãe diria que era coisa de filho único, de criança mimada. Ligou.

Seu melhor amigo atendeu depois de quatro toques.

— Ben? — perguntou, com um tom de voz que quase não dava para ouvir.

— Assane, meu pai desapareceu.

Ouviu alguns ruídos do outro lado da linha, depois outros; sinal de que o amigo tinha se levantado.

— Que história é essa?

Benjamin fez um rápido resumo da situação e encerrou com a descoberta da frase codificada no tapete de mesa.

— Calma, calma — respondeu Assane, quase sem ar. — Está me dizendo que Jules deixou uma mensagem cifrada para você, escrita com o NOSSO código?

— Estou.

— E você não consegue mais traduzir?

— Não — admitiu. — Você consegue?

— Pode mandar para mim, mas não quero te iludir... Claire era melhor do que nós dois.

— Vou ligar para ela também.

— Hoje ela está de plantão no hospital.

Como Benjamin ficou calado, Assane continuou:

— Meu irmão, você sabe que por você eu sou capaz de pegar Claire no hospital no fim do expediente dela e ir direto para a rua de Verneuil. Afinal, o seu pai sumiu e pode estar correndo perigo por aí...

— Eu sei, Assane, eu sei. Vou te mandar a mensagem cifrada. Para a Claire também.

— A gente vai se falando e se vê de manhã, sem falta, então?

— Vou ficar te esperando.

— Benjamin?

— O que foi?

— Vamos conseguir decifrar, você sabe disso. Vamos encontrar o seu pai, onde quer que ele esteja.

As palavras e a boa vontade do amigo, com quem ele sempre pudera contar, foram como uma libertação de tudo que estava represado: o cansaço o inundou. Mesmo assim, Benjamin não conseguiu pegar no sono e ficou muito tempo de olhos abertos no escuro. Não conseguia parar de pensar no pai e no sufoco que ele poderia estar enfrentando. Sim, Jules Férel de vez em quando pregava uma peça neles, mas isso...

Benjamin queria que o dia amanhecesse algumas horas mais cedo e que o sol de Paris atravessasse a claraboia e banhasse logo o sótão com luz e calor.

Enquanto esperava, fechou os olhos e viu homens vestidos de preto, sem rosto, correndo em um enorme jardim, em uma coreografia bizarra que quase se parecia com um balé. Seu pai e sua mãe estavam em pé no meio da grama, debaixo de um caramanchão; ele ostentava uma mancha vermelha no peito; ela segurava duas pistolas, uma em cada mão. Seus pais estavam rindo, mas rindo com tanta força que seus rostos ficaram desfigurados.

Um sonho quase pesadelo que o deixou atordoado.

5

Pouco depois das seis e meia, Benjamin ouviu alguém batendo de um jeito ritmado na porta que dava para o pátio.

Deu um pulo da cama e correu para abrir.

Eram Assane e Claire. Benjamin desabou nos braços do amigo...

— Meu irmão! — exclamou Assane, tirando o boné imenso que estava usando. — Quando me chamam, eu venho.

... e depois nos de Claire. Ela parecia radiante. De vez em quando dava uma sopradinha na franja loira, hábito típico que revelava alegria e até certa despreocupação. Seus olhos brilhavam como safiras.

— Está tudo bem, Benjamin? Estou te achando pálido.

Naquela manhã, os abraços dos amigos eram um casulo para ele.

— Que felicidade ver vocês!

Claire sorriu.

— Então, quer dizer que você está precisando de uma mãozinha nossa?

— Tenho certeza de que sem vocês não vou conseguir resolver esse problema... como tantas outras vezes!

Assane comentou:

— Você vai trazer a bomba, Claire o pavio, e eu o fogo.

— Hum, fogo combina com você — disse Benjamin, sorrindo.

Depois, perguntou a Claire:

— Assane te contou o que aconteceu?

— Contou do seu pai. E do código...

— Você ainda lembra?

— Não em detalhes, mas acho que nós conseguimos juntos, não? Vamos procurar na memória. Dei uma olhada nas quatro linhas no carro, porque Assane estava dirigindo, mas não me veio nada à mente... talvez seja o cansaço.

— Você acabou de sair do plantão? — perguntou Benjamin, espantado.

Claire assentiu. Então, ele sugeriu aos amigos que fossem tomar o café da manhã às margens do Sena para ver o sol nascer.

Dez minutos depois, após uma passada na melhor padaria do bairro, que tinha acabado de abrir, os três amigos se sentaram, Claire no meio, na margem do rio entre a ponte Royal e a passarela de Solferino. Comeram croissants quentinhos e crocantes, acompanhados de chá e café.

— Enfim, o que aconteceu com você, meu amigo? — perguntou Assane.

O sol estava nascendo e tingindo as fachadas dos prédios com um estranho brilho rosado. Benjamin narrou os eventos da noite anterior, sem omitir um único detalhe.

— E desde então não chegou nenhuma notícia de Jules? — perguntou Claire.

— Nenhuma — respondeu Benjamin.

Assane levou a mão ao ombro do amigo.

— Se eu não te conhecesse tão bem e não estivesse vendo preocupação de verdade em seus olhos, eu diria que você está tirando uma com a minha cara.

— Por que você está dizendo isso? — perguntou o Benjamin franzindo o cenho.

Assane vasculhou sua pequena mochila e pegou um objeto plano curioso, retangular, algo parecido com um telefone celular, mas sem nenhuma tecla; tinha apenas uma tela bem grande.

Na mesma hora, Benjamin reconheceu o leitor de livros digital que dera de aniversário a Assane. Ele sabia que em todas as circunstâncias o amigo gostava dos romances que envolviam Arsène Lupin, mas queria manter intacto o exemplar de *Arsène Lupin, o ladrão de casaca* que herdara do pai – na verdade, a única lembrança material que tinha dele. Por isso, Benjamin tinha dado ao amigo esse objeto eletrônico de alta tecnologia, que permitia baixar um romance e reproduzi-lo na tela graças a um recurso revolucionário de tinta digital. Assim, Assane não precisava se separar das aventuras de seu personagem favorito e conservava a relíquia paterna com todo o preciosismo em suas prateleiras.

— A noite de fúria na casa dos seus pais — comentou o melhor amigo de Benjamin — é o começo de *A agulha oca*, romance de Leblanc. Escute.

Ele ligou o leitor digital e começou:

— *Capítulo um. O tiro. Raymonde pensou ter ouvido algum barulho. Outra vez, e depois mais duas, ela ouviu o barulho, suficientemente claro para que fosse distinguido de todos os ruídos difusos que compõem o grande silêncio da madrugada, mas fraco demais para que se pudesse dizer se tinha sido perto ou longe.*

— Pare! — gritou Claire. — Se a gente não manda ele parar, Assane é capaz de ler o livro inteiro.

Assane enlaçou o pescoço de Claire com o braço e a puxou para ele.

— Palhaço! Você é mesmo o Cagliostro de Saint-Ouen!

Benjamin reparou no movimento do amigo. Ele sabia que sempre existira uma atração muito forte entre Assane e Claire, que seus dois amigos tinham se amado antes de se separarem, e, depois, se amado de novo. Será que o gesto era o anúncio de uma reaproximação dos dois?

— Enfim — recomeçou Assane —, resumindo, Raymonde de Saint-Véran e sua prima Suzanne são arrancadas de seu sono por barulhos estranhos vindos do salão do castelo de Ambrumésy, perto de Rouen. Depois, ouvem um grito de pavor. Elas correm para a sala, onde um sujeito enorme ofusca a vista delas com uma lanterna e diz: "oi" e desaparece de repente. No cômodo vizinho, as duas mulheres encontram o conde de Gesvres, pai de Suzanne, caído no chão, desacordado. Ao lado dele, sua fiel secretária está agonizando. Sem perder o sangue-frio,

Raymonde pega um fuzil, corre até a janela, avista a silhueta do homem fugindo e atira! O indivíduo cai, ferido. Raymonde corre atrás dele, mas não o encontra. Vocês não acham que essa história se parece demais com a noite passada?

Benjamin fez que sim com a cabeça, enquanto dava uma mordida na sua torta de limão e merengue.

— O começo e o fim, sim. Mas você está esquecendo que não encontraram nenhum corpo lá em casa. E que bom que não encontraram.

— Espero que o seu pai dê logo um sinal de vida — disse Claire. — Você viu se ele arrumou alguma mochila? Se pegou roupas, coisas do quarto ou do escritório?

— Ainda não — respondeu Benjamin, suspirando. — Eu estava em estado de choque, não tive a presença de espírito de procurar nada... de qualquer maneira, minha mãe não teria deixado. Ela estava mais dura e autoritária do que nunca.

— Mesmo assim — disse Assane, sem conseguir mudar de ideia —, é tudo muito parecido com o começo de *A agulha oca*. Com Édith no papel de Raymonde. Tem certeza de que os bandidos não trocaram os objetos de valor do escritório por outros falsos?

Benjamin reclamou:

— A vida não é um romance, Assane.

Assane respondeu exibindo seu sorriso mais bonito.

— Por que você não deixa, meu amigo! Se deixasse, agora você saberia onde encontrar seu pai e conseguiria ir atrás dele.

— Estou levando uma bronca?

Assane brincou com o cabelo despenteado do amigo.

— Como se eu fosse capaz disso. Mas tem uma mensagem cifrada na história de *A agulha oca*!

A mensagem! Claire a colocou na tela do celular.

— Devemos isso a Jules. Seu pai sempre gostou de mim e de Assane.

— Sim — respondeu Benjamin. — Ele marcou esses símbolos para mim, para nós. Tenho certeza de que eles estão escondendo alguma coisa sobre esse sumiço. Talvez revelem o nome dos visitantes de ontem à noite.

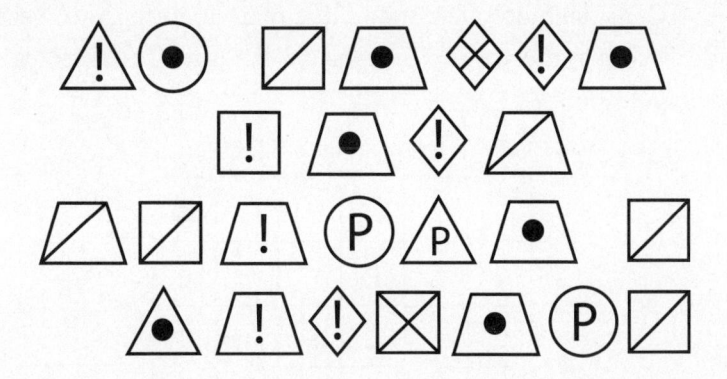

Claire se concentrou para tentar lembrar daquele dia na casa de campo na Normandia.

— Tínhamos feito uma tabela — ela enfim lembrou. — Acho que era o cruzamento de uma forma com o símbolo contido nela que dava a letra, não?

Os dois parceiros abanaram a cabeça, em dúvida.

— Vejam — disse Claire. — Aqui nós temos cinco formas diferentes: triângulo, círculo, quadrado, losango e trapézio. E cinco símbolos: ponto de exclamação, ponto, diagonal, letra e cruz. Cinco vezes cinco, vinte e cinco combinações, como as vinte e cinco letras do alfabeto.

— Vinte e seis — corrigiu Assane, antes de morder o próprio lábio.

— É só colocar o V e o W juntos, ou o I e o Y — argumentou Claire. — Alguém tem papel e lápis?

Benjamin lhe deu e ela desenhou uma tabela:

	A	B	C	D	E
	F	G	H	I	J
	K	L	M	N	O
	P	Q	R	S	T
	U	V/W	X	Y	Z

— Considerando que a figura que mais aparece, cinco vezes, é o trapézio com ponto, e que o E é uma das letras mais frequentes, podemos supor que:

				▰
•	A	B	C	D	E
	F	G	H	I	J
	K	L	M	N	O
	P	Q	R	S	T
	U	V/W	X	Y	Z

— Você é um gênio, Claire! — exclamaram Assane e Benjamin, em coro.

Durante algum tempo eles tentaram preencher as lacunas da tabela, mas alguma coisa ainda não estava clara. Claire estava bocejando. Já tinha ultrapassado o limite do cansaço.

— Também não posso demorar muito — disse Assane.

Ele tinha arranjado um trabalho de vigia em uma grande loja de artigos esportivos em Montreuil, no subúrbio, perto de onde morava. Entrava às oito e meia. Na verdade, o trabalho não passava de uma fachada, um tipo de disfarce que lhe permitia não levantar muitas suspeitas de conhecidos e vizinhos, que desconheciam sua principal ocupação: ladrão de casaca.

— Vou pensar na mensagem nos meus intervalos — disse o amigo.

Ele também bocejou tão forte que a nuvem de pombos que tinham se reunido para comer as migalhas dos sanduíches do trio bateu em retirada em um imenso barulho de asas.

Esse era Assane! Ele era capaz de se fazer notável e de passar totalmente despercebido quando quisesse, assim como seu ídolo.

— Eu também — disse Claire. — Vou dormir um pouco e logo pego no batente de novo.

— Quer que eu te leve, minha Cagliostro? — perguntou Assane, dando uma piscadinha.

O trio se separou na esquina da ponte Royal com o cais Anatole--France. Os dois apaixonados pegaram a ponte na direção do Louvre, e Benjamin continuou na margem esquerda para voltar à loja.

Aquele curto café da manhã tinha lhe feito um bem imenso. E, no fim das contas, eles realmente haviam progredido no assunto do código. Benjamin ainda não conseguia acreditar: os três tinham esquecido, mas Jules o guardara na memória e se servira perfeitamente dele, mesmo sob a pressão dos visitantes indesejados.

Quando chegou à loja, Caïssa já estava à sua espera em frente à porta.

6

— Não conseguiu dormir direito, né?

Caïssa, que quase nunca sorria, estava fazendo um esforço naquela manhã, como se tivesse se sentido no dever de se mostrar complacente com seu chefe após ler o pesar que ele trazia nos olhos.

Benjamin ficou espantado porque, apesar de conhecer a jovem havia apenas duas semanas, já tinha uma opinião formada sobre ela: aquela estudante, quatro anos mais nova que ele, pouco comunicativa, com bom gosto para objetos de arte, pinturas e desenhos, não levava jeito para o comércio, porque não gostava do contato com a clientela.

Mas Jules tinha insistido para que o filho empregasse Caïssa no período de férias. Era um trabalho de verão que substituiria vários funcionários das butiques Férel que tinham saído de férias. Ele chegou a se perguntar, em uma ocasião, se Jules não tinha contratado Caïssa para que o filho se apaixonasse por ela. Uma bobagem, é claro, porque Benjamin não encontraria o grande amor da sua vida de um jeito arranjado. Aliás, ele realmente acreditava no amor? Ele não era como Assane. Sim, Caïssa era bonita, com seus traços finos, rosto comprido, cabelo ruivo comprido ondulado e olhos pretos enormes. Mas daí a imaginar chegar mais longe que uma simples relação amistosa... não era o caso.

Os dois entraram.

— O que eu tenho para fazer hoje? — perguntou a moça enquanto deixava sua mochila preta e branca debaixo da escrivaninha Empire que servia de mesa para Jules.

— Como sempre — murmurou Benjamin —, você pode tirar o pó das coisas... e depois continuar a organizar os álbuns de peças de colecionador, no andar de cima.

"O que eu tenho para fazer hoje?" eram, invariavelmente, as primeiras e últimas palavras que Caïssa pronunciava ao longo do dia inteiro. Na maior parte do tempo ela ficava muda. Benjamin a achava esquisita. Ela passava o horário de almoço inteiro debruçada sobre um jogo de xadrez, jogando sozinha, movimentando peões e torres de marfim em um tabuleiro precioso que estava à venda na loja. Benjamin não sabia de nenhum amigo, de nenhum conhecido dela em Paris. Ninguém nunca aparecera para almoçar com ela, ou para buscá-la no fim do expediente. Caïssa passava seu tempo livre jogando e fazendo anotações em um caderninho de espiral que ela preenchia com fórmulas obscuras, misturas de letras minúsculas e maiúsculas e de números que deixavam Benjamin boquiaberto. O amor de Jules pela prática do jogo dos reis era proporcional à falta de intimidade de Benjamin com o tabuleiro de xadrez.

Ele aceitara conviver com a estudante de arquitetura na universidade de Avignon, onde ela vivia durante o ano letivo, porque, debaixo daquela casca um tanto quanto rabugenta, ela trabalhava rápido, muito bem, e, acima de tudo, dominava a arte da redação na descrição das obras expostas.

Mesmo desprovida de qualquer veia comercial, Caïssa realmente era útil para manter em ordem o espaço de venda, que somava mais de cento e cinquenta metros quadrados, sem contar os depósitos. Os pés-direitos eram altos, e tapeçarias vermelhas descomunais desciam pelas paredes. Benjamin não conseguia dar conta de tudo sozinho e decidira dividir as tarefas entre os dois: Caïssa era responsável por manter os objetos e quadros apresentáveis, enquanto ele garantia o atendimento aos clientes.

A manhã passou depressa. Benjamin ligou para a mãe: Édith continuava dizendo que esperaria até a noite por uma eventual ligação.

Benjamin fez duas vendas seguidas: um lote de números do *Petit Journal*, entre os quais o famosíssimo exemplar de dez de janeiro de 1895, que ilustra um militar quebrando a espada do capitão Dreyfus, injustamente acusado de traição, no pátio da École Militaire de Paris, e um relógio antigo com corrente de ouro amarelo dezoito quilates.

Pouco depois das onze horas, um cliente entrou na loja procurando por um tabuleiro de xadrez. Foi Caïssa quem o atendeu, porque Benjamin já estava ocupado com um casal que buscava uma gravura ou uma estampa do século XVIII – que fosse um pouco "picante", de preferência.

— Não temos nenhum tabuleiro de xadrez — informou Caïssa.

Benjamin, que tinha ouvido a mentira, desculpou-se com o casal e lembrou educadamente à jovem ruiva que havia, sim, um jogo completo, no segundo andar, e que seria maravilhoso se ela fosse pegá-lo para que o cliente pudesse admirá-lo.

Caïssa não se moveu e até fulminou o patrão com o olhar.

— Ele não está mais à venda — ela disse, em tom frio.

— Posso saber por quê?

— Porque foi comprado hoje de manhã.

— É mesmo? — perguntou Benjamin, meio espantado. — Por quem?

— Por mim.

Benjamin, embasbacado, desculpou-se com o cliente, que deu meia-volta e foi embora da loja.

— Quero falar com você daqui a pouco — ele cochichou no ouvido de Caïssa antes de voltar a dar atenção ao casal, que se esbaldava diante de vários pequenos quadros simpáticos.

Fazer uma cena na frente dos clientes estava fora de cogitação, mas Caïssa não perdia por esperar. Ela não pareceu preocupada. Tirou a carteira do bolso, pegou três notas de cem euros e as colocou na escrivaninha, dizendo:

— Já quero pagar uma parte.

Então, voltou ao andar de cima para continuar seu trabalho.

Cerca de meia hora depois, ao ouvir o sininho da porta, ela soube que Benjamin iria correndo para o segundo andar da loja para tirar satisfação. Ouviu os pesados passos dele na escada em espiral.

— Não entendi direito por que você fez aquilo na frente do cliente — ele já chegou brigando.

— É que eu adoro esse tabuleiro — ela respondeu, dando de ombros. — Já adiantei o pagamento de trezentos euros. No fim da semana pago a outra metade. Vou pedir dinheiro para o meu pai.

Benjamin dispensou a resposta dela com um gesto de mão.

— Não é esse o problema, e você sabe muito bem. Você não pode fazer isso. Os funcionários não têm preferência sobre os objetos à venda na loja. Entendeu?

— Não precisa vir com esse teatro para cima de mim! — rechaçou Caïssa, em tom estridente. — Esse tabuleiro lembra o que eu usava para treinar com meu pai e...

Benjamin a interrompeu:

— Então o xadrez é realmente uma obsessão!

— Sim, e daí? Aprendi com meu pai.

— Seu pai se daria bem com o meu.

— Mas não com você, sem dúvida.

O patrão de Caïssa sacudiu a cabeça:

— Eu não sei jogar e posso viver muito bem com isso, acredite.

— Se não puder jogar, eu morro.

Benjamin suspirou:

— Vamos parar por aqui. Não me importo com isso, Caïssa. Só não se esqueça de que eu sou o chefe aqui e quero que o seu comportamento na frente dos clientes seja impecável. Tudo bem?

Caïssa não teve tempo de responder. O telefone tocou bem na hora; ela atendeu, murmurou algumas palavras e estendeu o aparelho a Benjamin:

— É a sua mãe. Parece que ela está em pânico.

7

Vinte e cinco minutos mais tarde, depois de evitar pelo menos meia dúzia de acidentes no trajeto de bicicleta, Benjamin chegou suando em bicas ao sobrado da rua Georges-Braque. Édith ligara para ele ao ver, pela janela da sala, que uma viatura da polícia tinha estacionado em frente a sua casa. Seu filho não hesitara em correr para lá, deixando para Caïssa a responsabilidade de fechar a loja naquela noite. Para ele, a história desagradável do tabuleiro de xadrez tinha sido encerrada com a explicação inventada pela jovem. No fim das contas, ele optara por acreditar nela, porque sua mente já estava saturada de preocupações; não precisava de mais uma.

Ele encontrou Édith na companhia de dois policiais fardados e de um terceiro sentado no enorme sofá de couro, em frente à dona da casa. Benjamin os cumprimentou e ficou atrás da mãe, evitando qualquer contato.

— O que está acontecendo? — perguntou, com toda a calma e ponderação de que era capaz.

Anémone tinha servido suco. Benjamin lhe pediu um café. O policial sem farda se apresentou:

— Sou o chefe de polícia Romain Dudouis. Viemos para uma averiguação de rotina. Vários de seus vizinhos registraram um boletim de ocorrência na delegacia.

Dudouis era um homem alto, de nariz achatado e uma barba que hesitava entre o loiro e o ruivo, um pouco mais baixa que a de Benjamin.

— A respeito de quê? — perguntou Férel filho enquanto molhava os lábios no líquido que queimava.

— A respeito de supostos tiros que ouviram, Benjamin — suspirou Édith.

— Três tiros — confirmou Dudouis. — Entre meia-noite e uma da manhã. Todas as testemunhas disseram a mesma coisa. A sra. Férel falou de uma performance de arte contemporânea organizada pelo seu pai, mas não consegui entender o conceito.

Édith se levantou para servir mais limonada ao chefe de polícia.

— Devo confessar que essa arte me dá calafrios — ela acrescentou.

— Meu marido cuida disso com nosso filho. Talvez você consiga dar mais detalhes ao sr. Dudouis, Benjamin.

O rapaz precisou se segurar para não virar a xícara de café no tapete persa "de valor inestimável" que sua mãe tanto amava; ela tinha um jeito natural de jogar os problemas no colo dele que o deixava revoltado. Por um instante, sentiu-se tentado a dizer a verdade, confessar tudo aos três policiais, mostrar a eles o lenço, o código... mas com isso ele certamente prejudicaria mais seu pai que sua mãe. E ele se recusava a trair a confiança paterna. Precisaria florear as coisas, sem poder contar com o talento de Assane.

— É como uma máquina muito complexa por fora, mas muito simples na prática. Algo que se parece com um alambique e que emite barulhos de armas, de pistola, de metralhadora; são registros muito realistas, mas também há gritos mais... íntimos, se é que o senhor me entende. Essa instalação é chamada "Faça guerra, não faça amor". Um conceito neorrealista de projeções sonoras e artísticas.

Benjamin estava em êxtase por dentro: seu pequeno improviso não era indigno de seu amigo gigante!

Os três policiais se entreolharam, chocados.

— Foi criada por um artista da periferia de Paris — Benjamin continuou. — Meu pai a trouxe para casa porque queria conhecer o trabalho desse artista.

— Nós podemos vê-la? — perguntou Dudouis.

— Receio que não — respondeu Benjamin, acompanhando a mentira com uma careta. — Não está mais aqui. Meu pai a devolveu imediatamente ao seu criador. Claramente não ficou convencido. Nem um pouco convencido, devo dizer.

— E o sr. Férel — continuou o chefe de polícia —, seu pai... seria possível trocar algumas palavras com ele?

— Jules está em uma viagem de negócios de alguns dias — disse Édith, retomando as rédeas da conversa, certa de que o filho já tinha feito o suficiente.

Os três policiais foram embora sem insistir. Entretanto, Benjamin tinha captado no olhar de Dudouis uma curiosa sombra de dúvida: o policial não ficara suficientemente convencido da história da instalação... pode-se muito bem dizer! Ele deixou seu cartão com o rapaz, dizendo a ele que não hesitasse se precisasse "de qualquer coisa", e completou com um sorriso irônico:

— Quando me ligar, você vai ter a oportunidade de me contar onde essa curiosa máquina vai estar exposta quando estiver pronta... vai me economizar uma entrada nesse museu.

Quando ficou sozinho com a mãe, Benjamin desabou no sofá e respirou fundo.

— Sua explicação a respeito da máquina foi patética — reclamou Édith.

Benjamin levantou-se em um pulo para evitar o conflito que se aproximava e foi para a cozinha, onde preparou um café expresso, um *ristretto* amargo, apesar do protesto de Anémone, que o mimava como se ainda fosse um menino.

De volta à sala, encontrou Édith mergulhada em uma revista de arte, como se nada estivesse acontecendo.

— O que você está fazendo? — perguntou Benjamin.

— Estou esperando.

— Vou tirar umas fotos das pegadas perto dos ligustros.

— Essa ideia veio do seu amigo Assane, não veio? — perguntou Édith. — Nem perca seu tempo. Mandei Joseph arrumar tudo. Não havia nenhuma chance de...

— O quê?

Benjamin tinha berrado. Que loucura era aquela?

— E o lenço? Pelo menos guardaram o lenço?

— Não, eu mesma botei fogo nele. Não adianta ficar nervoso, Benjamin. Tenho certeza de que em breve vamos ter notícias.

Ela cravou os olhos fulminantes nos do filho único.

— Ele já fez coisa muito pior!

— Como assim?

Ele estava achando as atitudes da mãe cada vez mais suspeitas.

— Nada. Não sei de nada — ela se esquivou, suspirando.

Depois, retomou, em tom quase descontraído:

— Aliás, você contou para Caïssa o que aconteceu?

— Para quem? — ele balbuciou.

Benjamin precisou de alguns segundos para entender que a mãe estava chamando sua funcionária pelo nome. Ele não imaginava que Édith sabia da existência da moça.

— Não — acabou respondendo. — Mal falo com ela. Por que essa pergunta bizarra?

Nesse instante, ele sentiu o celular vibrar no bolso. Um nome surgiu na tela: Claire. Subiu para o segundo andar do sobrado, a fim de se isolar por alguns minutos no quarto em que tinha morado até os dezoito anos e que, agora, fora transformado pelos pais em uma espécie de sala de exposição onde, naquele momento, era possível admirar principalmente montanhas de pó e outras sujeiras.

— Eu consegui! — gritou Claire. — Descobri o segredo! Mandei por mensagem.

Benjamin afastou o aparelho do ouvido e viu aparecer na tela uma pequena tabela, muito nítida, que trazia uma mistura de formas e letras. Que alegria! Depois da visita dos policiais, aquilo não poderia ter chegado em hora melhor.

	○	△	□	◇	⌂
•	A	B	C	D	E
X	F	G	H	I	J
!	K	L	M	N	O
/	P	Q	R	S	T
Φ	U	V/W	X	Y	Z

— Não dá para ler na tela — disse Benjamin, cujo coração parecia que ia sair pela boca. — Afinal, o que a mensagem diz?

Édith estava grudada na porta, com um semblante desconfiado. Sem hesitar, Benjamin correu para fechar a porta na cara dela.

— Benjamin, ainda está aí? — perguntou Claire.

— Sim, estou ouvindo.

— Então ouça o que Jules gravou no tapete da mesa dele.

8

— *A rainha*
mente
encontre
a Rosa.

Na primeira leitura, aquilo não tinha nenhum significado.

— Quem é a rainha? — perguntou Claire. — Benjamin, ainda está aí?

Ele continuava na linha, mas não escutava mais nada. Em seu espírito, as palavras se entrechocaram durante algum tempo e enfim formaram uma frase pouco lógica, é verdade, mas carregada de sentido para ele.

"A rainha"... só podia ser Édith! Claro! Sempre foi assim que ele e seu pai a chamaram. Ela nunca soube desse apelido, que Benjamin e Jules tinham inventado para tirar sarro do temperamento ditador e da tendência para o absolutismo da mãe e esposa.

E se a rainha estava mentindo... se Édith estava mentindo... e seu pai tinha encontrado uma rosa... seu pai fora embora de uma vez por todas para fugir da esposa?

Jules queria contar para o filho que estava fugindo de casa sem pedir o divórcio, por baixo do pano, por algum tempo ou para sempre, para viver feliz longe de Édith?

Essa ideia desorientou Benjamin, que desabou no chão.

— Obrigado, Claire — gaguejou. — Depois eu te ligo.

Édith estava mentindo. Mas em quê? Se ela estava se recusando a contar tudo para a polícia, deve ter havido irregularidades recentes nas contas do império Férel, ou, talvez, uma transação ilegal. Investigar o desaparecimento do patriarca certamente aguçaria os olhos da Justiça para as zonas sombrias da sociedade. E se Jules tivesse fugido porque não queria ser cúmplice de mais um dos esquemas orquestrados pela rainha Édith?

Aquilo tudo era demais para Benjamin. Desta vez ele não poderia deixar de tirar satisfação com a mãe. Então, foi até a sala e, para poupar a cozinheira e o mordomo, pediu a Édith que subisse junto com ele.

— A rainha? — foi o que conseguiu perguntar depois que Benjamin lhe contou a história completa. — E o seu Assane... ele também me chama de rainha?

— Deixe Assane fora disso — exigiu Benjamin.

Ele sentia a raiva ganhar corpo e tentava mantê-la sob controle: bastava que sua mãe descobrisse o menor sinal de fraqueza ou de emoção para tirá-lo dos eixos e fazê-lo perder a calma. Ele tinha herdado esse autocontrole dela. Era um pouco como o aprendiz que alcança o mestre.

— Já disse que não me importo — protestou Édith. — Esses códigos são ridículos. Me mostre esses sinais na mesa dele... Me mostre!

— Por favor, pode ver por conta própria lá embaixo. Não sou eu a pessoa que destrói as pistas. Por que o meu pai disse que você está mentindo? O que você fez para ele? Você ainda está metida naquela história com seus amigos de Genebra? Mais um mistério nessa terra sem lei que meu pai desaprovava?

Édith ficou petrificada, pálida.

— Definitivamente, você continua sendo um idiota teimoso, querendo bancar o justiceiro. Não devíamos ter movido uma palha para te livrar da cadeia, você e esse seu amigo mulato... Jules quis mexer os pauzinhos, mas eu preferia te dar uma lição: uma breve temporada atrás das grades teria feito muito bem a você! Uma coisa você tem que saber, Benjamin... se não fosse por você, não estaríamos nesta situação agora!

— Então quer dizer que tudo o que está acontecendo é minha culpa?

— Pode ser que sim — respondeu Édith.

Aquilo era demais: Benjamin saiu correndo de seu antigo quarto, sem saber para onde ir em seguida. Ir embora da casa? Trancar-se no escritório do pai? Dar uma volta no jardim?

Decidiu se abrigar no escritório de Jules e conseguiu recuperar pelo menos um pouco da calma passando a ponta dos dedos nas formas gravadas no tapete de mesa, como se estivesse lendo em braile.

— Benjamin! — Édith gritava. — Benjamin! Abra!

Ele não respondeu.

Dedicou toda a sua energia à tentativa de se concentrar. Afinal, naquele código seu pai queria deixá-lo avisado de que estava abandonando a esposa e o domicílio conjugal. Mas por que não havia contado isso pessoalmente? Ainda assim, essa resposta não explicava em nada os tiros e a mancha de sangue no lenço.

A história só fazia sentido pela metade.

Então, Benjamin se lembrou de uma interessante pergunta de Claire. Jules levara consigo alguma mochila, roupas, itens de higiene pessoal? Ele saiu do escritório e foi direto para o banheiro do térreo, que era de uso exclusivo do pai. Tudo parecia estar ali, inclusive o barbeador elétrico, que o pai nunca deixava de carregar quando viajava.

O closet de Jules ficava à direita do quarto, em um pequeno desvio do corredor, perto do banheiro. Benjamin entrou no cômodo revestido de painéis de madeira, acendeu as lâmpadas redondas, que banharam em luz as fileiras de ternos costurados sob medida, as gavetas de gravatas, as gavetas de sapatos e o armário de camisas e roupas de baixo.

Como saber se não estava faltando nada? Benjamin verificou a parte inferior do armário de camisas, que abrigava outro grande armário de correr que continha várias malas de mão. Havia espaço para quatro malas; ele só contou três.

Seria uma pista?

Benjamin estava prestes a apagar a luz para sair quando seu olhar foi atraído por uma gravata original, bordada com sete corações vermelhos, que nunca tinha visto seu pai usar – e Jules chegava a trocar de gravata várias vezes ao dia. Ela estava presa no alto, na extrema esquerda, no cabideiro que continha os paletós.

As gravatas ficavam guardadas em rolinhos dentro de caixinhas de madeira branca. Benjamin quis pegar aquela, mas ela parecia colada na caixa. Ele insistiu e constatou que o pedaço de tecido que resistia à sua tentativa não ficava amarrotado. Estranho.

Então, teve a ideia de pegar a caixa para observá-la mais de perto. A forma mais que o conteúdo. E conseguiu pegá-la, descobrindo um buraco na parede onde havia um tipo de pequeno botão brilhante.

Benjamin ficou paralisado diante da descoberta. O que aquilo poderia significar?

Girou o botão com cuidado, que deslizou sem dificuldade para trás. Primeiro um *clique* tímido, depois um *claque* forte.

À direita de Benjamin, o cabideiro rotacionou no próprio eixo em um instante, revelando a minúscula entrada do que parecia ser um cômodo secreto!

9

Benjamin não hesitou nem por um minuto.

Apesar de sua estatura mediana, precisou se curvar para entrar. Depois que seus olhos se acostumaram um pouco com a escuridão, conseguiu distinguir um degradê de cinza, como se enxergasse pixels gigantescos. Um perfume pairava no ar daquele espaço minúsculo, a mistura de pera e pimenta que sempre acompanhava seu pai. Benjamin tateou as paredes em busca de um interruptor.

Fez-se a luz.

Tudo ganhou forma e cor. As paredes do cômodo retangular estavam cobertas de livros, do chão ao teto. A área não devia ser de mais de cinco ou seis metros. No centro, uma placa de vidro colocada em cima de dois cavaletes de madeira estava coberta de folhas espalhadas, preenchidas com uma caligrafia que Benjamin reconhecia: a de seu pai.

Então, era por isso que o closet do pai, em L, sempre lhe parecera menor que o da sua mãe, mais clássico, retangular. Será que Édith conhecia esse cômodo secreto? Benjamin não tinha muita certeza. Muito tempo antes, quando Jules não tinha mais que meio século de vida e não pesava uma centena de quilos, ele era afeito aos trabalhos manuais. Ele poderia muito bem ter construído sozinho esse pequeno abrigo.

O que poderia ter motivado tamanho trabalho? Jules ia para lá durante a madrugada, ou quando estava sozinho, para preencher seus diários pessoais? Para escrever para suas conquistas?

ROSA

Essa palavra dominou rapidamente o espírito de Benjamin.

ROSA. ROSA. ROSA.

Essa palavra estava espalhada por todo canto, em todo lugar, em todas as folhas manuscritas, em todas as capas impressas.

ROSA. ROSA. ROSA.

A mensagem cifrada!

A rainha
mente
encontre
a Rosa

Benjamin pegou um livro grosso vermelho. Na capa, o nome Rosa Bonheur aparecia acima de uma paisagem de campo, um campo em que diversas vacas – marrons, beges e brancas – pastavam sob o cajado de camponeses armados de lanças. Atrás deles, ao longe, havia uma colina verde coberta por uma floresta. Título da obra: *Nervers-Bonheur*.

Os livros cuidadosamente organizados na biblioteca, então, tratavam de um único assunto.

De Rosa. De Rosa Bonheur, a pintora.

Benjamin pegou outra obra, ao acaso. Um artigo em inglês sobre a pintora. Depois, uma menorzinha, um tipo de livreto de capa branca onde figurava um autorretrato da artista, de cabelo branco, vestida com uma túnica azul imensa. Ela estava sentada em frente a um de seus quadros. Em um livro grande e pesado, coberto com uma luva em papel acetinado, que ele encontrou na prateleira acima da mesa, Benjamin descobriu o famoso Buffalo Bill cavalgando em um búfalo em fúria.

Seu pai, enfim, tinha se entregado a uma paixão sem limites por uma mulher morta havia muito tempo: Rosa Bonheur.

Benjamin nunca tinha ouvido o pai falar dessa pintora de animais que viveu seus momentos de glória no fim do século XIX e que se tornou muito rica e famosa graças às suas telas. Personalidade considerada menor no mundo artístico, mas ícone imenso do feminismo e do lesbianismo.

Isso era tudo o que Benjamin sabia a respeito de Bonheur. Da parte de Jules, que tinha uma queda por Cézanne, Degas, Manet e Renoir, os valores seguros deste século, e que não nutria nenhum interesse pelos animais exceto quando estavam em seu prato, tamanho interesse por Rosa Bonheur parecia incoerente. Até impossível.

E o mais espantoso de tudo era que, ao esconder essa enormidade de telas, ao reservar apenas a si o direito de vê-las, Jules tornava essa paixão um pouco culpável.

Que sentido dar a tanto mistério?

Isso tinha alguma ligação com seu desaparecimento?

Pelo menos Benjamin compreendeu que pegara o caminho errado na interpretação da mensagem decifrada com tanto brio por Claire.

A rainha, primeira linha, OK.

Mente, segunda linha, perfeito.

Encontre... OK.

a Rosa... O nome da flor estava escrito com inicial maiúscula... A mensagem não dizia *encontre uma rosa*, mas sim *encontre a Rosa!* Rosa Bonheur, a pintora... E ele tinha encontrado!

Ainda restava a identidade da rainha: Édith? Ou não, porque ainda havia a questão da mentira.

Transbordando de agitação, Benjamin pegou uma bolsa de couro que estava no pé da poltrona do escritório, enfiou dentro dela dois blocos de notas e uma pilha de papéis manuscritos e saiu.

Com cuidado, acionou o botão preto e reposicionou a caixa de gravata. O cabideiro girou no sentido oposto.

Nenhum sinal de Édith. Nem ali, nem em outro andar. Sua mãe tinha abandonado o ringue para voltar mais tarde em melhor forma, para o próximo round? Era algo a temer.

Benjamin voltou ao seu antigo quarto, fechou a porta sem fazer barulho e se deitou no chão para dar uma olhada nos dois cadernos. O primeiro parecia ter servido para Jules fazer anotações sobre a artista. Benjamin deu uma rápida lida nelas. O segundo se revelou bem mais interessante: era a agenda do pai. Uma agenda extraoficial. Ali só havia registros de atividades que tivessem ligação com sua paixão por Rosa Bonheur.

Nos três meses anteriores, Jules anotara mais de sessenta reuniões, todas dedicadas à artista. Muitas no Museu de Orsay, em companhia de uma conservadora cujas iniciais eram L. J., várias no interior, em Fontainebleau, Abbeville, Lille, Marseille e, principalmente, Bordeaux.

As famosas escapadas de seu pai em busca de objetos, quadros e desenhos para revender... A correria para os leilões dos últimos meses... quanta mentira!

Rosa, Rosa, Rosa: sua vida inteira tinha girado apenas ao redor de algo que parecia mais uma obsessão que uma paixão.

Benjamin encontrou até uma menção a uma semana nos Estados Unidos, em abril, em várias cidades da Costa Leste, como Nova York, Washington D. C. e Filadélfia, mas também em Sarasota, na Flórida, em Jackson Hole, no Wyoming, e em Santa Barbara, na Califórnia. O filho tentou lembrar do que o pai lhes havia contado como pretexto, para ele e para Édith, a respeito dessa viagem; tinha a impressão de que Jules nunca mencionara uma viagem para fora da Europa, mas sim para a Costa Azul e para a Córsega, a fim de visitar clientes.

Benjamin tinha certeza de que a noite de fúria na casa estava ligada a essas pesquisas.

Um lugar era frequentemente citado na agenda: o castelo de By. Jules Férel teria uma reunião ali naquele mesmo dia, exatamente às seis e meia da tarde, isto é... dentro de uma hora e meia.

Será que Jules estaria no castelo de By? Ou Benjamin poderia conseguir ali informações preciosas?

Em silêncio, ele desceu para o escritório do pai e ligou o modem para se conectar à internet. Após vários minutos de ruídos que acompanhavam o processo de inicialização da máquina, Benjamin pesquisou o nome do castelo.

Castelo de By. Residência de Rosa Bonheur. Local de vida e de trabalho. Era onde a artista havia morrido.

Situada na comuna de Thomery, às margens da floresta de Fontainebleau.

Sua decisão tinha sido tomada. O buscador lhe permitira encontrar um itinerário ferroviário que parecia atualizado. Um trem sairia da Gare de Lyon para Thomery às cinco horas e catorze minutos naquela tarde.

Benjamin teria tempo de pegá-lo.

Ficou tentado a ligar para Assane e Claire e chamá-los para o acompanharem, mas agora eles tinham empregos, e essa história poderia não dar em nada. Ele lhes mandaria uma mensagem quando estivesse no trem para avisá-los de sua empreitada e dizer que estava progredindo.

Apesar do pouco tempo disponível, tirou dois minutos para digitar o número da butique. Caïssa atendeu depois de três toques. Ótimo desempenho.

— Você pode fechar a loja hoje, em caráter excepcional? — perguntou.

— Você me pediu isso faz pouco tempo. E eu disse que sim.

— Talvez você também precise abrir a loja amanhã. Eu te aviso.

— Vai viajar?

— Não para longe. Para o castelo de By.

Ele mordeu os lábios ao perceber que deixou esse nome escapar.

— Onde? — perguntou Caïssa.

— Em Fontainebleau — corrigiu-se depressa. — Tenho um jantar com um colecionador. Não estava previsto. Meu trem já está para sair. Posso contar com você?

Como a jovem não respondeu, ele insistiu:

— Não vai me dizer que está no meio de uma partida de xadrez? Está me ouvindo? Posso contar com você?

Caïssa finalmente murmurou um sim vago... antes de desligar na cara do chefe.

Benjamin não costumava se incomodar com o humor ranzinza de sua funcionária.

Destino: Gare de Lyon.

10

Benjamin atravessou a toda velocidade o hall 1 da Gare de Lyon, que estava lotado, para chegar à plataforma de onde sairia o trem para Thomery.

Uma rápida olhada no enorme painel que anunciava os horários dos trens lhe permitiu descobrir o número da via; só faltava um minuto para embarcar! Teve que desviar de turistas que já usavam roupas de praia e fazer uma manobra para evitar colidir com um carrinho de bebê que avançava em sua direção.

As portas do vagão se fecharam atrás dele.

Benjamin estava encharcado de suor, descabelado e desalinhado devido à correria insana. Ele afundou em uma das poltronas de couro sintético do primeiro andar do trem e recuperou o fôlego, com os olhos fechados. O sal do suor fez seus olhos coçarem.

Quando os abriu, levou um susto.

Caïssa estava sentada em sua frente.

— Que diabos você está fazendo aqui? — ele gaguejou.

— Adivinhe! — devolveu a estudante.

— Você pelo menos fechou a loja?

— Não — respondeu Caïssa, com um tom fingidamente despreocupado. — Deixei a porta escancarada com uma placa escrito *Pegue o que quiser!* Espero que você veja isso como um verdadeiro espírito de iniciativa da minha parte, pela primeira vez na vida!

Depois, pegou o game boy que estava sempre com ela. O cartucho inserido na parte de trás do videogame indicava: *Chessmaster*. No qual se via um velho com uma longa barba branca e o olhar vidrado no tabuleiro de xadrez.

— Você não trouxe o tabuleiro que comprou parcelado? — perguntou Benjamin, fingindo ingenuidade. — Aquele que te faz lembrar do seu pai?

Caïssa o fulminou com os olhos.

— E você também não respondeu à minha primeira pergunta — continuou. — O que você está fazendo neste trem?

— Pensei que você precisaria de uma guarda-costas.

Caïssa tinha sempre uma resposta afiada e muita audácia.

— Sério... — suspirou Benjamin.

— É que, quando você falou do castelo de By, mais cedo...

Caïssa falava enquanto continuava jogando, sem erguer os olhos.

— Rosa Bonheur vivia no castelo de By. A pintora. Imagino que você saiba disso.

— E daí?

— E daí que eu admiro essa artista. Pela vida e pela obra. Enfim, eu disse a mim mesma que não poderia perder essa oportunidade de ir até lá e conhecer o castelo e o parque. É uma propriedade particular que pertence à família de Anna Klumpke, a herdeira de Rosa. E, como parece que você tem os seus contatos, eu quis aproveitar. Simples assim.

Caïssa, trazida à loja por seu pai como funcionária e fã de Rosa Bonheur.

Seria coincidência?

— Você falou da sua paixão por essa artista quando foi entrevistada pelo meu pai para conseguir o emprego? — perguntou Benjamin.

Desta vez a bela ruiva ergueu os olhos.

— Não. Não fiz entrevista. Já te disse isso.

O que era mentira. Ou a memória de Benjamin estava com problemas.

— E você acha — continuou — que é só aparecer assim no trem, do nada, para que eu tope te levar comigo para o castelo?

— Você só precisa me apresentar como sua assistente. Fica até chique.

— E por que não como minha noiva, só enquanto estivermos lá?
— Muito menos chique, é óbvio.

O trem estava atravessando o bairro de Bercy. Pela janela, Benjamin viu na outra margem as quatro grandes torres da Biblioteca Nacional da França; quatro livros abertos ao sol e aos ventos.

— E como você descobriu que eu estaria neste vagão? — ele perguntou. — Exatamente aquele em que você estava me esperando.

— Elementar, meu caro Férel. Eu sabia que, se você estava me ligando da casa dos seus pais, levaria mais tempo que eu, de metrô, para chegar de bicicleta na Gare de Lyon. Como eu supunha que você viria com a sua fiel escudeira, imaginei que a deixaria estacionada no bicicletário embaixo do grande relógio. Quando estamos atrasados, é sempre difícil encontrar uma vaga, abrir e trancar o cadeado... Mais estresse, mais dificuldade na tarefa. Enfim, fiz uns cálculos e cheguei à conclusão de que havia grandes chances de que você precisasse atravessar o hall correndo feito louco até chegar à plataforma e que a única opção que restaria seria pular para dentro do último vagão. Então, resolvi esperar aqui. De todo jeito, se não desse certo, eu teria subido ao segundo andar para te procurar no trem.

Benjamin percebeu que, para Caïssa, cada minuto da vida era, na verdade, um movimento em um tabuleiro de xadrez. Nada mais. Nada menos.

— A julgar pelo estado da sua roupa e do seu cabelo, pelos vestígios de óleo nas pontas dos seus dedos e pelo seu ar completamente esbaforido, acho que acertei todos os meus palpites.

Benjamin ajeitou a camisa e realinhou o cabelo se olhando em uma das janelas bizarramente sujas do trem.

— Será que toda essa conversa te deixou com vontade de me dar uma chance em Thomery? — perguntou Caïssa.

Benjamin se contentou em olhar para o relógio. Ainda restavam quarenta minutos de trajeto e três paradas – Melun, Bois-le-Roi e Fontainebleau-Avon – antes de chegarem. Tirou da pasta as folhas manuscritas do pai. Elas não continham nada de particularmente interessante: eram anotações feitas por Jules ao longo de suas leituras.

Após as paisagens cinzentas e metálicas do subúrbio, o trem alcançou a alta velocidade enquanto atravessava os campos e bosques entrecortados por pequenas zonas residenciais.

O silêncio reinou até a primeira parada, na estação de Melun.

— Por que você gosta tanto de Rosa Bonheur? — perguntou Benjamin.

— E você, por que gosta de torta de limão com merengue? — respondeu Caïssa, ainda sem erguer os olhos.

— Porque é a única sobremesa que o meu pai sabe fazer. E eu sinto prazer em comer.

Caïssa fez cara de quem estava se divertindo.

— Bom, comigo é parecido quando vejo uma pintura ou um desenho de Rosa Bonheur.

— Então você gosta de animais.

— Quem não gosta? Você nunca teve um?

— Um hamster, quando era pequeno. Mas ele morreu depois de três semanas. Meu pai tinha tirado ele da gaiola porque não aguentava mais ouvir o barulho dele girando na rodinha, e Fragonard, era o nome dele, mordeu o fio da rede wi-fi.

Ele se sentiu imediatamente idiota por ter contado essa história para Caïssa.

— Eu queria ter um cachorro — continuou, de todo jeito.

— Minha família tem um; mora com a minha mãe, em Avignon. Um golden retriever.

— Legal.

Excelente resposta. Parabéns, Benjamin.

— E é por amar os animais que você aprecia Rosa Bonheur. Deve ser raro uma menina de vinte anos apreciar o trabalho de uma artista pouco prestigiada.

— Pouco prestigiada por quem? Por especialistas da arte como você? Por historiadores?

— Não, eu não tenho nenhuma opinião sobre ela, nem conheço direito o trabalho.

— Essas anotações que você está lendo são sobre ela? O que dizem?

— Nada de especial. São as grandes fases da carreira dela.

— Ela é realmente uma artista paradoxal. Foi uma das pintoras mais famosas do seu tempo, a única a receber a condecoração da Legião de Honra diretamente das mãos da imperatriz Eugênia, e a obra dela foi completamente esquecida no século XX. Pelo menos na França. A maior parte das telas e desenhos está nos Estados Unidos.

— É porque a arte animalista sempre foi considerada menor na história da arte.

Caïssa deu de ombros.

— Você fala do que não sabe. Rosa escolheu pintar formatos monumentais para, justamente, não fazer o que os outros já faziam. Essas obras têm a força e a envergadura das pinturas históricas. Ela pinta tanto os campos calmos e tranquilos como os campos de batalha.

— Você realmente gosta dessa Rosa — arriscou Benjamin. — Como as leoas que ela gostava de pintar.

— Vou ignorar a parte levemente machista do que você acabou de dizer para guardar só o lado positivo. Rosa também foi negligenciada porque o trabalho dela com a pintura a deixou muito rica. E na França existe essa lenda de que o artista deve ser obrigatoriamente maldito, que deve morrer de fome no meio da rua e cortar a própria orelha para ser considerado um verdadeiro artista e merecedor do seu talento.

— Rosa Bonheur não pintou girassóis, se não estou enganado.

— Não, mas pintou um monte de pássaros que adoram bicá-los.

O trem tinha retomado o caminho em direção à famosa floresta de Fontainebleau, que a linha de ferro margeava pela borda leste. Benjamin continuou:

— Você domina bem o assunto para uma estudante de arquitetura.

— Também sei fazer omelete com cogumelo e massagem cardíaca, sabia?

A resposta arrancou um sorriso de Benjamin.

— Agora é a minha vez de fazer perguntas — disse Caïssa, finalmente guardando seu game. — Por que você foi convidado para ir ao castelo de By?

O rapaz pensou por alguns segundos. Tinha que encontrar uma mentira plausível.

— Meu pai tinha que ir, mas não conseguiu. Devo ter uma reunião com o proprietário, fim da história.

Caïssa sacudiu a cabeça.

A parada na estação de Avon foi rápida. Três minutos depois, o trem parou em frente a uma casa branca simples de dois andares. Na fachada, perto de uma porta com vitrais em vidro fosco, lia-se "Thomery" em uma placa, em azul contra um fundo branco manchado de ferrugem.

Caïssa e Benjamin desceram na plataforma. Árvores altas e espessas eram vistas por todos os lados. A estação ficava bem no meio da floresta.

— Bucólico — suspirou Caïssa.

Benjamin indicou uma estradinha de terra que contornava a via férrea, à direita.

— Por aqui, até a estrada de By. Encontrei uma anotação do meu pai sobre o itinerário a ser seguido.

— Ele nunca deixa nenhuma ponta solta ao acaso, o sr. Férel — disse Caïssa, em um tom estranho.

Passaram debaixo de uma primeira ponte, depois sob uma segunda, antes de virar à esquerda. Atravessaram um último bosque e enfim avistaram as primeiras casas de Thomery.

Benjamin estava calado, concentrado. Ele iria colocar as cartas na mesa e dizer que vinha em nome do pai a esse lugar que desconhecia completamente. Isso o ajudaria a aprender mais sobre a natureza das pesquisas de Jules.

Com o cenário montado, ele se tranquilizou e sorriu para Caïssa.

— Acho que esse passeio imprevisto vai pelo menos nos ajudar a quebrar um pouco o gelo.

A moça devolveu o sorriso.

— Que ótimo — acrescentou Benjamin.

— Você sabia que dá para fazer gelo mais rápido se, em vez de colocar água fria no congelador, você colocar água quente?

Benjamin parou de repente. O sol estava castigando, mas ainda assim...

— O quê?

— Na próxima vez que você convidar seu amigo bonitão Assane e a moça loira para comer na sua casa, encha as forminhas de gelo com água quente. Tem a ver com a energia contida na água. A água quente tem mais que a água fria. Ela se estrutura mais rapidamente e isso permite que a temperatura também caia mais depressa. O nome disso é efeito Mpemba. Posso te contar em detalhes depois sobre os íons hidrônio e os prótons que penetram massivamente na água estruturada. Resumindo, um pouco mais de calor no início garante uma formação de gelo mais rápida.

Diante do olhar embasbacado de Benjamin, Caïssa continuou:

— O que eu quero que você entenda é que o gelo se constrói melhor entre duas pessoas quanto mais cordial for a relação delas. Entendeu? É química, é natureza, não dá para lutar contra.

— Então você também tem competências em química?

— Se você conhecesse o meu campo de competências, não teria mais coragem de me dirigir a palavra!

Eles gargalharam.

A estrada de By dava na rua... Rosa-Bonheur. Encontraram o castelo subindo pela esquerda. Acima de um muro trincado de altura média, Benjamin e Caïssa descobriram duas torres em estilo neogótico; a primeira era ornamentada com um relógio inserido entre as letras maiúsculas R e B; a segunda apoiava um sino cercado de sacadas.

À esquerda do grande portão fechado havia uma portinhola com um olho mágico.

Uma alça acionava uma campainha.

Os dois visitantes se anunciaram.

11

Após um breve momento de espera, Benjamin e Caïssa ouviram um ruído de fechadura. A porta se abriu e revelou uma senhora alta, de rosto magro, usando um vestido longo todo estampado com as cores do arco-íris. Ela estava maquiada com elegância – sobretudo os olhos, destacados por uma sombra azulada. Um toque de máscara de cílios reforçava seus cílios longos. Usava brincos finos, de ouro, em formato de joaninha, além de um grande colar de pedras brilhantes.

Ela se contentou em sorrir para os visitantes, sem, no entanto, os convidar para entrar.

— As visitas só acontecem com horário agendado — ela explicou.

Benjamin se apresentou. Sua interlocutora acenou com a cabeça.

— Para dizer a verdade, seu olhar é seu melhor cartão de visita: você tem os olhos do seu pai, o sr. Férel. Eu sou Cendrine Gluck e cuido da gestão do castelo para a família Klumpke-Dejerine-Sorrel.

Ela se afastou para deixar os visitantes passarem. Caïssa, sem dizer uma única palavra, praticamente correu em direção a uma enorme árvore à esquerda.

— Sua irmã? — perguntou a responsável.

— Não — respondeu Benjamin, sorrindo —, é só minha assistente. Queira desculpá-la; ela tem esse jeito meio selvagem, mas é só timidez. Eu sei que ela está muito emocionada por poder entrar aqui. Ela é uma grande fã de Rosa Bonheur e sua obra.

Ele já havia entendido que Jules não estava ali. Se estivesse, Cendrine Gluck teria proposto levá-lo até o pai. Suas suposições logo se confirmaram.

— Seu pai não pôde vir?

— Não, ele teve uma indisposição passageira... por isso ele me mandou no seu lugar.

Caïssa tinha voltado para junto deles.

— É maravilhoso — ela deixou escapar, com os olhos cheios de emoção, antes de ir explorar o outro lado.

— Eu não sabia que o seu pai tinha envolvido você no segredo — continuou Cendrine. — Ele pediu para mantermos silêncio a respeito das pesquisas dele, mas imagino que isso não valha para o próprio filho.

— Ah, não tenho a pretensão de substituí-lo. Você deve ter começado a entender aquela figura ao longo das visitas. Não, me considere apenas como um ajudante, ou um mensageiro.

— Venha. Vou mostrar o castelo para você antes de te levar para o sótão. Você merece. Pelo estado dos seus sapatos, imagino que vocês tenham vindo a pé da estação. Então, antes de mais nada, você não vai recusar um suco, vai?

Benjamin agradeceu.

Ele seguiu a anfitriã pelo pátio. O castelo de By era composto de dois prédios que se interligavam, mas cujas arquiteturas eram distintas: um deles tinha uma aparência neogótica, emoldurada por suas duas torres; o outro ostentava uma fachada retangular, mais clássica e menos ornamentada, com grandes portas no nível do chão e enormes janelas emolduradas por persianas brancas no primeiro andar. Os tetos em declive eram coroados por telhas cinza. Uma terceira construção, alta e de aspecto mais moderno, sem dúvida um ateliê, ficava à esquerda dos dois primeiros. O parque devia se estender atrás do edifício.

Ele procurou Caïssa com os olhos.

— Por favor, queira desculpar minha assistente. Acho que ela já foi cativada, senão capturada, pelo espírito do lugar.

— Não é a primeira e nem será a última, sr. Férel.

Eles entraram em uma sala bastante escura, mobiliada parcamente com uma mesa e várias cadeiras. Cendrine Gluck serviu uma limonada fresca e quase sem açúcar a Benjamin. Trocaram algumas banalidades a respeito da viagem de trem até Thomery e da vida parisiense, que Rosa Bonheur decidira abandonar ao se instalar no local.

— Essa artista foi a primeira mulher na França a comprar um imóvel em seu nome e com o fruto de seu trabalho — disse a responsável, não sem orgulho. — Foi em 1859. Mas estou falando demais. Imagino que você queira subir até o sótão para consultar os arquivos. É lá que seu pai passa a maior parte do tempo quando faz as visitas dele.

Subiram ao primeiro andar. Benjamin visitou o pequeno escritório da artista, onde, em prateleiras, alinhavam-se capas de couro, romances e também tratados sobre a vida animal e botânica. Também havia muitos retratos do pai, da mãe e dos irmãos e irmãs da pintora. Outro cômodo, mais iluminado, reunia pinturas de animais apoiadas em cavaletes, desenhos emoldurados nas paredes, esculturas de feras e alguns espécimes empalhados, entre os quais um pequeno esquilo que ainda parecia vivo. Cendrine comentou:

— Temos que imaginá-la vivendo aqui com seus cachorros, suas ovelhas no pasto, no parque... Rosa no meio deste mundinho, usando calça comprida, com um pincel em uma mão e um charuto na outra...

Finalmente, entraram no ateliê. Um imenso tapete persa estendia-se no chão, no meio do cômodo banhado em luz, em frente a uma lareira imponente e coroada pelo esqueleto de uma cabeça de cervo. À direita, era possível ver um piano de cauda coberto por um lençol verde. À esquerda, uma raposa empalhada repousava com a boca aberta sobre um cofre. Dois cavaletes sustentavam pinturas magníficas. Nas paredes, mais quadros, mais desenhos e mais cabeças de animais.

Tudo parecia estar intacto desde a morte da pintora, em 1899.

— Nada mudou em cento e cinquenta anos, exceto alguns pequenos ajustes para modernizar o local e torná-lo mais confortável — explicou a responsável pela casa. — Após a morte de Rosa Bonheur, foi sua "filha adotiva", Anna Klumpke, também pintora, que herdou tudo. Ela tentou preservar a propriedade, mas sobretudo o espírito criativo que reinava aqui, aquela mistura tão sábia entre arte e natureza que encontramos no trabalho da sua antecessora. Anna cuidou de tudo com devoção e dedicação imensas, até a sua morte. E, se de vez em quando organizamos visitas públicas, esperamos, no longo prazo, fazer deste castelo um verdadeiro museu. É nisso que estou trabalhando, e a colaboração financeira do seu pai irá nos ajudar muito, tenha certeza!

Benjamin acabara de conseguir resposta para uma de suas perguntas. Foi se tornando um mecenas que Jules tivera acesso ao castelo. Mas o verdadeiro mistério era: por que essa obsessão súbita por Rosa Bonheur – que tinha feito, tanto em sua vida como em sua obra – escolhas tão opostas aos gostos de Jules Férel?

A resposta, ou as respostas, deveriam estar no famoso sótão.

— Chegamos! — disse Cendrine. — Vou deixá-lo no esconderijo do seu pai. Ele com certeza lhe deu todas as instruções. Se eu encontrar a sua assistente, mostro o caminho para cá.

Benjamin ficou paralisado diante do amontoado de documentos e livros espalhados, baús, caixas de desenhos e quadros.

— Vejo que você está perdido — ela disse, quase rindo. — Seu pai reuniu os arquivos que gosta de consultar neste canto à direita. Também preciso te mostrar uma carta inédita de Rosa que encontrei anteontem, totalmente por acaso.

— Ficarei muito feliz.

E se corrigiu.

— Meu pai ainda mais.

Benjamin de fato tinha lido nas anotações e diários do pai que ele se interessava especialmente pelo período durante o qual Rosa Bonheur encontrara Buffalo Bill, de passagem por Paris com sua tropa para produzir seu espetáculo.

— Sim, também acho. Principalmente porque nessa carta Rosa evoca pela primeira vez o nome de Archibald Winter, o que vai deixar seu pai encantado.

— Mas isso é incrível de verdade, que achado! — exclamou Benjamin, esforçando-se para manifestar a mais viva excitação.

Cendrine se despediu e o deixou sozinho. Benjamin deu alguns passos pelo sótão, xeretando aqui e ali, sem saber por onde começar. Então, sentou-se e abriu o bloco de notas de Jules. Vejamos... o encontro entre Rosa e esse tal cavalheiro...

Jules compilara informações a respeito do ano 1900. Archibald Winter, nos Estados Unidos, foi um magnata da imprensa que fizera fortuna nos jornais. Fora da gestão de seus inúmeros e prósperos negócios, Winter passava o tempo satisfazendo sua paixão pelo jogo de xadrez. Ganhou inúmeros torneios e chegou a ser convidado para enfrentar os maiores campeões do mundo no exterior. Foi durante a Exposição Universal de 1889 – a mesma em que a Torre Eiffel foi revelada ao mundo – que Winter conheceu Rosa Bonheur. Na ocasião, o magnata estava participando do torneio de xadrez organizado durante o período. Amante dos animais, principalmente dos cachorros, Archibald se conectou com a artista. Alguns anos depois, dois anos antes da morte de Rosa, ele encomendou a ela um retrato de Danican, seu chihuahua amado; uma tela imensa que ele fora buscar pessoalmente para transportá-la de navio – um monumento fretado entre Le Havre e Nova York.

Winter adquirira inúmeros outros quadros da artista, e continuou se correspondendo com ela até a morte de Rosa, em 1899, em Thomery.

Mas por que esse encontro entre Rosa Bonheur e Archibald Winter era tão importante para Jules? Ele não gostava de animais e, se sabia jogar xadrez, não era um apaixonado. Benjamin não conseguia se lembrar de nenhuma ocasião em que o pai tivesse mencionado a artista ou esse Winter, que, se alguma vez tivera prestígio em vida, o fato não tinha sido transmitido à posterioridade.

Jules também escrevera no caderno que o magnata esgotara toda a sua fortuna antes de morrer, a fim de que nenhum de seus três filhos – que ele detestava – pudesse reivindicar a herança.

O que pensar disso tudo?

O que extrair dessas linhas escritas em letras tão miúdas de Jules Férel?

Para esticar as pernas, Benjamin deu alguns passos pelo sótão. Então, reparou em uma pequena escada que parecia dar acesso ao telhado.

Subiu alguns degraus bambos e viu-se ao ar livre, em uma das sacadas da torre. Esse fim de tarde estava abafado. A leste, avistou os telhados das casas do vilarejo de Thomery, como um pequeno lago cinza. A oeste, o sol começava a fazer o seu mergulho no parque, colorindo as poucas nuvens em um laranja rosado e tingindo as árvores com essa mesma cor.

Benjamin observou, em sua frente, a torre pintada de vermelho, coroada por um longo pináculo. A portinha, munida de uma fechadura enorme com contornos estranhos, certamente permitia uma abertura aos pássaros para lhes dar acesso a esse refúgio.

A atmosfera parecia muito tranquila. Ainda assim, uma ameaça abstrata, que Benjamin não conseguia explicar, pairava no ar. Sombras se desenhavam no parque, segundo os caprichos do sol. E depois o vento, embora fraco, mergulhando no topo do pombal, gemia, modulando queixas estranhas.

Benjamin debruçou-se na fina balaustrada de ferro forjado para observar a parte de trás do castelo.

Caïssa caminhava pelo enorme gramado do parque.

Era como se estivesse dançando.

12

Caïssa, no parque do castelo de By, se metamorfoseara.

Ela se sentia no corpo de outra pessoa, como se tivessem tirado dela um enorme peso. Explorava o parque como se estivesse sendo guiada por alguma força invisível, tendo como guia apenas o espírito da pintora, que ainda vivia ali.

Fascinada pela vegetação rasteira que se oferecia à sua frente, ela mergulhou no verde, pulando entre pedaços de sombra e de luz. Sentia-se livre de qualquer obrigação. Nunca tinha sentido uma leveza como aquela.

Caïssa mergulhava no tapete verde, de folhas fininhas de um verde-escuro que o sol fazia brilhar. Ela queria se afogar!

Em plena floresta, ela descobriu uma construção surpreendente, cilíndrica como um pequeno moinho sem pás, dotada de um alpendre. As paredes eram brancas, corroídas pelo tempo, e os entalhes marrons. Sobre o teto cônico, uma bandeira de ferro pintada em duas cores, e no interior, sob o teto coberto de desenhos de flores, um lustre de doze castiçais que deveria ter sido preenchido de velas. Ela se deteve ali por um instante e teve a sensação de viajar no tempo.

De volta ao extenso gramado, a jovem encontrou Benjamin sentado no alpendre. Ele observava o jardim com atenção, como se algo o chamasse, mas ele não ousasse se aventurar por ali.

— Que horas são? — ela gritou quando estava se aproximando.

— Acabou a pilha do seu game boy?

Ela deu de ombros. De fato, ela tinha esquecido a mochila durante aquele passeio.

— Pois fique sabendo que game boy não tem relógio. Que horas são?

— Um pouco mais de oito e meia.

Ela ficou espantada ao perceber que tinha passado cerca de duas horas no parque.

— Perdemos o último trem para Paris — Benjamin continuou.

— Espero que pelo menos você tenha encontrado o que veio procurar.

— E você, encontrou?

— Muito mais. E ainda não visitei o interior do castelo.

Então, Benjamin fez o papel de guia. Cendrine Gluck recebeu Caïssa e ficou maravilhada com o entusiasmo dela.

— Parece que você se sente em casa aqui. Como se já fizesse parte da família.

A estudante ficou vermelha.

— Está tarde para voltar para Paris de trem — continuou Cendrine. — Vocês são meus convidados para passar a noite no castelo. Temos dois quartos de hóspedes. Vocês poderão passar uma excelente noite e acordar com o canto dos rouxinóis. E jantarão conosco, é claro.

Caïssa aceitou com entusiasmo.

— Mas se precisar, sr. Férel, retornar a Paris ainda hoje porque tem obrigações a cumprir, posso chamar um táxi de Fontainebleau.

Benjamin dispensou o táxi e agradeceu a Cendrine pela recepção calorosa. Ele estava ansioso para ver a carta da qual ela tinha falado mais cedo. Foram a um escritório cuidadosamente arrumado, sem o menor vestígio de qualquer equipamento eletrônico.

— Vocês encontrarão luvas na gaveta da cômoda perto da porta — disse ela enquanto tirava uma folha de pergaminho, bastante amarelada, de uma caixa de acrílico protegida da luz.

Ela estendeu a carta a Benjamin, que a pegou com cuidado.

O texto era curto e provavelmente se tratava de um rascunho. Estava datada de 21 de setembro de 1898. A artista informava Archibald Winter de que os croquis estariam terminados até o fim do ano. Só faltavam três dos doze. Ela terminava a carta da seguinte maneira:

Espero que tenha a gentileza de me enviar um exemplar do seu trabalho, ou pelo menos uma fotografia. Você me deu um trabalho que não está sendo nada natural. Não estou me queixando. Um artista sempre deve se lançar em desafios pessoais, mas não tenho certeza se fui bem-sucedida desta vez. Mande minhas lembranças a seu amado Danican e a seu devotado Arthur.

De que trabalho Rosa estava falando nessa breve correspondência mal redigida? Não era do retrato de Danican, porque, segundo as anotações de Jules, ele fora feito em 1896, isto é, dois anos antes. E agora?

Fazer a pergunta para a dona da casa denunciaria seu desconhecimento quanto aos trabalhos de seu pai.

No canto inferior direito da carta, Rosa tinha desenhado uma cabeça de cachorro com as orelhas pontudas – seria Danican? – que lembrou Benjamin de outro desenho visto no sótão. Cendrine confirmou que se tratava de uma série de desenhos que serviram de base para esculturas. Cachorros, gatos e também coelhos, cavalos e pombos.

— A senhora sabe se essa cabeça de cachorro é de Danican, o chihuahua de Archibald Winter? — perguntou Benjamin.

Cendrine negou com a cabeça.

— Não tenho ideia, mas não sou especialista no assunto. Infelizmente, a gestão do castelo não me deixa tempo livre para estudar os arquivos de Rosa. Deixo isso com outras pessoas. Parece que o seu pai estava concentrando as pesquisas na relação entre a artista e Winter, mas ele sempre foi muito discreto quanto às suas descobertas.

— A senhora disse que esses desenhos serviram para criar esculturas. A artista fez muitas ao longo da carreira?

— Sim, Rosa trabalhou com esculturas por muito tempo. Ovelhas, ursos, touros, coelhos...

— Cães, cavalos, elefantes... — acrescentou Caïssa.

— Exatamente.

— E pássaros, não? — perguntou Benjamin. — Pombos?

— Não que eu saiba — respondeu Cendrine.

Benjamin tinha encontrado alguma pista nesses desenhos, insignificantes à primeira vista, mas ligados a Archibald Winter de uma maneira ou de outra?

O jantar estava excelente. Ao redor da mesa, além de Cendrine e de seus convidados, estavam três das quatro filhas da administradora do castelo, que a ajudavam a cuidar do local.

— Eu adoraria lhe apresentar os membros da família Klumpke, mas eles foram passar as férias de verão nos Estados Unidos — ela se desculpou.

O cardápio era refinado; os pratos salgados vinham decorados com pétalas de flores, e os doces, com ervas aromáticas.

— Nossa cozinheira se inspira em algumas receitas deixadas por Rosa e suas companheiras.

Eles saborearam uma posta de bacalhau em crosta acompanhada de purê de aipo e legumes crocantes, além de um macaron de chocolate e cumaru, tudo regado a um vinho sancerre branco das terras Doudeau-Léger.

Rosa foi o único assunto de conversa durante o jantar. Benjamin ouvia e se esforçava para memorizar tudo, enquanto Caïssa revelava saber tudo sobre a artista.

No fim da refeição, Cendrine e as três filhas, encantadas pela devoção da estudante, deram a ela a chance de dormir no quarto da artista.

— Mas isso é honra demais — balbuciou Caïssa. — Seria um privilégio!

Benjamin lhe dirigiu um sorrisinho. No fim das contas, aquele ser era comunicativo!

— Vou me sentar na poltrona dela, em frente à janela, e ler meu tratado sobre o xadrez de Philidor sob as últimas luzes do dia.

— Você joga xadrez? — perguntou Capucine, a caçula das Gluck.

— Sim, é minha outra paixão, ao lado de Rosa. Elas foram passadas para mim por uma pessoa da minha família que se afastou muito cedo.

Para essa pessoa, acho que foi uma maneira de criar um elo entre nós, apesar da distância que nos separava.

Já era tarde e a madrugada reinava no castelo. Da janela do quarto de Rosa Bonheur, o parque não passava de uma gigantesca massa negra. Caïssa se deitou na cama da artista e deixou seu olhar passear pela estampa floral do papel de parede vermelho. Logo pegou no sono, sem nem precisar contar os carneirinhos de Rosa.

Já Benjamin teve mais dificuldade para dormir. Onde estava Jules? Essa pergunta o assombrava. Algo de mau tinha acontecido ao seu pai? Ele estava fugindo ou tinha sido capturado? Seu ferimento tinha sido grave?

De repente, um grito perfurou o silêncio.

Caïssa!

13

A intuição de Benjamin lhe dizia que tinha sido ela. O quarto de Rosa Bonheur era o mais distante do seu, mas todas as janelas estavam abertas e o grito lhe chegara com muita clareza.

Benjamin saltou da cama e não se deu o trabalho de vestir a calça. Ouviu barulhos de portas batendo no andar inferior. Não houve nenhum outro grito.

— Caïssa! — ele chamou.

Nenhuma resposta. Será que Caïssa também tinha sido sequestrada?

Benjamin não conseguia se orientar direito no escuro. Não encontrou nenhum interruptor, mas enfim conseguiu chegar ao quarto de Rosa.

— Caïssa!

A cama estava desfeita, o lençol amassado, dois travesseiros imensos nos pés da cama. A luminária estava jogada no chão, com a lâmpada quebrada.

Ele correu para a janela e observou o parque. Então, conseguiu enxergar um grupo de três homens, dos quais o maior parecia estar levando um corpo inerte.

Caïssa!

Benjamin saiu como um furacão do cômodo.

— Chame a polícia! — gritou para Cendrine Gluck, que encontrou de camisola, com os olhos arregalados, enquanto atravessava o pátio correndo.

Benjamin correu o mais rápido que pôde, condenando sua condição física patética. Se Assane estivesse ali naquele momento, teria alcançado os três sujeitos em dois tempos.

Adentrou a floresta. Os galhos arranharam suas pernas e seu rosto.

— Parem! — ele gritou para o vento.

Não enxergava nada, não percebia nenhum movimento. De repente, ouviu um novo grito. Um dos sequestradores tinha caído. Parou para se orientar. Ali, à esquerda! Correu entre um conjunto de arbustos e encontrou outros arbustos. Agora viu um feixe de luz. Um dos sujeitos estava levando uma lanterna.

Benjamin se concentrou naquela luz fraca, mas os obstáculos se multiplicavam no caminho, sem falar nos seus pés descalços e já esfolados.

Foi então que um barulho de motor quebrou o silêncio da madrugada.

— Caïssa! — Benjamin gritou uma última vez.

Ele tinha chegado ao muro que delimitava a propriedade. Uma porta se abria para um caminho de terra. A uma dezena de metros, viu o brilho das lanternas traseiras de um carro, que deu a partida com as portas de trás ainda abertas. Quando elas foram fechadas, as lanternas do veículo não passavam de dois pontinhos vermelhos.

14

Benjamin encontrou Cendrine Gluck e as filhas no pátio do castelo. Elas tinham se vestido às pressas. O semblante das quatro transmitia uma preocupação muito grande.

— A polícia de Fontainebleau não vai demorar — disse Cendrine.
— O que aconteceu?

O filho de Férel, incapaz de articular uma única palavra que fosse, cambaleou até o salão do castelo, viu uma garrafa de água e encheu um copo enorme antes de desabar em uma cadeira.

— Caïssa... — enfim conseguiu falar. — Ela foi levada... vieram atrás dela... no quarto...

— Meu Deus! — gritou Cendrine.

As três filhas a abraçaram. A administradora do castelo explicou que os barulhos estranhos a tinham tirado da cama e que vira Benjamin sair correndo.

— Chamei a polícia — ela concluiu.

— Fez bem — disse Benjamin, se recuperando aos poucos.

Um esquadrão de viaturas chegou uns dez minutos depois, com suas luzes acesas e as sirenes berrando. O comandante Fossier liderava a tropa de duas mulheres e quatro homens fardados. Ele interrogou Benjamin, enquanto os outros verificavam o castelo, guiados pelas filhas de Cendrine.

— Não consegui ver nada do rosto deles — declarou Benjamin. — Eu estava muito longe e estava muito escuro.

— Sua assistente declarou se sentir ameaçada nos últimos dias? — perguntou Fossier. — O senhor tem alguma ideia de quem pode ter organizado essa captura?

Benjamin poderia ter mencionado o desaparecimento do pai, o código secreto, o cômodo escondido dedicado a Rosa Bonheur e o interesse de Caïssa pela artista. Era evidente que os dois eventos estavam ligados, mas ele respondeu:

— Não, não tenho ideia. E posso garantir que Caïssa estava maravilhada por estar aqui. Ela não parecia estar sentindo nenhum tipo de preocupação.

Cendrine Gluck confirmou.

— Vamos organizar bloqueios e transmitir um alerta de sequestro — prometeu o comandante. — O senhor tem uma foto da vítima?

— Não comigo, mas posso enviar ao senhor.

— Vamos fazer o que pudermos. Também é preciso avisar os pais dela.

— A mãe mora em Avignon. Posso me encarregar disso, se o senhor quiser.

Fossier concordou, sem conseguir reprimir um bocejo. Já eram três da manhã e ele estava de plantão havia muito tempo... mas ele não fraquejaria.

— O senhor pode me mostrar a porta por onde os bandidos saíram?

Benjamin conduziu o oficial, acompanhado por dois de seus homens, sob a forte luz de suas lanternas. Cendrine, que os acompanhava, perdia-se em pedidos de desculpas, como se fosse responsável pelo acontecimento ou por parte dele.

— Agora estou lembrando — disse Benjamin, que estava com frio — que passamos por três homens durante nosso passeio antes do jantar. Caïssa achou que fossem jardineiros do castelo.

— Os jardineiros não estavam trabalhando ontem — disse Cendrine.

— O senhor consegue descrever o rosto deles? — perguntou Fossier.

Benjamin admitiu que não. Nessa ocasião eles também estavam muito distantes, e os indivíduos tinham dado meia-volta quando os viram.

No local do rapto, dos dois lados da porta que cortava o muro da propriedade, os guardas fizeram as primeiras constatações, modificando a cena o mínimo possível.

— Oficiais da polícia científica vão estar aqui no início da manhã. Vamos tentar descobrir o modelo do carro a partir das marcas dos pneus, entre outras coisas. Sua ajuda vai ser importante, sr. Férel. Eu gostaria que o senhor permanecesse no castelo para auxiliá-los.

Benjamin concordou. Voltaria para Paris depois. O comandante, antes de retornar à delegacia para organizar a operação, perguntou mais uma vez o motivo da presença dos dois em Thomery. O rapaz respondeu de maneira vaga, mencionando pesquisas sobre a artista para o seu trabalho.

Essa nova meia mentira lhe custou caro e o impediu de encontrar o sono. Deitado na cama, viu o rosto de Jules e de Caïssa dançando sem parar no teto do quarto que ele ocupava.

Por que esse sequestro? Onde Caïssa estaria agora? Ela estava em perigo? Levaram a moça para o mesmo lugar onde Jules estava preso? Quem os mantinha presos? Como saber? Nada, absolutamente nada estava claro nessa história.

De manhãzinha, recebeu uma ligação de sua mãe. Ele não atendeu. Benjamin acompanhou o trabalho dos oficiais da polícia científica com grande interesse e respondeu às perguntas deles da melhor maneira possível. Fossier chegou um pouco mais tarde, dizendo que um plano de grandes proporções tinha sido colocado em operação no sul do departamento de Seine-et-Marne, assim como no norte de Yonne e de Loiret. Até o momento ainda não havia nenhum indício, nenhuma pista. Ele também tinha divulgado uma foto recente de Caïssa, obtida nos arquivos centrais do sistema de emissão de carteiras de habilitação.

— Nós vamos manter o senhor informado em tempo real — prometeu Fossier, que anotou o número do celular de Benjamin e seus dois endereços em Paris, o da loja, na rua de Verneuil, e o da casa dos pais, na rua Georges-Braque.

Quando o oficial lhe perguntou se sabia o endereço do apartamento que Caïssa estava alugando em Paris, ele precisou admitir que não sabia.

Só restava avisar a mãe dela, que não fazia ideia do que estava acontecendo. Benjamin prometeu fazer isso assim que voltasse para Paris, pois não tinha o número dela em seu celular. Fossier disse que não poderia mais esperar e que se encarregaria.

Extenuado física e emocionalmente, Benjamin não teve coragem de esperar o trem na estação de Thomery e pegou um táxi de volta para Paris. Prometeu a Cendrine Gluck que a manteria informada.

Eram pouco menos de dez horas quando Benjamin abriu a porta da casa dos pais. Ao lado do furgão branco que já estava lá na noite anterior, reparou na presença de um carro preto que tinha a sensação de já ter visto.

De fato. Ao entrar na sala, um imenso cômodo frio de piso de mármore, deparou com o rosto desfigurado da mãe, sentada rígida como uma estaca no sofá, e o rosto bastante sombrio do chefe de polícia Romain Dudouis, sempre cercado por dois policiais fardados, em pé atrás dele.

— Benjamin! — exclamou Édith, levantando-se para receber o filho. — Avisaram ao sr. Dudouis do que aconteceu em Fontainebleau... que tragédia, que tragédia o que aconteceu com Caïssa!

A tragédia para você, pensou Benjamin, dando um passo para o lado para escapar do abraço forçado da mãe, *é que você vai ser obrigada a confessar tudo.*

Dudouis, que era um bom policial apesar de ainda ser jovem, tinha entendido que o silêncio constrangido de Édith Férel escondia algum segredo. Já no dia anterior, a explicação de Benjamin a respeito da instalação de arte contemporânea para explicar os tiros tinha lhe parecido história para boi dormir.

— Notícias tão importantes envolvendo a família Férel — acusou o chefe de polícia — não podem ser só uma série de coincidências, não é?

Benjamin se esforçou para não olhar nos olhos da mãe e contou sobre sua noite no castelo.

— Estou completamente no escuro, assim como o senhor — concluiu.

— Há quanto tempo o senhor conhece Caïssa Aubry? — perguntou Dudouis.

— Só algumas semanas — respondeu o rapaz, erguendo os óculos. — É uma funcionária que meu pai contratou para trabalhar durante dois meses do verão na butique que eu gerencio, na rua de Verneuil.

— Nada a acrescentar? — insistiu Dudouis.

— Sobre o quê?

— Sobre a sua funcionária — chiou o policial.

Então, Édith interveio:

— É que... é que...

Ela tentou se levantar, mas desabou no mesmo instante. Diante da fraqueza dela, Benjamin não pôde fazer outra coisa senão se curvar para apoiá-la. O que estava por vir deveria ser muito duro para que sua mãe, sempre muito controlada, perdesse as forças desse jeito.

— É que ela não é uma simples funcionária...

Seus olhos se encheram de lágrimas.

— Sinto muito, Benjamin.

Ela olhou para o filho e depois para o chefe de polícia.

— Desculpe, sr. Dudouis... Vou contar toda a verdade.

Benjamin ainda a segurava pelo braço, mas toda a sua energia o abandonou antes mesmo que a mãe dissesse o que tinha a dizer.

— Caïssa é sua irmã, Benjamin. Meia-irmã, para ser mais exata.

15

Vertigens.

Assim, no plural.

Benjamin ficou sem reação. Ele se transformara em uma estátua que poderia muito bem encontrar um lugar, naquele instante, na vitrine da butique do Marais, gerenciada pelo pai, onde reinavam majestosamente esculturas assinadas por Rodin ou por Bourdelle.

— Sra. Férel — retomou o chefe de polícia Dudouis, depois de limpar a garganta com um pigarro —, seja mais explícita. Quem é Caïssa, de verdade? O desaparecimento dela tem alguma ligação com o do seu marido?

Édith tentou segurar a mão do filho, mas não conseguiu, pois ele estava como que petrificado.

— Não sei se os sequestradores de Caïssa são os mesmos de Jules. E também não sei se Jules foi levado ou se fugiu por algum motivo.

— A senhora precisa contar tudo, agora mesmo — insistiu o policial. — O que aconteceu na noite em que seus vizinhos ouviram os tiros?

Édith afundou na poltrona e fechou os olhos.

— Um copo d'água — ela balbuciou. — Por favor, um copo d'água, rápido...

Anémone, a cozinheira, que estava junto à porta da sala, correu para a cozinha e voltou com uma garrafa de água mineral e uma enorme taça de cristal. A dona da casa matou a sede com grande goles barulhentos, fazendo força para respirar.

— Realmente houve três tiros. Os dois últimos foram meus. Essa história de instalação de arte contemporânea é uma bobagem.

Benjamin não esboçou nenhuma reação quando Dudouis lhe dirigiu um olhar de espanto.

Desta vez Édith Férel contou em detalhes tudo o que tinha acontecido naquela noite, admitindo até que jogara fora o lenço bordado sujo de sangue e que mandara o mordomo apagar todos os vestígios de pegadas nos canteiros do fundo do jardim.

— O que a senhora está me contando é extremamente grave — disse o policial após fazer algumas anotações em um bloquinho. — A vida de seu marido provavelmente está correndo perigo, assim como a da filha dele, e a senhora não encontrou nada mais relevante para fazer além de destruir as poucas pistas disponíveis depois de ter escondido importantes informações. Por quê?

Édith ficou muda. A tensão era quase palpável naquela sala, tão palpável que o mármore onipresente poderia ter rachado.

— Minha mãe achou que a intervenção da polícia só pioraria as coisas — disse Benjamin, com a voz rouca. — Meu pai desaparece o tempo todo, é um hábito dele. Os sumiços dele não costumam levar mais que um ou dois dias. Mas é claro que a coisa muda completamente de figura com o sequestro de Caïssa.

— Vocês têm que procurá-la — disse Édith. — Têm que procurar...

— Quando procuramos, geralmente encontramos.

Dudouis se levantou e mandou seus homens o acompanharem.

— Me mostrem o jardim — ordenou Dudouis a Édith e Benjamin.
— E o lenço? Onde a senhora o jogou?

— Eu queimei — admitiu Édith.

O policial balançou a cabeça.

— Torço para que a senhora não se arrependa amargamente.

Foi Benjamin quem levou os três policiais ao escritório de Jules, agora, impecavelmente arrumado, e depois ao jardim. Dudouis fez duas ligações no celular. Uma equipe da polícia científica viria na tarde seguinte. Deu ao interlocutor notícias das barreiras montadas ao redor de Thomery. Nenhum carro tinha sido retido.

— Foram mais rápidos que nós — o policial resmungou.

Benjamin acompanhou Dudouis e seus homens até a viatura deles, estacionada em fila dupla contra o furgão branco. Colocou-se à disposição dos policiais e pediu que o mantivessem a par de qualquer informação a respeito de Caïssa.

— Admiro seu sangue-frio nessas circunstâncias — reconheceu o policial enquanto se afastava de Benjamin.

— Caïssa sabe que é minha irmã? — perguntou ele à mãe, com um tom frio.

— Sabe — sussurrou Édith.

— E vocês ainda não me consideravam adulto o suficiente para saber a verdade?

Édith fez outra pergunta, como se não tivesse ouvido o filho:

— Você não disse nada sobre as inscrições aos policiais?

— Responda à minha pergunta! — mandou Benjamin. — Por que meu pai nunca me contou sobre Caïssa?

Édith demorou para responder.

— Eu só soube há três anos. Uma noite, encontrei no cofre deixado aberto as cartas que ele ainda trocava com a amante. Jules foi obrigado a confessar. Na época, a mãe da Caïssa era atriz. Hoje ela tem uma pequena galeria de arte na praça dos Corpos Santos, em Avignon.

— Endereço curioso — ironizou Benjamin.

— Foi algo passageiro, uma noite de amor sem importância que deu errado.

Benjamin a interrompeu rapidamente:

— Não estou interessado nesses detalhes. Eles são da sua conta, que é esposa dele. Eu, que sou filho, nunca vou perdoar o fato de ele ter escondido essa filha por tanto tempo e ter proibido Caïssa de me contar a verdade.

Édith deixou escapar um sorriso de sarcasmo que Benjamin considerou desprezível.

— Jules queria te contar. Eu era contra. Quer saber por quê? Porque ela nunca vai ser parte da nossa família, Benjamin. Não é porque o seu pai se perdeu uma vez, no sentido real e figurado, uma única vez, uma vez infeliz, em Avignon, que vou deixar nossa família inteira ser destruída.

— Ela já foi destruída há muito tempo, e você sabe disso.

— Além disso — Édith continuou —, eu o proibi de reconhecer a paternidade. Se um dia ele fizer isso, vou exigir a mudança do nosso regime matrimonial para separação de bens, para que nunca, ouça bem, nunca a amante e essa filha possam usufruir dos frutos do meu trabalho.

Minha mãe é realmente uma comerciante, até no amor, pensou Benjamin. *Principalmente no amor, para dizer a verdade.*

— Para você, Caïssa nunca será mais que uma funcionária. Um pouco como eu, seu próprio filho.

— Se não estiver feliz, pode fazer como seu pai e sumir!

Benjamin sentiu a raiva subindo no peito. Seu corpo inteiro tremia, e ele cerrava os punhos para segurar a vontade de arrebatar um vaso precioso, rasgar um quadro ou destruir qualquer antiguidade de valor inestimável que pertencesse ao pai.

— E quanto a Rosa Bonheur? — ele perguntou. — Você com certeza sabia. O cômodo secreto no closet que se abre com a gravata de sete corações. As visitas de Jules ao castelo de By e a vários museus, na França e nos Estados Unidos, onde a artista expôs.

— Rosa Bonheur? — ela repetiu, consternada. — O que ela tem a ver com tudo isso?

— Mentirosa! Mentirosa! — gritou Benjamin. — A rainha mente! A rainha mente!

E subiu correndo para o quarto de sua infância e adolescência para se trancar com toda a sua fúria. Aproveitou para ligar para Assane. Ele sabia que só seu amigo mais antigo seria capaz de ajudá-lo a se acalmar.

16

Assane estava trabalhando desde cedo na loja de artigos esportivos onde era vigia. Estava de olho em um grupo de cinco meninos que mal tinham dez anos e estavam provando óculos de sol. Estava muito quente, mesmo com o ar-condicionado ligado, e Assane estava sofrendo naquele uniforme que ele detestava: terno e gravata pretos com camisa branca. Os adolescentes riam alto e, às vezes, trocavam uns socos e chutes. O vigia já sabia no que aquilo daria. Dali a pouco tempo, para escapar de uma briga falsa, os meninos sairiam correndo com os óculos de sol de marca no rosto.

Sentiu o celular vibrar no bolso interno do paletó e atendeu, sem tirar os olhos da criançada.

— Alguma notícia? — perguntou logo. — A rainha do código? A rosa?

— Sim. Mas...

Benjamin se calou. Sentia a garganta presa, conteve uma respiração profunda. O amigo percebeu.

— Irmão? — Assane chamou.

Ele não respondia. A dor devia ser imensa. O que estava acontecendo? Com o coração apertado, o gigante deu uma olhada no relógio de visor de cristal líquido, idêntico ao de Ben, a quem chamava de irmão.

— Diop! — gritou a voz de Bilal, o chefe da segurança da loja.

— Você está precisando de mim — cochichou Assane. — Vou te encontrar agora. Onde você está?

— Na casa do meu pai.

Assane desligou. Os meninos tinham disparado os alarmes das portas de entrada, mas agora já estavam longe. Bilal, enquadrado por seus dois superiores, Rémi e Mokhtar, avançava na direção de Assane a passos largos.

— Desculpem — disse Assane, com um sorriso falsamente constrangido. — Era da escola do meu filho. Ele está doente, preciso buscá-lo agora.

Ele não tinha encontrado nenhuma mentira melhor e se repreendeu, porque nunca tinha falado de filho nenhum no trabalho. Esta é uma das principais condições quando se deseja criar uma falsa identidade: as histórias precisam ter raízes. Nos livros de Maurice Leblanc, Arsène nunca inventava uma vida nova de uma hora para outra, no calor do momento. Ele preparava sua metamorfose com dedicação, conseguindo documentos falsos que pareciam mais verdadeiros que os reais, cartões de visita... No lugar de Assane, ele teria mencionado esse filho muito antes.

— E você tem filho? — perguntou Rémi. — Já na escola? Você foi precoce...

O chefe da segurança, Bilal, começou a rir.

— E como ele se chama, esse seu filho?

— Raoul — respondeu Assane, que tinha relido *O colar da rainha* na noite anterior, no metrô, voltando da casa de Claire.

Esse nome ficara marcado nele.

— Raoul do quê? — perguntou Mokhtar.

— Raoul Diop.

— Não é um nome comum, Raoul Diop — murmurou Bilal. — É meio como Mokhtar Durand, não soa bem, e também não deve pegar com facilidade.

Assane respirou profundamente para não ter que responder.

— É o que chamam de integração à francesa — caçoou Rémi.

— Posso ir? — insistiu Assane. — Estão me esperando.

— Você vai deixar o menino com a mãe dele — respondeu Bilal — e vai voltar logo, ok? Precisamos conversar sobre os óculos.

Assane correu para a saída de serviço mais próxima e se trocou depressa no vestiário. De calça jeans e camiseta, sentia-se muito melhor.

Para se proteger do sol, colocou o boné de linho e pôs seus óculos de sol de aviador.

Subiu na bicicleta e atravessou a distância que separava Montreuil do parque Montsouris em menos de vinte minutos – aventura que quase lhe custara várias vezes uma perna ou um braço no trânsito carregado das grandes avenidas parisienses.

Foi Joseph, o mordomo, quem abriu a porta. Assane já visitara a mansão várias vezes, a convite de Benjamin, quando seus pais não estavam em casa. Benjamin desceu e levou o amigo até o escritório. Seus olhos estavam vermelhos.

— Vai dar tudo certo, meu irmão... vai dar tudo certo. Conte tudo, devagar. Vamos sentar a bunda — palavras que Maurice teria escrito — no cômodo preferido de Jules e conversar. Acho que é disso que você está precisando.

A presença de Assane agia sobre Benjamin como o pó de um extintor sobre o fogo vivo. Benjamin contou, com a voz ainda fraca e hesitante, da ida ao castelo de By acompanhado de Caïssa, do sequestro da jovem, da revelação do segredo da família pela mãe e do difícil confronto com os policiais. Terminou agradecendo o amigo por ter vindo correndo para aliviar uma parte desse peso.

— Para dividir, meu amigo — disse Assane. — Então, Caïssa é sua meia-irmã. Se isso não é uma revelação... Não lembro se o meu Maurice fez alguma desse tipo, mas o mestre dele no assunto, que chamo de "o grande Eugène Sue", usava e abusava das revelações familiares. Até mesmo Dumas pai...

— Dispenso ser um herói da ficção agora — interrompeu Benjamin.

Assane sorriu e abraçou o amigo com ainda mais força.

— Vá buscar um chá na cozinha. Nada de café, hein... sei que você gosta, mas agora está precisando de alguma coisa que acalme.

Benjamin concordou.

— Você sabe que poderia ter me ligado do castelo — disse Assane. — Mesmo de madrugada.

— Agora você tem sua própria vida.

— Sim, mas continuo fazendo parte da sua, até que se prove o contrário, meu irmão. E eu sei que a recíproca é verdadeira. Nós juramos isso há muito tempo. Espero que você não tenha esquecido.

Benjamin o tranquilizou a esse respeito e, mais uma vez, despejou algumas palavras muito duras a respeito de Édith.

— Nunca vou perdoar — concluiu. — Ela age comigo como se eu ainda tivesse dez anos, não dá mais para suportar. E até o meu pai... por que tanta fraqueza ao lidar com ela?

— Eu entendo a sua raiva — disse o gigante, com o semblante sombrio. — Ela é legítima. Você não precisa me ensinar o quanto os pais são importantes na vida de uma criança, qualquer que seja a idade dela. Penso nisso todos os dias desde que meu pai se suicidou.

Terreno perigoso... arranje uma pergunta qualquer para mudar de assunto.

— Diga lá — Assane continuou —, mesmo que seus pais tenham os defeitos deles, e todos têm, não é bom pelo menos ainda poder abraçá-los?

Essa observação amoleceu de vez Benjamin. Porque seu amigo sempre presente estava certo. Então, os dois se calaram e ficaram onde estavam, sentados em meio aos aromas de tabaco e licores. Assane se levantou para dar a volta na mesa e, finalmente, ler o original da mensagem que Claire tinha conseguido decifrar.

— Ela me ligou logo depois de ter ligado para você. Ela é boa demais.

Benjamin chamou o amigo para acompanhá-lo até a cozinha e tomarem um chá ou uma bebida gelada, mas Assane recusou.

— Não. Procure melhorar sua relação com a sua mãe. No fim das contas, se é verdade que ela não sabe nada sobre Rosa Bonheur, vocês dois estão no mesmo buraco. Você sabe que a descoberta da existência de Caïssa deve ter sido um choque para ela também. Só a minha presença já a deixaria irritada, então é melhor eu passar despercebido... bem despercebido.

Para um homem do tamanho de Assane, aquilo parecia uma piada!

Benjamin agradeceu ao amigo mais uma vez e saiu do aposento. O gigante ficou sozinho no escritório de Jules. Sentou na cadeira de couro do desaparecido e a achou muito confortável.

Assane, que não tinha mais nenhum parente na França, exceto uma tia distante no sul, tentou imaginar o quanto essa revelação sobre Caïssa poderia ter desestabilizado o amigo. A polícia precisava encontrar Jules e sua filha. E quanto mais rápido melhor.

Estava decidido: ele não sairia mais do lado de Benjamin. E pouco importava perder o emprego na loja, porque ele conseguiria outro.

Assane pegou o abridor de cartas que Jules tinha usado para gravar os símbolos e começou a passá-lo de uma falange a outra, com muita destreza. Um ladrão de casaca precisava ser habilidoso com os dez dedos, era uma condição *sine qua non*. Mas, ao passar da mão direita para a esquerda, o abridor caiu na mesa, fez uma marca precisa na madeira e tombou no chão, onde ricocheteou várias vezes até parar debaixo de uma vitrine de exposição onde o pai de Benjamin conservava diversos objetos. Havia um violino, um metrônomo antigo e várias canetas-tinteiro de grande valor. Assane se agachou e viu, debaixo do móvel, uma espécie de bolinha branca: a webcam do pai de Benjamin. Ao pegá-la, Assane sentiu outro objeto escondido debaixo da vitrine, junto à parede. O gigante reposicionou a câmera sobre o monitor e conectou o cabo USB no computador. Em seguida, tentou alcançar o outro objeto que estava debaixo do móvel, mas o espaço era estreito demais para o seu braço. Então, arrastou o móvel e descobriu o que era o objeto.

Era um tipo de escultura em madeira de uma cabeça de pássaro, entalhada sobre uma base na qual se via um trabalho de relevo formando algo como palavras de uma língua misteriosa.

Assane virou e revirou o objeto várias vezes entre os dedos e se perguntou se não era uma peça de um jogo de xadrez. Ele sabia que Jules gostava do jogo dos reis e que, para sua tristeza, não tinha conseguido transmitir essa paixão ao filho.

Um traço vermelho atravessava a peça na parte superior. Aquilo era sangue?

Assane continuou brincando com ela. O sangue manchava o bico do animal.

Era como se aquele pombo curioso tivesse acabado de fazer um banquete ensanguentado.

17

— Benjamin? Pode vir ver uma coisa, por favor?

Assane se levantou e colocou o pombo de madeira sobre a mesa de Jules, deixando-o bem evidente. O pombo parecia hesitar antes de dar um salto para pousar em algum objeto.

Benjamin entrou, segurando uma xícara fumegante. Um cheiro forte de limão imediatamente substituiu o do tabaco frio e do álcool.

— Chamou?

— Veja o que eu encontrei debaixo da vitrine.

Benjamin se abaixou para ver.

— Sim, é sangue. Pelo menos eu acho que é.

— Eu conheço essa cabeça de pombo — murmurou Benjamin. — Sim, até os olhos, a forma do bico, o movimento das penas...

Ele vasculhou no bolso de trás da calça e pegou o celular.

— Veja, Assane, veja — disse, assustado.

E bateu com força no teclado do aparelho para fazer as imagens deslizarem na pequena tela.

— Aqui!

Ele tinha parado sua busca no desenho de um pombo feito com grafite. E Assane validou a intuição do amigo: o desenho se parecia demais com a pequena escultura em cima da mesa.

— De onde saiu essa foto?

— Eu fotografei o arquivo conservado no sótão do castelo de By. É um desenho que serve de base para as esculturas que Rosa Bonheur fazia, além das pinturas.

Assane sorriu.

— É mais provável que seja de um jogo de xadrez. Repare na base. Tem umas inscrições estranhas gravadas nela.

Benjamin pegou o pombo e constatou que, de fato, havia na base da peça linhas e formas esquisitas. Tinham sido gravadas com muita delicadeza, porque o relevo não impedia em nada o equilíbrio da escultura.

— Que louco — disse Benjamin. — Então os desenhos de Rosa Bonheur serviram para esculpir um jogo de xadrez... ou para que alguém pudesse esculpir, por intermédio de Winter, um jogo de xadrez cujas peças ela tivesse desenhado.

— Winter? Quem é Winter?

Benjamin explicou em algumas palavras quem era o magnata e como ele tinha apoiado o trabalho da artista francesa desde que se encontraram na Exposição Universal.

— Não sei qual é o estilo dessa tal de Rosa Bonheur — disse Assane —, mas, se ela for das boas, uma peça dessa aqui pode valer muita grana. E o jogo inteiro, então, seria do tamanho do tesouro dos reis da França.

Benjamin concordou. Ao encontrar essa escultura, será que seu amigo tinha acabado de fazer a investigação do desaparecimento de Jules e do sequestro de Caïssa dar mais um passo? Um golpe decisivo, como dizem no jogo dos reis?

Depois de comparar mais uma vez, e com ainda mais atenção, a foto do desenho e a peça encontrada debaixo do móvel, Benjamin ligou para Cendrine Gluck, que lhe pediu imediatamente notícias de Caïssa.

— Infelizmente não tenho nada de novo sobre esse assunto, mas a polícia está trabalhando — disse Benjamin, com a voz agitada. — Tenho uma pergunta a fazer a respeito daquele desenho de pombo... a senhora se lembra?

— Claro que sim!

Assane tinha se aproximado do amigo para ouvir a conversa.

— Rosa Bonheur desenhou, em algum momento da carreira, as peças de um jogo de xadrez?

A resposta da administradora do castelo foi rápida:

— Não, não que eu saiba. Mas ainda há tantos caminhos inexplorados na carreira dela! O que posso lhe dizer é que não há nenhuma menção ao jogo de xadrez no catálogo da artista que estamos construindo em parceria com uma curadora do Museu de Orsay. E Rosa não jogava xadrez.

— E se eu lhe disser que encontrei no escritório do meu pai uma escultura de madeira que é igualzinha ao desenho de pomba que está nos arquivos do sótão?

— Seria interessante — respondeu Cendrine, com a voz animada. — O senhor pode me mandar uma foto por e-mail?

— Posso mandar uma para o seu celular, se ele for de um modelo recente.

— Vamos tentar.

Assane, todo sorridente, ergueu o polegar.

— Tenho que desligar para fazer isso.

— Então até daqui a pouco.

Benjamin iluminou o cômodo inteiro e fez uma série de fotos com o celular, de todos os ângulos, diante do olhar satisfeito de Assane, que o observava de braços cruzados.

— Meu amigo, essa história do xadrez... Estou pensando no código que o seu pai deixou. A rainha mente. A rainha... não é justamente uma peça desse jogo?

Benjamin não teve tempo de responder, porque seu telefone começou a vibrar. Alguém estava tentando falar com ele.

— Você ainda não mandou nada para ela — disse Assane.

— É de um número desconhecido — constata Benjamin, que atendeu e ativou o viva voz.

Uma voz mecânica inundou o escritório de Jules:

— Nós trocamos a garota pela escultura que você acabou de encontrar.

Assane e Benjamin ficaram paralisados.

— Não é uma proposta, Férel — o homem continuou. — É uma ordem.

18

— Queremos a escultura de pombo em troca de Caïssa — a voz repetiu. — Esta madrugada. À uma da manhã. No cais Auguste-Deshaies, em Ivry-sur-Seine. Na altura do barco. Só tem um. Você vai encontrar rápido.

Benjamin dirigiu um olhar perdido para Assane, que balançou a cabeça. Aparentemente ele conhecia esse lugar.

— Quem é você? — perguntou o filho de Férel. — Como conseguiu meu número?

— Não avise a polícia. Caso contrário, a troca não será feita.

— Como Caïssa está?

Nenhuma resposta.

— E meu pai? Jules Férel? Está com vocês?

A tela do celular de Benjamin se apagou. O homem tinha desligado.

Em seu escritório situado no andar térreo do castelo de Rosa Bonheur, Cendrine Gluck se levantou para esquentar uma xícara de chá. Ela tinha acabado de encerrar uma conversa das mais verdadeiramente instrutivas, que poderia ter uma repercussão extraordinária para ela e para o trabalho hercúleo que tentava concluir, dia após dia, ao lado de suas três filhas. Capucine entrou nesse momento para compartilhar o conteúdo da chaleira.

— E então? — perguntou.

— Estão avançando, passo a passo.

— Você acha que vamos ter notícias em breve?

Cendrine deu um sorriso.

— Em breve, sim... muito em breve. E não teremos conseguido à força. Dá para acreditar, Capucine?

— Não é possível — balbuciou Assane. — Você acabou de encontrar esse negócio. Não saímos do escritório, não falamos disso para ninguém...

Ele se retesou de repente, engoliu em seco e continuou.

— Só para Cendrine Gluck! Só para a administradora do castelo de By. Você vai precisar rever seus conceitos a respeito dela. Porque se não fosse por ela...

— Mas ela não pode ter sequestrado Caïssa! Estávamos com ela no castelo quando tudo aconteceu!

Assane deu de ombros.

— Por isso mesmo, irmão. Na área dela, ela estava em casa. Seria fácil dar ordens aos capangas e indicar o caminho. Além disso, assim ela não precisaria mandar Caïssa para muito longe. Se for isso mesmo, o carro que você viu indo embora só precisou fazer o retorno, e devem ter deixado Caïssa em um dos porões do castelo.

— Mas para que todo esse circo?

— Ainda é cedo demais para sabermos, Ben — respondeu Assane. — Talvez seja para meter a mão nesse pombo de madeira que o seu pai guardava.

Benjamin desabou na poltrona de Jules.

— Sim, faria sentido, você está certo. Esse resto de sangue deve ser da noite em que meu pai desapareceu. Será que vieram em busca dessa peça, ou de outras? Será que ela caiu debaixo do móvel durante a briga?

Benjamin foi interrompido das suas conjecturas por uma nova ligação. Desta vez reconheceu o número: era de Cendrine Gluck. Hesitou em atender, mas Assane o incentivou, imitando o gesto de atender o telefone.

— Benjamin? — perguntou a voz suave da administradora. — Não recebi as fotos. Estou te mandando meu endereço de e-mail. Se você não se importar, vou compartilhá-las com meu contato no Museu de Orsay.

— Você já falou com eles? — endireitou-se Benjamin, subitamente desconfiado de tudo.

— Não — defendeu-se Cendrine. — Não faz nem cinco minutos que você me ligou. Mas, se você me autorizar, eu gostaria de enviar.

Benjamin a interrompeu, pedindo que guardasse o segredo por mais um tempo.

— Deixe as fotos comigo — disse.

E desligou.

— Não foi ela. Ela não teria coragem de ligar.

— Eu não chegaria tão rápido a essa conclusão — disse Assane. — Ela poderia muito bem tentar usar isso como um álibi.

Assane começou a andar de um lado para o outro no escritório de Jules, fuçando aqui e ali, se abaixando, se levantando, ficando na ponta dos pés para olhar em cima dos raros móveis que eram mais altos que ele.

— O que você está procurando? — perguntou Benjamin.

— Adivinha.

— Microfones? Câmeras?

— Óbvio. Acabei de religar a webcam do seu pai. É você o especialista em informática. Você acha que podem estar nos assistindo de algum lugar pela webcam? Podem ter nos visto mexer na escultura.

Benjamin fez que não com a cabeça.

— Acho que isso está fora de cogitação. Para que a webcam se comunicasse pela internet, o modem do computador do meu pai precisaria estar conectado à rede. E não está. Tenho certeza de que um dia os computadores vão estar conectados à internet vinte e quatro horas por dia, e serão até controláveis a distância, mas ainda não é o caso.

Assane só escutava as explicações do amigo com um ouvido. Porque tinha acabado de encontrar, na ponta do varão que sustentava as cortinas da janela que dava para o jardim, um objeto curioso: um pequeno invólucro equipado com uma lente. Chamou Benjamin.

— Meu Deus, é uma minicâmera — suspirou.

— Seu pai instalou algum dispositivo de alarme e segurança contra roubo nos últimos tempos?

— Acho que não.

Para tirar a dúvida, Benjamin chamou Joseph, o mordomo, que confirmou que Férel não lhe falara a respeito de nenhuma instalação recente do tipo.

— Não existe na casa nenhum lugar onde estejam instalados monitores de vigilância e HDs? — perguntou Benjamin.

Ele precisou descrever como eram as instalações ao velho, que pouco conhecia as novas tecnologias, mas Joseph respondeu que tinha certeza de que não havia nada.

— Algum técnico ou prestador de serviço veio trabalhar recentemente no escritório do meu pai?

O mordomo coçou as bochechas antes de responder:

— Sim, técnicos da France Télécom — declarou —, já faz algumas semanas, acho. Vieram para instalar um novo equipamento de internet, uma melhoria que seu pai nem tinha solicitado.

Benjamin e Assane se entreolharam. Agradeceram a Joseph, que voltou imediatamente aos seus afazeres.

— Você estava enganado a respeito da webcam do meu pai — disse Benjamin —, mas talvez esteja certo sobre as câmeras.

— Olha! — gritou Assane, mostrando um pequeno vaso que continha uma planta verde. — No sensor de umidade. Outra minicâmera.

Imediatamente, Benjamin colou um pedaço de fita adesiva nas lentes.

— Deve ter outras.

— Agora sabem que nós descobrimos o segredo deles — disse Assane. — Mas isso não explica como eles viram as imagens, porque parece que estão conseguindo nos assistir em tempo real. Veja... não tem nenhum fio atrás das câmeras.

— A única possibilidade que eu vejo é a de uma transmissão por bluetooth.

— Blu o quê? — perguntou Assane.

— É uma tecnologia recente que permite transmitir dados digitais sem fio. É bastante confiável e plenamente capaz de permitir a transmissão de imagens em baixa definição, em tempo real, de câmeras para um computador... o único porém é que o alcance do bluetooth é de no máximo uns dez metros.

— O que significa — continuou Assane — que é preciso que o dispositivo que recebe as imagens esteja na casa de um vizinho. Ou em um jardim próximo.

— Sim. Ou até na rua. Bastaria um computador portátil, até de dentro de um carro seria possível...

Ele se calou.

— O furgão branco!

Benjamin atravessou o corredor feito um tiro.

— O que tem o furgão branco? — perguntou o gigante, correndo atrás do amigo.

— Reparei nele desde a noite em que meu pai desapareceu. Está estacionado na frente da casa.

Passaram como dois furacões pela cozinha e pela sala e bateram a porta que dava para o pequeno jardim da rua Georges-Braque.

— Pega! — Assane gritou.

Ele conseguiu chegar à calçada antes de Benjamin, mas era tarde demais. O furgão branco já estava virando a esquina, na direção dos boulevards de Maréchaux. Os pneus cantavam.

— Anote a placa — pediu Benjamin com o que lhe restava de fôlego.

Assane parou e balançou a cabeça. Estava longe demais. De qualquer forma, tinha a impressão de que a placa estava coberta de lama ou de que fora pintada de propósito.

Benjamin precisou se apoiar na porta para recuperar o fôlego.

— Pelo menos não vão poder continuar nos espionando — disse Assane.

— Será que ligaram de dentro do furgão?

— Provavelmente.

Voltaram para dentro da casa sob os olhares curiosos de Anémone e de Joseph. Édith provavelmente tinha saído.

— O que você pretende fazer com a escultura? — perguntou Assane.

Ele entrou no escritório e viu no mesmo instante que o objeto não estava mais na prateleira, onde eles haviam tido o descuido de o deixar.

19

— O pombo! — gritou Assane. — Sumiu da prateleira!

Benjamin tomou a frente.

— Essa é a sua reação? — espantou-se o gigante. — Temos que correr. Eles devem ter atravessado o jardim... Veja! A porta de vidro está entreaberta. Vamos!

— Calma, Arsène Diop! — tranquilizou-o Benjamin, colocando a mão no ombro do amigo, que se acalmou assim que viu seu sorrisinho de canto de boca.

— Você achou mesmo que eu iria sair do escritório sem pegar a escultura na prateleira? Ela está aqui.

Apalpou o bolso direito da calça jeans.

— E vai continuar aqui até hoje à noite.

Assane titubeou até a imensa poltrona de Jules, onde desabou.

— Melhor assim. Fiquei com medo... Se perdêssemos o objeto, teríamos perdido a chance de encontrar Caïssa hoje mesmo.

Benjamin se sentou na mesa, de frente para o amigo.

— Você acredita mesmo nessa troca?

— É claro! O desaparecimento do seu pai, o código que fala da Rainha, o sequestro de Caïssa, todos esses eventos estão ligados a esse objeto de madeira. Ontem você vasculhou bem os arquivos do castelo. Mas eu fico com a minha intuição: acho que o pombo estava guardado com outras peças no cofre do seu pai, e que os caras vieram naquela noite para pegá-las. O que aconteceu depois, não faço ideia. Sua mãe surgiu e aí foi aquele pandemônio. Levaram seu pai, a escultura rolou no chão... enfim.

Benjamin concordou.

— Sim, faz sentido. E, se querem tanto esse objeto, é porque ele deve ser valioso.

— Deve ser — prosseguiu Assane. — Se criaram um jogo de xadrez inteiro baseado nos desenhos inéditos de Rosa Bonheur, sem dúvida existem vinte e nove peças na coleção, além do pombo.

— Trinta e uma — corrigiu Benjamin, tirando a cabeça de pássaro do bolso e expondo-a a um raio de sol. Cães, gatos, cavalos... e talvez um tabuleiro?

— Sim. Com certeza seu pai colecionava essas peças.

— Para ele ou para um cliente. Fico me perguntando se Caïssa sabia. Se já sabia, ela me fez de bobo.

Assane deu de ombros e se levantou.

— Você tem razão. Nós temos muito a descobrir. Principalmente o papel de cada um nessa história. Cendrine Gluck, por exemplo... vítima ou cúmplice? Você está na dúvida, não está?

— Para mim ela é vítima. Tenho certeza. Mas não vou mandar as fotos que prometi. Isso vai ter que esperar. Vamos cortar o contato até à noite.

— Você está convencido? Vamos fazer a troca, então?

— Vou, irmão. Você acha que eles vão me deixar escolher? A liberdade da minha irmã em troca de uma peça esculpida em madeira...

— E a polícia? — perguntou Assane. — Vamos avisar Dudouis ou não?

— Se avisarmos, perdemos o controle. E o nosso interlocutor foi claro, não? Se envolvermos a polícia, a troca não acontece.

— Sim, mas eles também não ficam com a peça.

— E o que você sugere?

O gigante começou a andar em círculos pelo escritório. Ele não tinha ligado para a loja para se desculpar por ainda não ter voltado. Tanto faz, no fundo estava pouco ligando. Não, Assane estava pensando...

Como Lupin teria agido no lugar dele? Fazer a troca sem avisar a polícia era perigoso, sim, mas ninguém nunca viu o ladrão de casaca triunfar sem enfrentar inúmeras dificuldades e perigos. Além disso, Assane só tivera encontros interessantes, por assim dizer, com a polícia no passado.

— Deixa eu tentar ler seus pensamentos, meu amigo — continuou Benjamin. — Avisamos a polícia e ela se posiciona cuidadosamente na beira do cais, em frente ao barco, algumas horas antes da troca. E então, no momento de passar o pombo e recuperar Caïssa, epa! Intervenção das forças de ordem, recuperamos minha meia-irmã e mantemos a escultura.

Assane sacudiu a cabeça.

— Mas esses caras... nossos inimigos. Se eles tiverem um mínimo de bom senso... e devem ter, pelo sistema de câmeras e de bluetooth que usaram. Eles vão se posicionar muito antes da uma da manhã e vão ver que Dudouis e companhia foram avisados.

Nossos inimigos. É isso!, pensou Benjamin. *Diop está comigo!* Ele nunca duvidara, para dizer a verdade.

— O que estamos nos preparando para fazer, Assane, é uma técnica que o meu pai gosta de aplicar no xadrez. Às vezes ele falava disso. É a jogada preferida dele! Eu não sei muito mais que você, mas acho que o nome disso é gambito. O sacrifício de um peão para fazer a partida avançar, com o objetivo de retomar a vantagem logo em seguida.

— Vamos entregar um pombo de madeira, mas vamos resgatar uma pombinha bem viva. Se tudo der certo.

Em cima da mesa, o celular de Benjamin vibrou várias vezes. Primeiro a administradora do castelo de By, depois Dudouis. E Claire.

Mas ele não pretendia atender. Assane também o desencorajou com um olhar. Era preciso tomar uma decisão. Não comparecer ao encontro marcado seria fazer Caïssa correr um risco, e talvez Jules. Seria perder a oportunidade de descobrir uma pista e deixar a investigação apenas nas mãos da polícia.

— Ouça — disse Assane —, acho que é melhor você não ir pessoalmente. Se for como estou pensando, eles estão tentando reunir toda a família Férel.

— Então o que você sugere, meu amigo?

— Desde o início estou dizendo que essa história toda tem um cheiro estranho de enigma lupiniano. Você ainda não concorda comigo?

Benjamin suspirou, e Assane aceitou isso como uma rendição. Dirigiu ao amigo seu sorriso mais vivo.

— Então, me escute com atenção, Ben. Nós dois vamos seguir os passos de Arsène, se você topar. Ouça a proposta que vou fazer.

20

Geralmente, no cais Auguste-Deshaies, em Ivry, nesse bairro industrial localizado às margens do rio Sena, após as nove da noite só é possível diferenciar a região de um mundo pós-apocalíptico pelos arrulhos e pelo bater de asas dos pombos.

Nas margens do rio, os depósitos retangulares se enfileiram. Dúzias de paralelepípedos de aço cinza, ao longo das calçadas cinza; uma estrada cinza cercada de blocos de concreto completamente esburacados. As cercas protegidas por arame farpado enrolado em grossas camadas para que nem as aranhas consigam tecer suas belas e engenhosas teias ali.

Guindastes sobem até um céu que não parece ser mais que um domo de concreto no qual rabiscaram tufos de fumaça e nuvens escuras.

Grandes passarelas desfilam ao longo do cais, e algumas às vezes se elevam para permitir que se atravesse a estrada.

Em várias dessas passarelas, é possível encontrar pichações e desenhos surpreendentes, as únicas marcas coloridas dali, testemunhas de uma época – que existia há até poucas horas – onde mulheres e homens ousavam perambular pelo local.

Às nove da noite, o sol se põe nessa paisagem desoladora. Pelo menos ele renasce toda manhã ou prefere evitar esse lugar, que, por suas formas e cores, desvaloriza os astros, tornando-os inúteis e até mesmo pretensiosos?

Poderíamos dizer que a natureza mandou seus pombos para os cais só para fingir estar presente.

Mesmo o rio largo, lá embaixo, parece não se mexer.

O cheiro é de metal quente, com notas de enxofre e água parada.

Sim, geralmente as pessoas se perguntam quem seria capaz de gostar de viver ali e ousar ficar na área depois das nove da noite.

Mas, naquela noite, um velho se curvava sobre a passarela de um barco amarrado no cais do Sena. Na escuridão da madrugada, só era possível enxergar seu uniforme de marinheiro, sua calça e seu casaco azul, além do chapéu, da mesma cor, que trazia na parte da frente o desenho de uma âncora com asas de pombos nas extremidades.

O homem manuseava uma corda com dificuldade. Já estava havia cerca de quinze minutos tentando se entender com aquele ser desobediente para conseguir enrolá-lo. Fazia calor, mas o velho estava com frio. Ele tremia. Seria só o cansaço, quem sabe?

O velho marinheiro não deu nenhuma atenção ao barulho de motor que se aproximava de seu barco. Piscou os olhos repetidas vezes quando fortes faróis de xenônio refletiram nos vidros da sua cabine. Nesse instante, virou-se para trás e avistou um enorme carro sedã estacionado a menos de dez metros da passarela; sacudiu a cabeça e retomou seu trabalho.

Um homem desceu do sedã. Usava paletó. Tentou acender um cigarro, mas seu isqueiro se recusou a funcionar. Xingou uma vez, depois outra. Palavras que um marinheiro não ousaria usar a bordo de seu barco.

O cara do isqueiro insubordinado percebeu, nesse instante, a presença do velho marinheiro. Jogou o objeto inútil no pedaço de grama queimada onde o carro tinha parado e deu alguns passos em direção à passarela.

— *Stay here!* — gritou uma voz de dentro do carro.

— *Fuck you!* — respondeu o homem, com o cigarro no canto da boca.

Ele gritou para o marinheiro:

— Fala, vovô... tem isqueiro?

Seu francês era perfeito. Sem o menor resquício de sotaque estrangeiro. Ele viu o marinheiro se virar em sua direção. De longe, ele tinha achado que o homem não passava de um velhote, mas na realidade era bastante corpulento. Ele tinha longas costeletas muito brancas, que quase brilhavam no escuro da madrugada.

— Tem isqueiro? — perguntou de novo.

O velho marinheiro não respondeu, mas fez um sinal para que o homem se aproximasse. Ele estava segurando alguma coisa. Uma caixa. Seria de fósforos?

— *Come back!* — gritou a voz dentro do sedã.

O homem, sem responder dessa vez, dirigiu-se à passarela. Parou bem na frente dela para testar sua solidez. Então, atravessou-a e ficou cara a cara com o velho, que tinha um cheiro forte de água de colônia almiscarada e barata.

Foi nesse instante que descobriu as duas asas de pombo no chapéu do homem, enlaçando a âncora. Deteve-se, cerrou os dentes e insistiu mais uma vez.

— Anda logo, me dá um fósforo.

O marinheiro estendeu a pequena caixa e virou de costas para o homem, retornando ao seu trabalho com a corda.

O homem abriu a caixa. Não encontrou nenhum fósforo, mas sim um papel dobrado em quatro. Intrigado, desdobrou-o e descobriu um desenho de alta qualidade, que representava uma cabeça de pássaro.

De pombo, mais especificamente.

No momento em que ia abrir a boca para dizer algo, ouviu uma explosão que vinha de um dos depósitos situados no outro lado da estrada. Desta vez o marinheiro virou-se – muito lentamente, é preciso dizer. Talvez até demais.

— Você viu? — perguntou, com uma voz rouca. — Isso é um pássaro. Um pássaro que está tentando reencontrar sua rota. Ele se perdeu nesta zona industrial e não tinha nada a fazer por aqui.

As portas do sedã bateram. Dois homens armados tinham saído do carro.

— Seus olhinhos perscrutantes, seu bico comprido... — continuou o marinheiro. — Sim, é mesmo um pombo. Embora eu tenha visto poucos voando acima da minha embarcação nos últimos tempos.

O homem que estava com ele no barco deixou escapar um xingamento, jogou o cigarro na passarela e o esmagou com o pé.

— Você não é Benjamin Férel — ele disse, encarando o marinheiro.

— Você é bom de fisionomia.

— Quem é você?

— Corréjou. Pelo menos é assim que me chamam.

— Você veio em nome de Férel?

— Eu sei onde está a peça do xadrez. O pombo de madeira. Está escondida em algum lugar por aqui. Assim que eu vir Caïssa sã e salva, você saberá onde. Em seguida, você vai buscar a peça e libertar sua prisioneira, fazendo-a caminhar na minha direção. Quando você estiver com o pombo de madeira nas mãos, Caïssa deverá estar ao meu lado. Livre.

O homem não respondeu imediatamente. Estava examinando seu entorno. O barco, as áreas escuras daquele local devastado... A polícia fora avisada no último minuto?

— Não sou eu quem manda — ele disse. — Preciso perguntar ao chefe se ele aceita. Mas acho que ele não vai gostar de receber ordens. Principalmente de um sujeito como você.

Pela primeira vez, o marinheiro sorriu.

Então, o visitante recuou e voltou à passarela.

— *What the fuck was that noise?* — perguntou um dos capangas.

Ele deu de ombros e se inclinou em uma das portas de trás do carro. Da passarela do barco, o tal Corréjou observava a cena com interesse. E também com uma pontinha de apreensão.

Passaram-se alguns segundos que lhe pareceram uma vida. Então, ele viu outro homem sair do carro. Na bochecha dele havia uma cicatriz vermelha que tinha a forma de um grande diamante. Era impossível desviar o olhar dela.

Corréjou sentiu um fio de suor congelante escorrer pela coluna.

Em uma passarela alta, com vista privilegiada para a cena, na mais perfeita imobilidade, Benjamin Férel sentia toda a tensão do ambiente.

21

O homem do cigarro voltou para o barco a passos largos, demonstrando confiança.

— Meu chefe vai vir falar com você — disse. — Mas antes ele quer ter certeza de que você não está armado.

— Ele está armado — disse Corréjou. — Por que eu não estaria?

O marinheiro sorriu mais uma vez, o que lhe custou um esforço.

— Não estamos aqui para nos matarmos, estamos? Viemos fazer uma troca.

O outro hesitou e enfim se virou para fazer um sinal para o cara da cicatriz.

O chefe atravessou a passarela e parou diante de Corréjou. Vista tão de perto, a cicatriz era ainda mais impressionante. Parecia que ela continuava sangrando pelas inúmeras facetas da pedra preciosa.

— A menina está na parte de trás do carro — disse.

Ele falava com um forte sotaque.

— Ela está esperando. Só falta você cumprir sua parte no acordo.

O marinheiro sacudiu a cabeça e levou a mão direita à parte interna do casaco. Isso despertou o instinto de defesa de seus interlocutores, que apontaram ao mesmo tempo a arma em sua direção.

— Calma — disse Corréjou. — Só quero mostrar esta foto.

Ele estendeu uma fotografia que mostrava uma parte do muro de concreto bem em frente a eles. Em primeiro plano, via-se um registro imenso feito em spray, em azul, amarelo e verde. Era uma palavra: *Globo*.

— A escultura está em uma pequena cavidade bem no meio do segundo O.

O cara da cicatriz entregou a foto ao capanga e fez sinal para que fosse verificar.

— Você concordou — disse o marinheiro. — Quero que Caïssa venha na minha direção ao mesmo tempo que o seu homem caminha até o muro. Ela deverá estar ao meu lado quando você estiver segurando a escultura.

O chefe do grupo balançou a cabeça com despeito.

— Você deveria parar de ler livros de má qualidade.

— Muito pelo contrário — respondeu Corréjou.

— Vamos lhe entregar a menina.

Foi então que Caïssa finalmente saiu do sedã. O cabelo ruivo comprido contornava seu rosto, que expressava mais raiva que medo.

O marinheiro voltou a ficar sozinho no barco. Fez sinal para que Caïssa viesse ao seu encontro, sem tirar os olhos do homem que se guiava pela foto para se orientar até o enorme mural de grafites.

Mas Caïssa não deu mais que dois passos.

— Não! — ela gritou.

— *That idiot won't move on!* — pestanejou um dos capangas.

— Não é Benjamin no barco — disse Caïssa. — Quem é esse cara?

— Ele se chama Corréjou — informou o cara da cicatriz.

— Não conheço ele.

O velho marinheiro arrastou-se até a amurada e gritou:

— Não se preocupe, menina, tudo isso não passa de um roque. Pode confiar...

Os capangas do bando entenderam que o velho estava falando de alguma pedra. Mas não era nada disso, e Caïssa compreendera a alusão imediatamente.

Roque. Com Q, U e E no final, e não C e K. Um roque, na linguagem do xadrez, é um movimento conjunto do Rei e sua torre; é o único golpe que permite aos jogadores movimentar duas peças ao mesmo tempo! A torre passa para o outro lado do Rei a fim de protegê-lo.

Mas é claro! Benjamin era o Rei. E esse velho marinheiro encurvado e manco, com costeletas brancas imensas contra uma pele negra... era Assane! Um Assane impecavelmente disfarçado e fantasiado!

Se não fosse isso, o que significaria a alusão do marinheiro a essa jogada tão específica?

O homem que segurava a foto ficara paralisado.

— O que eu faço agora? — perguntou.

A jovem voltou a caminhar e em poucos passos alcançou a passarela do barco.

O plano dos dois amigos estava dando certo!

O marinheiro e o observador escondido, no alto da passarela, não sabiam mais para onde olhar. Para Caïssa, para o muro coberto de grafites, para o sedã?

O homem chegou perto do segundo O de Globo. Com a ajuda de uma tocha, afundou dois dedos na cavidade para pegar a peça de madeira.

Logo se pôs em direção ao sedã, gritando:

— *I've got it!*

Os outros três correram para dentro do veículo; o cara da cicatriz, que assumira o volante, fez o potente motor do carro roncar. Os faróis de xenônio banharam uma última vez a passarela do barco, o sedã deu uma violenta meia-volta que fez os pneus cantarem e desapareceu quase imediatamente no horizonte.

— Caïssa! — gritou Benjamin enquanto descia de seu posto de observação.

Mas ela tinha desabado nos braços protetores do marinheiro, encostando a cabeça no peito dele. O coração do velho rapaz estava disparado!

— Eles te trataram bem, pelo menos? — perguntou Corréjou, já com a voz de Assane.

Caïssa garantiu que sim. Benjamin os alcançou e os abraçou. Ficaram assim por um longo período, até que o admirador de Lupin pôs fim àquela pausa arrancando as costeletas, os dentes falsos e as lentes de contato que o estavam martirizando.

— Vamos dar o fora daqui — disse Benjamin.

— Espero que vocês não tenham vindo de bicicleta — sussurrou Caïssa.

Os dois rapazes sorriram. Ela os seguiu correndo em direção a um terreno baldio.

— Assane tem carteira de motorista — disse Benjamin. — Claire nos emprestou o carro dela. Dissemos que iríamos ver uma peça de teatro na periferia.

— Foi mais ou menos isso — aprovou Caïssa.

Pularam para dentro do modesto compacto de quatro portas e Assane arrancou com pressa. Benjamin estava no banco de trás.

— Vocês deram o pombo para ele? — perguntou a jovem. — O verdadeiro?

— Sim — disse Benjamin. — O que você queria que a gente fizesse?

— Nosso pai vai ficar louco de raiva.

— Ele estava com você? — perguntou Benjamin.

— Não, parece que os meus sequestradores estavam procurando por ele tanto quanto você.

Caïssa sorriu para Benjamin.

— Bom, estou vendo que você finalmente entendeu o que nos liga de verdade.

Benjamin acenou com seriedade. Eles tinham acabado de chegar à avenida que separa Paris de Ivry. Foram em direção a Montreuil, para o apartamento de Assane. O motorista tirou o casaco de marinheiro, pois estava com calor.

— Os caras foram até a mansão para pegar objetos que o nosso pai guardava no cofre do escritório — Caïssa continuou. — Mas tudo deu errado. Ele fugiu e os caras não conseguiram encontrá-lo. Foi por isso que me sequestraram no castelo de By. Tinham certeza de que eu sabia tanto quanto o nosso pai sobre o jogo de xadrez de Archibald Winter.

Assane e Benjamin trocaram um olhar de cumplicidade. Eles estavam certos!

— Jules se jogou na reconstituição do jogo como numa caça ao tesouro — disse Benjamin. — Mas pelo jeito ele encontrou um adversário mais forte.

— E você sabe mais alguma coisa sobre esse famoso jogo de xadrez? — Assane perguntou a Caïssa.

No cais Auguste-Deshaies, o cara da cicatriz em forma de diamante observou de perto aquele maldito pombo de madeira. Ele tinha se livrado da ruiva de temperamento forte, e tinha sido a melhor coisa que fizera desde que a sequestraram em Thomery.

O homem acenou para um de seus capangas e perguntou, em inglês:

— Que horas são para nós?

O outro olhou no relógio e fez as contas:

— Quatro e dez da tarde.

— Ligue para ela do seu telefone. E passe para mim.

A ordem foi obedecida rapidamente.

— Estamos com o pombo branco — o homem disse.

Houve um silêncio, e então sua interlocutora perguntou:

— Então já são quatro, com os três roubados do escritório de Férel e que chegaram às minhas mãos ontem.

— Preferi mandar Dumbleton de jato particular para que você os recebesse o quanto antes.

— Fez bem. Dane-se a pegada de carbono da empresa. Algumas causas são mais importantes que outras.

Ela fez uma pausa.

— E a escultura do Danican branco, a última que está faltando?

— Ainda não consegui.

— Imbecil.

— Vou continuar procurando.

— Incapaz.

Ela falava com a voz impostada, o que paradoxalmente imprimia mais força aos seus insultos.

— Você vai sair ganhando se me trouxer a última peça branca... esse maldito chihuahua. E quanto antes isso acontecer, melhor.

A ligação foi interrompida. O homem jogou o celular inútil para o comparsa, que não foi rápido o bastante para pegá-lo; o aparelho se espatifou no chão.
— Imbecil! — gritou o cara da cicatriz. — Incapaz!
Ao longe, o ridículo carro branco desaparecera naquela paisagem desesperadoramente feia.

Dentro do carro, Caïssa continuou:
— Não sei mais do que vocês, mas os caras estavam obcecados pelo objeto em forma de pombo. E pelo meu pai. Eles queriam demais botar as mãos nele.
Será que ele teria deixado a casa de Paris com outras esculturas?, Assane se perguntou.
Ainda havia muito a fazer para encontrar o rastro de Jules, mas pelo menos Caïssa estava com eles. A inteligência dela seria útil. Como Benjamin iria contar o que acontecera para o chefe de polícia Romain Dudouis? Pouco importava, na verdade.
— Obrigada — disse Caïssa. — Estou muito feliz por não ter mais que carregar esse segredo que pesava tanto para mim, Benjamin. Tentei convencer o nosso pai muitas vezes...
Ela chamava Jules de "pai", enquanto Benjamin não conseguia mais fazer isso. Como era de esperar.
— Vamos falar disso depois, pode ser? — ele a cortou.
Assane tinha acabado de pegar o desvio que dava acesso a Montreuil. Não havia trânsito àquela hora da madrugada.
— Para onde nós estamos indo? — perguntou Caïssa.
— Para a minha casa — respondeu Assane. — O que você acha que nós devemos fazer agora?
Benjamin não conseguiu evitar um suspiro.
— Quando aqueles imundos me perguntaram sobre o jogo de xadrez, eu não disse nada porque não sabia de nada. Mas, quanto ao lugar onde ele pode ter se escondido, eu menti — Caïssa confessou.
Ao ouvir essa revelação, Assane quase ultrapassou um farol vermelho.
— Acho que sei onde o meu pai está escondido — ela finalizou.

22

Eles atravessavam as ruas animadas de Montreuil, nos arredores da estação de metrô Robespierre, onde bares e kebaberias ainda estavam abertos. Assane conduzia o carro com cuidado em meio aos veículos estacionados em fila dupla.

— E aí? — perguntou Benjamin, ofegante. — Vai nos dizer onde Jules está?

— Em Avignon, minha mãe e eu moramos em uma casa que o nosso pai comprou para nós. Mas ele nunca vai para lá quando me visita para que não tenha que encontrar minha mãe. Ele também tem um apartamento grande na cidade murada, cujas janelas dão para o Palácio dos Papas. Às vezes ele me empresta esse apartamento para dar festas e receber amigos. E também é para lá que ele vai aliviar a cabeça depois das brigas terríveis que tem com Édith.

Vendo o olhar frio de Benjamin, Caïssa dirigiu um grande sorriso a Assane, pretendendo cumplicidade.

— Ele com certeza se escondeu lá.

Assane estacionou o carro de Claire na porta do predinho onde morava na rua Saint-Just, na periferia leste de Montreuil. Ele ocupava um apartamento de dois cômodos no último dos quatro andares daquele imóvel antiquado. O primeiro cômodo era sua sala de estar, mas também seu quarto. O segundo, seu aposento secreto. Era inteiramente dedicado à sua paixão por Arsène Lupin. Havia uma biblioteca com a obra completa ("obras completas", como ele gostava de dizer) do ladrão de casaca, assim como outros livros, todos de Maurice Leblanc. No armário embutido, o gigante guardava ternos do seu tamanho, entre os quais um smoking de luxo, além de perucas, barbas postiças, bigodes, apliques, dentaduras e, finalmente, sua coleção de chapéus.

Um pequeno cofre (que Assane roubara em um quarto de hotel em Étretat, mas essa é outra história) escondia, no compartimento superior, uma edição original do jornal *Je Sais Tout* datada de 15 de julho de 1905, em que tinha sido publicada a primeira aventura de Lupin. No compartimento do meio havia uma cartola que pertencera ao escritor, junto com um monóculo dele. Essas tinham sido aquisições legítimas, obtidas em um leilão. Enfim, embaixo, vários maços de células de diferentes moedas aguardavam para serem gastos... em novas aventuras.

O espaço era minúsculo e escuro, mesmo à luz do dia, e, para cruzar a porta do banheiro e da cozinha, Assane precisava se abaixar.

Benjamin, acostumado com o lugar, jogou-se no sofá, esgotado. Assane e ele estavam chocados em constatar que Caïssa continuava alerta e não parecia estar muito abalada com seu sequestro.

Quando seu meio-irmão e o amigo começaram a proceder a uma série de pequenos cuidados, talvez em excesso, insistindo para que ela aceitasse um copo d'água, um chá, um sanduíche, a jovem se irritou:

— Eu não sou feita de açúcar, que saco!

Ela foi se divertir experimentando os bigodes, e ficou se observando por um longo tempo no espelho quando vestiu um modelo muito fino e curvado que, no imaginário popular, era reservado às pessoas da nobreza italiana.

Os dois rapazes, sentados lado a lado no sofá, virando latas de refrigerante gelado, não eram idiotas: a agitação extrema de Caïssa certamente era uma tentativa de dissimular sua angústia. Ela tinha sido libertada, sim, mas e seu pai? Qual tinha sido o destino dele?

— Agora temos que agir e encontrar Jules antes dos bandidos — disse Benjamin, finalmente, levantando-se. — Vamos correr para Avignon.

Assane aprovou. Caïssa ficou quieta, de cara amarrada.

— Aliás — perguntou o gigante à jovem —, você sabe dizer se um dos seus sequestradores foi ferido naquela noite na mansão da Georges-Braque? Havia marcas de sangue no bico do pombo de madeira.

— E eu encontrei um lenço bordado do nosso pai manchado de sangue no jardim — Benjamin completou.

Caïssa contou que um dos capangas – não o da cicatriz em forma de diamante, que ela mal tinha visto – estava com uma ferida no pulso. Um corte profundo. Ela tinha ouvido falar de um golpe recebido de Jules com um objeto cortante. Seria o abridor de cartas com o qual Jules gravara a mensagem codificada?

— E o nosso pai? — perguntou Benjamin. — Os caras o machucaram?

— Isso eu não sei. Mas eles me botaram pressão, logo que me sequestraram, dizendo que o nosso pai tinha levado um tiro... e que eu precisava fazer de tudo para ajudá-los a encontrá-lo. Com certeza estavam blefando.

— Vamos torcer para isso — suspirou Benjamin.

Assane reforçou:

— O sangue no lenço era mesmo de Jules, Caïssa. E o do pombo é do sequestrador dele. Mas isso não quer dizer muita coisa.

— Por que o meu pai teria tentado fugir naquela noite, em vez de ir atrás dos agressores?

Benjamin retomou a palavra:

— Talvez ele tenha tido tempo de pegar outras peças do jogo. Ou então um ou vários outros objetos que ele não queria que caíssem nas mãos dos ladrões.

— De um jeito ou de outro — completou Assane —, com a história das câmeras escondidas no escritório, essa operação vem sendo preparada há muito tempo.

Caïssa fez sinal para que os dois fossem mais devagar.

— Não estou entendendo nada. Câmeras? Aliás, que história é essa de jogo de xadrez ligado a Rosa Bonheur que você citou no carro, Benji? Você precisa me contar isso direito.

— Não chamamos ele de Benji — Assane a corrigiu —, mas de Ben. Se você quiser ter uma chance de sair viva do meu apartamento quando amanhecer.

Benjamin fulminou Caïssa e o amigo com o olhar. O relógio de parede em frente ao sofá, que bizarramente só tinha oito números, marcava uma e meia. Ele começou a explicar. Caïssa escutou em silêncio.

— Que história maravilhosa — ela admitiu após o irmão terminar. — A mensagem cifrada... Rosa Bonheur e o xadrez... Não me surpreende que meu pai tenha mergulhado de cabeça nisso!

— Mas e você — perguntou Benjamin —, seu gosto por essa artista e sua paixão pelo xadrez... foi Jules que te passou isso?

Caïssa levou um dedo ao queixo e olhou para o teto.

— Acho que sim. Mas não foi de propósito. Ele é obcecado por esses dois assuntos desde que eu era adolescente. Enfim, o xadrez é uma paixão mais antiga. Não é por acaso que eu me chamo Caïssa. Esse é o nome da deusa do xadrez.

Benjamin levou as mãos à cabeça.

— Sua adolescência correu mais ou menos junto com a minha, Caïssa. Só temos quatro anos de diferença. E eu não sabia de nada, até ontem e a descoberta dessa peça secreta, sobre a paixão de Jules por Rosa Bonheur.

— Nós temos que encontrar Jules — disse Assane. — Vamos logo para Avignon!

O rosto de Benjamin se iluminou.

— Você vai comigo, irmão?

— Lógico!

— Mas e o seu trabalho na loja?

— Eles podem ficar sem mim, assim como eu posso ficar sem eles, fique tranquilo. Sempre dissemos que iríamos estar aqui, um pelo outro, não dissemos? Você esteve comigo antes e eu tenho certeza de que, quando chegar a hora, quando eu for acertar as contas com você sabe quem a respeito do meu pai, você vai estar do meu lado.

— Eu vou com vocês — Caïssa afirmou. — Conheço bem a cidade e posso ajudar.

Benjamin não concordava.

— O cara da cicatriz não está de brincadeira, acredite em mim. Não sei se ele está agindo por conta própria ou a mando de alguém, mas ele deve ter colocado capangas para ficar de olho na sua mãe e vai te vigiar se voltar a Avignon. Não, é melhor você ficar aqui.

— Além disso — disse Assane —, lembre-se de que os sequestradores nunca viram meu verdadeiro rosto. Eu estava disfarçado no barco. No escritório da mansão, não tirei o boné, e a imagem transmitida pelas câmeras deve ter uma qualidade baixa demais para que eles tenham conseguido distinguir meu rosto.

— Está fora de cogitação eu ficar em Paris enquanto vocês estão na minha cidade! — insistiu Caïssa.

— Pense com calma, minha irmã — disse Benjamin. — Se você pesar os prós e os contras, vai ver que é o melhor a fazer.

— Não tem outra alternativa — acrescentou Assane. — E, como você não pode voltar para o seu apartamento nem vai ficar com Édith na mansão, vou perguntar a Claire se ela pode te hospedar.

— Excelente ideia! — entusiasmou-se Benjamin.

— Tem uma amiga do meu pai em Avignon — disse o gigante. — Fatoumata Gueye. Ela ajudou meu pai e eu a conseguirmos nossa documentação quando chegamos à França. Ela vai nos receber na casa dela com toda a discrição, vamos nos esconder lá... e ela vai nos ajudar com todo o resto, tenho certeza.

Benjamin ergueu o polegar.

— Você ainda tem a minha bolsa de necessidades básicas?

— Sim, está debaixo da minha cama, escondida bem no fundo, pode procurar.

Caïssa, com o semblante derrotado, perguntou:

— Claire é a loira?

— A "dama loira", sim — corrigiu Assane, sorrindo. — Vou ligar para ela. Ela vai ficar possessa quando eu disser que estou levando uma convidada, a nova irmã de Benjamin, e que ela não vai recuperar o carro tão cedo... mas não tem jeito.

A jovem ruiva continuava brava. Mas o que ela poderia fazer? Conformou-se em deixar os dois tomarem a frente daquela história. No xadrez, o Rei era a peça mais fraca, e a Rainha, a mais forte. Jogo feminista por excelência. Mas no jogo dos reis era preciso, mais do que qualquer coisa, saber se mostrar paciente.

— Caïssa, deusa do xadrez, filha da sabedoria — declarou Benjamin com uma voz teatral.

A julgar pelo olhar da jovem, Assane e Benjamin logo entenderam que ela estava longe de ter dado seu último golpe naquele tabuleiro.

23

Assane fez questão de pegar a estrada sem mais demora. Eles deixaram Caïssa na casa de Claire, que aceitara receber a meia-irmã de Benjamin em seu apartamento em Saint-Ouen, próximo do mercado das pulgas. O trio de amigos tinha orgulho de seu lema: ajudar-se um dia, ajudar-se todos os dias.

O sol tinha acabado de nascer quando eles passaram por Lyon, tingindo a basílica de Fourvière, majestosamente assentada no topo da colina, com a luz pálida e rosada da aurora.

Concentrado, Assane voou pelos últimos duzentos quilômetros de estrada, parando de vez em quando em postos de gasolina para pegar um chá, um energético ou uma barra de cereais.

Chegaram aos muros da cidade de Avignon no meio da manhã. Aquela não tinha sido a primeira noite em claro deles, nem seria a última. Poderiam dormir depois, talvez na noite seguinte, se os acontecimentos permitissem. Na companhia de Jules Férel, quem sabe, que lhes desvendaria o mistério que cercava aquela escultura de pombo e Rosa Bonheur. Seria uma bela vitória.

Benjamin pensava no quanto era sortudo por ter Assane como melhor amigo. Ao lado dele se sentia menos preocupado, acalentado por uma sensação de segurança ainda que os perigos só se acumulassem à sua frente.

Fazia um calor abafado na cidade dos Papas. O famoso festival anual de teatro estava em seu auge. Atrizes e atores, alguns fantasiados, distribuíam panfletos coloridos enquanto anunciavam as qualidades de sua produção. É verdade que mais de duzentas peças eram encenadas por dia durante o festival e que era válido fazer de tudo para chamar a sua atenção. Benjamin chegou a esbarrar em um gigante fantasiado como um grande polvo azul, paramentado de múltiplos tentáculos, que tentava convencer as famílias a irem assistir ao seu espetáculo para o público infantojuvenil.

Os garçons dos cafés e restaurantes já estavam colocando as mesas nas calçadas. Ao ver os cardápios, o estômago de Assane começou a gritar de fome, e os dois amigos sentaram-se à mesa de um estabelecimento na praça dos Corpos Santos, esperando o início do serviço.

O restaurante ficava bem em frente à pequena galeria de arte de Marie Aubry, mãe de Caïssa. A galeria, que Benjamin observava com um olhar de especialista, chamava-se "Ocritude" e trazia na vitrine telas que representavam paisagens provincianas, céus azuis-claros, montanhas alaranjadas e campos de lavanda. *Dá para o artista pagar as contas do mês, não para revolucionar a história da arte*, pensou o filho de Férel.

A galeria estava aberta. Os dois amigos viram uma mulher alta e magra, de cabelo loiro frisado, com quarenta anos no máximo, ajeitar algumas telas nas paredes. Ela sabia do desaparecimento do pai de sua filha? Ela o estava ajudando em sua fuga?

— Tenha paciência — aconselhou o gigante, que tinha acabado de fazer seu pedido ao garçom, cheio de fome. — Não estamos prontos. Primeiro vamos passar na casa de Fatoumata.

— Quer se trocar? — perguntou Benjamin, dando uma piscadinha.

— Entre outras coisas, sim.

Os pratos chegaram rápido, assim como suas limonadas, e a dupla atacou a refeição com alegria.

— Onde a amiga do seu pai mora? — perguntou Benjamin enquanto se lançava no prato do dia, peixe grelhado sobre uma cama de erva-doce e purê de batata.

— Fora da cidade, em um conjunto habitacional, perto de um parque. Tudo muito modesto, e por isso mesmo ninguém vai nos procurar ali.

Benjamin aprovou.

— Vamos começar pela galeria, e depois vamos visitar o apartamento do meu pai. Caïssa me deu o endereço.

— Você tem as chaves?

— E desde quando precisamos de chaves?

Assane gargalhou.

— É verdade, irmão. Só precisamos ter certeza de que não estamos sendo seguidos pelo cara da cicatriz ou por algum dos capangas dele.

— E aí? — perguntou Benjamin enquanto terminava sua limonada. — É você o especialista em camuflagem, não é? Você viu alguma coisa suspeita?

— Acho que não. Pelo menos não na estrada. Tomei cuidado. Mas temos que ficar em alerta.

Uma hora depois, a dupla batia à porta do apartamento de Fatoumata Gueye, situado no último dos oito andares de um edifício de fachada desgastada. Assane trazia uma pequena mala de rodinhas e segurava uma capa protetora de paletó. Benjamin estava equipado com sua mochila onipresente.

A porta se abriu e no mesmo instante a mulher se jogou nos braços do filho de seu amigo, visivelmente emocionada.

— Assane! Pequeno grande Assane... Faz dez anos que não te vejo!

Benjamin notou que os olhos do amigo estavam cheios de lágrimas.

— Que alegria te ver! Como você está parecido com Babakar! Você sabe o quanto eu amava seu pai! E sua mãe, Mariama, também... Meu pequeno... Que tragédia te reencontrar órfão após o suicídio de Babakar! Você sabe que até hoje não acredito que ele era culpado na história do colar. Que história terrível!

Era uma mulher de cabelo branco, pequena e magérrima. Uma grande força moral emanava dela.

— Você deveria ter avisado que viria — ela continuou. — Não preparei nada... esse é um amigo de Paris?

Benjamin cumprimentou Fatoumata, que lhe deu um abraço. Eles entraram em um corredor estreito e passaram pela cozinha. Um perfume de endro e cravo-da-índia inundou suas narinas.

— Vocês ficam aqui — disse ela, fazendo-os entrar em seu quarto impecavelmente arrumado. — Pelo tempo que quiserem. Eu durmo na sala.

Os dois se instalaram. Fatoumata ofereceu um chá a Assane e um café muito forte e açucarado a Benjamin, o que lhes permitiu conversar um pouco sobre os tempos antigos e sobre os atuais. Mas Assane, que não gostava de falar do passado, logo voltou para o assunto que os trazia ali, sem entrar em detalhes.

— Você tem internet em casa? — ele perguntou.

A mulher deixou escapar um doce risinho.

— Está brincando? Mal consigo ter televisão. E depois, de que me serviria? Tem um lugar aonde meu filho sempre vai para ler mensagens e para jogar, na esquina da avenida do Moulin-de-Notre-Dame com a rua Danton. Na frente da abadia de Saint-Ruf, não tem como não encontrar. É alguma coisa que termina com café.

— Cibercafé — disse Benjamin.

Fatoumata deu de ombros, vasculhou no bolso de seu avental e estendeu a mão a Assane.

— Enquanto isso, fique com esta chave do apartamento. Assim você e seu amigo podem ir e vir quando quiserem. É normal que os jovens como vocês não fiquem parados no lugar.

Assane correu em direção ao tal cibercafé, e Benjamin foi atrás. O gigante queria chegar depressa aos computadores, sem querer incomodar o amigo, que tinha parado para descansar por um tempo, confiando sem reservas em Assane.

— O que você vai fazer lá? — perguntou no caminho.

Nas ruas daquele bairro, que costumava ser arejado, fazia um intenso calor. Assane perguntou:

— Você conhece algum site que seja consultado pelos profissionais da sua área e onde eu possa criar rapidamente uma ficha com a minha cara e uma identidade falsa?

— Você quer dar uma de falsário?

— É por um bom motivo, irmão.

Benjamin não precisou pensar por muito tempo.

— Tem a Wikipédia.

— Wiki o quê?

— Um tipo de enciclopédia on-line que existe há uns dois ou três anos e que abriga cerca de quatrocentos mil artigos. Todos os internautas podem colaborar na construção dela. Um pode corrigir o outro, mais especificamente. O acesso é livre, os direitos são livres, tudo é livre.

— Parece legal. E os comerciantes de arte consultam essa enciclopédia?

Benjamin fez uma breve careta.

— Digamos que esse não vai ser o primeiro reflexo deles. Não é um recurso profissional, mas, quando você digita uma palavra em um buscador, muitas vezes o primeiro resultado é uma página da Wikipédia.

— E existem páginas em inglês?

— Metade é em inglês. Mas por que você está perguntando tudo isso?

Chegaram ao cibercafé e Assane comprou uma hora de utilização e dois refrigerantes gelados.

— Você fica no teclado, Ben. Vamos criar uma boa página na Wikipédia em nome de Paul Sernine.

— Outro pseudônimo de Arsène?

— Exatamente! É um anagrama de Arsène Lupin. Enfim, vou ditar o texto, mas fique à vontade para escrever o que quiser. Vamos colocar uma foto boa minha usando terno.

— Quem é Paul Sernine? — perguntou Benjamin, os dedos já batendo no teclado.

— Uma espécie de Benjamin Férel que foi morar na Califórnia, no Vale do Silício.

— Você tem em mente um magnata das novas tecnologias que é apaixonado por obras de arte?

— Isso. Que é dono de muitos milhões.

— Centenas de milhões — corrigiu Benjamin.

— De dólares, é claro. Um Archibald Winter dos tempos modernos.

Levaram quarenta e cinco minutos para escrever um artigo em francês, incluir uma foto e publicar.

Paul Sernine, nascido em Paris no mesmo ano em que Assane Diop, viera ao mundo.

— Ótima ideia.

— Sim, e é uma página que nós podemos alimentar ao longo dos anos... primeiro essa, e depois quem sabe criar outras... por que não?

— Não se esqueça de que qualquer um pode alterá-la.

— Isso vai acontecer quando eu estiver famoso. O dia em que fizerem uma série de televisão com as minhas aventuras, irmão!

Benjamin riu.

— Sonhar é de graça.

— Agora, vou vestir meu belo paletó e vamos para a galeria da mãe da Caïssa. Você vai tomar um sorvete enquanto me espera do lado de fora.

— Não gosto de sorvete — disse Benjamin.

— Vi que tem sabor de merengue de limão.

— Você sabe que eu amo sorvete.

No centro da cidade, o barulho era ensurdecedor naquele final de tarde. As apresentações tinham começado, e os inúmeros espectadores se misturavam com atores e técnicos que corriam de um lado para outro, compondo uma alegre anarquia.

Paul Sernine, em seu impecável paletó de luxo, dominava aquele mundinho com toda a sua pompa e elegância.

Dedicou um minuto à vitrine da galeria Ocritude para memorizar os detalhes da pintura a óleo (de motor, segundo seu amigo) marcada com o número sete, que representava uma cabana de pastor no alto do monte Ventoux. Felizmente a artista deixara de lado, por preguiça ou falta de talento, a ideia de pintar ovelhas.

Paul Sernine entrou e apertou uma pequena campainha. Logo Marie Aubry veio ao seu encontro.

— Como posso ajudar? — ela perguntou.

Sernine ergueu as sobrancelhas.

— Adivinhe — respondeu.

Sem esperar uma resposta como essa, a proprietária deu um passo para trás.

— Se vim até aqui — continuou o visitante —, é para comprar quadros, não?

— Claro — gaguejou Marie.

— Quero levar tudo.

A mãe de Caïssa arregalou os olhos.

— Tudo?

Ele se virou de costas e abriu os braços.

— Tudo. Paul Sernine — apresentou-se o grande homem. — Meu nome não lhe deve ser estranho. Espero que minha reputação não se limite aos Estados Unidos e que seja igualmente relevante no país que me viu nascer.

— Evidentemente — respondeu Marie, cujo espírito de comerciante era forte.

Ela deslizara para trás do balcão, onde ficava o computador, e digitara o nome de seu visitante em um buscador. No topo das respostas havia um artigo da Wikipédia. Ela clicou e reconheceu o homem da foto. Pensou que fosse desmaiar quando seus olhos leram a linha que informava a fortuna estimada daquele homem: duzentos milhões de dólares.

— Quero alguns quadros franceses para decorar as paredes da minha mansão de Palo Alto, na Califórnia. Se eu levar todos, podemos discutir o preço, é claro.

Maria ainda estava em estado de choque, mas se forçou a demonstrar que, para ela, um pedido daquele tipo não era nada extraordinário.

— Evidentemente — respondeu.

Sernine sorriu, e desta vez o sorriso foi bastante espontâneo, porque a mulher tinha os mesmos olhos de sua filha. Eram deslumbrantes.

— Há trinta e três telas aqui, se contei direito.

— Trinta e duas — corrigiu a proprietária. — A número sete está reservada.

— Quero levá-la também — disse o magnata.

— Isso será impossível.

— É a do pastor, na vitrine?

— É.

— Ah! Não tem problema. É a única de que não gostei. Uma pergunta: seu acervo se limita às telas expostas ou a senhora possui mais em outro lugar?

Marie respondeu que poderia ter outras, mas que levaria muito tempo e que...

— Eu me informei — disse Sernine, em um tom bem-humorado —, essa galeria pertence a Jules Férel. Não tenho a honra de conhecer esse cavalheiro, mas meus compradores adoram esgotar o acervo das butiques parisienses dele para decorar minha mansão. Será que o sr. Férel teria outras obras nesse mesmo estilo?

O fato de o cliente conhecer Férel tranquilizou Marie por completo.

— Acho que não, sr. Sernine — respondeu. — Jules Férel não negocia as peças que o senhor está vendo aqui e me permite gerenciar minha galeria como eu preferir.

— Então ele não está em Avignon agora? — perguntou o magnata, com um sorriso quase imperceptível.

— Não. Ele nunca vem, por assim dizer.

— Que pena. Eu teria prazer em negociar com ele.

Marie deixou escapar um risinho.

— Esqueça isso. É muito difícil fazer negócios com ele. É melhor tratar comigo. Além disso, imagino que o senhor passe por Paris antes de retornar aos Estados Unidos. Vá visitá-lo na grande butique do Marais, na rua Saint-Paul.

Sernine concordou. Pela naturalidade das respostas de Marie Aubry – e porque todas aquelas perguntas não a deixaram incomodada –, ele teve certeza de que a mãe de Caïssa não tinha visto o pai de sua filha nos últimos tempos. E de que ela nem sabia de seu desaparecimento. Aliás, Marie o confirmou com outras palavras:

— Será uma venda atípica esta que certamente estamos fechando, sr. Sernine. E pensar que quase fui a Paris hoje de manhã por causa de uma história bizarra com a minha filha.

— O que aconteceu?

— Ah, não vou desperdiçar o seu tempo com isso. Ela me ligou de madrugada e o tal contratempo já ficou para trás.

— Por mim, tudo bem.

— Deixe seu cartão comigo que ligarei para o senhor até o fim do dia para propor um orçamento.

— Hoje saí sem nenhum cartão — disse Sernine. — Saí só com as mãos nos bolsos, o que não é novidade para mim. Mas vou deixar um número no qual você pode me encontrar a qualquer momento.

Ele ditou o número à dona da galeria e saiu após se despedir.

Benjamin aguardava o amigo na rua ao lado. Estava devorando o último pedaço da sua casquinha, com os dedos pingando sorvete.

— E então?

Assane retomou sua verdadeira voz, menos séria.

— Nada a tirar de Marie. Ela não vê Jules há séculos. E sabe que Caïssa não está mais em posse dos sequestradores. Imagino que Dudouis também saiba.

— Vamos dar um pulo no apartamento do meu pai, perto do Palácio.

— Sim, e, se não encontrarmos nada lá, teremos rodado esses setecentos quilômetros por nada.

— Caïssa foi bem clara... — murmurou Benjamin.

Assane deu de ombros. Quem tinha boa intuição ali era ele. E mais ninguém.

Na galeria de arte, enquanto isso, uma cena bastante intrigante acontecia. Marie Aubry, após a partida de Paul Sernine, sentara-se à sua mesa. Ela tirara um grande caderno de folhas quadriculadas de uma das gavetas do móvel e o colocara aberto em sua frente.

A diretora da galeria ficou pensativa por um curto instante e então pegou o telefone e digitou um número que estava escrito no papel com outra caligrafia.

Do outro lado, atenderam rapidamente.

— *Ele está saindo daqui* — *disse Marie.*

— *...*

— *Paul Sernine, mas a descrição bate...*

— ...

— Sim, ele deve ter ficado esperando do lado de fora. Um sujeito passou duas vezes em frente à galeria, "só para dar uma olhadinha".

— ...

— Combinado, mas quando?

Marie sacudiu a cabeça e desligou. Então, fez uma bolinha com o pedaço de papel onde anotara o número do visitante e o jogou na lixeira, sorrindo.

Os dois amigos se empenharam para abrir caminho na rua de la République, que estava fechada para circulação, até a praça de l'Horloge. As calçadas estavam cheias de gente almoçando nas mesinhas externas. Na praça, ao redor do carrossel de cavalos de madeira, acrobatas e palhaços corriam para todo lado para entreter as crianças.

— O Palácio não está longe, fica logo ali, na direção norte — disse Benjamin, que estava na cidade pela primeira vez, assim como Assane.

Havia uma aglomeração na praça do Palácio. Uma vasta multidão fazia fila para entrar no majestoso edifício de pedra branca que havia sido a residência dos papas e a sede da cristandade do Ocidente no século XIV, ainda hoje edificado sobre suas colunas rochosas e coroado por uma grande Virgem dourada. Ali também os malabaristas e mágicos exibiam números impressionantes diante dos olhares de admiração das crianças e de seus pais.

— É o número quatro — disse Benjamin, tonto por causa do barulho.

Avistaram uma porta dupla de madeira e só tiveram que apertar o botão central do interfone para liberar a fechadura.

Ótimo.

No pequeno pátio interno, onde duas oliveiras raquíticas, plantadas em vasos, pareciam vigiar o movimento, os dois amigos puderam, enfim, encontrar um pouco de calma.

— Caïssa disse qual era o andar?

Benjamin deu de ombros e se dirigiu às caixas de correio. Apontou para uma etiqueta: SCI JEB.

— M. Jeb? É seu pai? — perguntou Assane.

— "Jules Édith Benjamin"... meu pai tem a cara de pau de enfeitar o bordel dele no sul com nossas três iniciais!

— Fica no terceiro andar — disse Assane.

Subiram uma escada de madeira em caracol bastante íngreme. No andar, havia três portas e nenhuma identificação.

— Caïssa disse que o apartamento tinha vista para a praça — lembrou-se Benjamin.

— Então, pela posição do prédio, é esta porta — deduziu Assane, apontando para a porta na frente deles.

O coração de Benjamin começou a bater com força, com força até demais. Finalmente iria encontrar seu pai? Em que estado? Ferido? Ileso?

— Vou tocar a campainha — disse Assane.

Ninguém atendeu. Grudaram os ouvidos na porta, mas não ouviram nenhum barulho.

— A gente se ferrou — sussurrou Benjamin. — Vou acabar acreditando que o meu pai foi mesmo sequestrado.

— Me dá a sua mochila.

— Pra quê?

— Essa porta não é blindada. Tem fechadura e trinco. Seu pai não deve guardar nada de valor aqui. Eu coloquei minha caixa de ferramentas na sua mochila antes de sairmos da casa de Fatoumata.

— É por isso que está pesando uma tonelada!

Com dois ganchos diferentes, Assane conseguiu abrir a porta.

O apartamento estava vazio, e as janelas, fechadas. Acenderam a luz. Nenhum sinal de Jules. O local tinha pouca mobília, exceto pela sala e pelo escritório: era tudo funcional, sem a menor elegância ou charme. Entretanto, uma observação mais atenta permitiu à dupla notar três elementos estranhos: marcas recentes de dedos na poeira da mesa de Jules, um curativo ensanguentado deixado na lixeira do banheiro e uma garrafa de água pela metade sobre o balcão da cozinha, além de um copo na pia.

— Não tem mais nada por aqui — disse Assane.

Mas Benjamin, que tinha reparado nos livros e documentos que estavam na biblioteca e não vira uma única obra dedicada a Rosa Bonheur, garantiu que não queria ir embora tão cedo.

— Jules passou por aqui há pouco tempo — disse.

— Se isso for verdade — disse Assane —, o ferimento dele não é tão grave... é bom saber.

— É uma intuição, não uma certeza — Benjamin ponderou.

— Vamos? — perguntou o gigante.

Ele estava sentindo muito calor naquele paletó estúpido; seria bom tomar um banho. Bebeu um copo de água com gosto de terra, enquanto Benjamin abria as gavetas do escritório do pai, descobrindo diversos documentos, entre os quais os balanços contábeis da galeria de Marie Aubry.

— Até que a mãe de Caïssa passa bem. Meu pai banca o pé de meia dela todos os anos.

— Isso porque ela ainda nem concluiu a transação com Paul Sernine — brincou Assane.

Eles poderiam se dar ao luxo de ter um pouco de humor, não? Seria bom aliviar a tensão daquele momento. Porque, até ali, a aventura deles em Avignon não lhes trouxera nenhum problema, mas também não os aproximara de Jules.

— Meu Deus! — Benjamin gritou.

Assane correu na direção dele.

— Você sabe o que é isto? — perguntou, agitando um fichário diante dos olhos do amigo. — Mais documentos contábeis, de uma galeria que o meu pai tem em Malaucène, um vilarejo de Vaucluse, no pé do monte Ventoux.

— Não fica longe daqui, fica? Acho que li esse nome na estrada.

Benjamin confirmou.

— Uma hora no máximo. Não sei se você concorda comigo, mas, se o meu pai realmente estiver fugindo, ele deve ter ido para o seu esconderijo mais discreto.

Os dois trocaram um olhar de cumplicidade.

— Temos que tentar, não? — perguntou Assane.

Para a dupla e para todos os outros, a caça ao tesouro continuaria.

24

Deixaram para trás a confusão de Avignon sem nenhum pesar, exceto pela hospitalidade de Fatoumata Gueye, que fizera o filho de seu amigo prometer que não demoraria outros dez anos para visitá-la.

Atravessando as estradas do interior que levavam a Vaucluse, Benjamin ligou para Claire a fim de manter as duas mulheres a par das buscas deles. Caïssa não sabia da existência da galeria de arte de Malaucène. Desta vez a dupla estava por conta própria, sem nenhum mapa, tendo como único guia o próprio instinto.

Após passarem por Carpentras, no fim de uma estrada sinuosa que tinha uma vista privilegiada para o famoso monte Ventoux, os dois amigos chegaram a Malaucène no início da noite. Era um típico vilarejo do interior da França, cheio de casas baixas com fachadas brancas ou ocres e telhados alaranjados. Servia de base para os corajosos ciclistas que ousavam enfrentar as encostas íngremes do monte, lugar mítico do Tour de France.

Naquele início de férias, havia uma multidão. Turistas faziam suas compras ou vinham tomar um aperitivo nos inúmeros cafés espalhados pela cidade antiga.

Assane conseguiu estacionar perto da galeria de Jules Férel. Ela ficava na rua Cabanette, em frente a uma pequena livraria à moda antiga; uma das vitrines era consagrada a edições recentes dos *Três mosqueteiros*, de Alexandre Dumas.

Mas o local que eles descobriram era só uma concha vazia. O espaço não continha nenhum móvel, nenhum objeto. As paredes tinham rachaduras, e o piso estava recoberto de grandes folhas de jornal amareladas pelo tempo.

— Que bizarro — disse Benjamin. — Não é uma butique, não tem nada a ver com meu pai. A não ser que... haja outra razão para utilizar esse lugar.

— Quanto mais avançamos, pior fica — praguejou Assane. — Qualquer pista cairia muito bem agora!

Ele se virou para admirar a vitrine da livraria.

— Arsène e d'Artagnan pulam de sucesso em sucesso nas histórias deles.

— Você está esquecendo — retrucou o amigo — que eles enfrentam alguns reveses antes de triunfar.

— Os autores muitas vezes são perversos com seus personagens, mas não tanto quanto a vida real. Vem comigo, não vamos desistir. Vamos ver os fundos. Aquela porta azul deve dar acesso à área comum.

Esperaram que um casal de holandeses — cada um carregando duas sacolas cheias de frutas, legumes e garrafas de vinho — passasse na frente deles para tapar a porta. Assane arrombou a segunda fechadura do dia com a mesma facilidade da primeira. Os dois comparsas atravessaram correndo um pequeno corredor e deram em um pátio interno cercado por enormes jardineiras cheias de flores secas.

— Faz tempo que meu pai não vem aqui — suspirou Benjamin.

— Porque ele realmente é um cara que gosta de cuidar de flores, né?

Ponto para Assane. Ele desgostava de flores tanto quanto de animais. E até mesmo de outros seres humanos, tirando as pessoas íntimas.

Subiram uma pequena escada de ferro que levava ao segundo andar da galeria. Assane precisou usar suas habilidades mais uma vez. O andar de cima não deixava nada a desejar ao de baixo, exceto por uma mesa de design moderno e um armário com várias pastas. Benjamin encontrou ali muitas folhas escritas por Jules. Pegou três fichários cheios de dezenas e dezenas de documentos.

— Tenho certeza de que daqui a vinte anos isso vai desaparecer. — declarou Benjamin.

— Isso o quê?

— Esse monte de papel. É só ver nossas mensagens no celular. Daqui a dez ou vinte anos, será mais útil saber abrir discos rígidos de computador que fechaduras, meu velho Assane.

Após proferir essas palavras proféticas, Benjamin mergulhou novamente em suas descobertas.

— Portal Saint-Jean. Isso te diz alguma coisa? — perguntou um tempo depois, erguendo a cabeça e ajustando a altura dos óculos.

— Nada — respondeu Assane. — Por quê?

— Tem um monte de orçamentos e até faturas envolvendo uma obra tocada pelo meu pai no portal Saint-Jean. Parece ser um lugar tradicional perto de Malaucène.

— Outra galeria de arte?

— Não, deve ser uma mansão que ele mandou construir... só para ele... sem contar para ninguém, nem para minha mãe, nem para mim. Meus pais são realmente fascinantes!

Assane fuzilou o amigo com o olhar. Benjamin olhou para baixo. Ele tinha errado.

— É bizarro... veja esse extrato do banco de Luxemburgo no nome do meu pai. Em 2 de março, isto é, há apenas quatro meses, ele transferiu quinhentos e trinta mil euros para outra conta no mesmo banco, no nome de BatiVentoux SA.

— E qual é a relação com Rosa Bonheur, o pombo de madeira e a madrugada na mansão? Com o que nos interessa?

— Deve ter alguma. Você não acha?

— Bom, não achávamos que iríamos encontrar Jules aqui — concluiu o gigante.

Assane deu um soco na mesa que fez subir uma espessa nuvem de poeira. Meia dúzia de aranhinhas, tendo sua paz perturbada, correram para todos os lados em busca de um buraco na parede.

Ele bocejou. O cansaço da madrugada passada em claro no volante estava começando a tomar conta dele. Benjamin pegou vários documentos, dobrou-os e os guardou no bolso da calça jeans.

— Seria bom conseguirmos um quarto por aqui para passar a noite — disse Benjamin. — Pegar a estrada no estado em que você está seria suicídio.

— Pela quantidade de gente que vive neste fim de mundo, é bem capaz que a gente pare em uma barraca.

— Também podemos dormir sob a luz das estrelas.

Deixaram o local e encontraram um ar quente, mas puro, do lado de fora.

Dominados pelo cansaço, Assane e Benjamin desmoronaram na área externa de uma cafeteria a cem metros da galeria. Conseguiram a última mesa que escapava do sol ardente das seis e meia da tarde, à sombra de uma tília centenária.

O dono do local olhou para Benjamin e Assane com espanto. Aquele homem enorme e bizarro, naquele terno completamente amassado, o intrigara.

— O que vocês querem pedir?

— O que você tiver de mais gelado — respondeu Benjamin.

— E sem álcool — completou Assane.

— Um xarope de amêndoas com água mineral bem gelada. Sem nitratos. Bebendo meu xarope, vocês são sentir que estão no meio de um campo de amêndoas, meus amigos. E que estão devorando frutas suculentas.

A dupla sorriu após a apresentação e agradeceu ao dono do estabelecimento, que secou a mesa com um pano e foi para a cozinha.

— Bom... nossas férias acabam aqui — disse Assane, com um tom de cansaço. — Não vai ser com os extratos que você encontrou que a nossa busca vai avançar.

— Foi um pouco de loucura achar que iríamos conseguir achar meu pai só com base na mensagem cifrada que ele deixou no escritório.

Assane deu de ombros.

— Você está brincando? Nós tínhamos muito mais chances do que a polícia. A questão é que seu pai é esperto. E faz bem, porque os caras que o atacaram também são. E nós estamos no meio do caminho.

Com toda a nossa inteligência e sagacidade, mas também com nosso conhecimento incompleto da situação.

O atendente voltou e serviu dois copos que continham um xarope branco muito espesso e uma garrafa de água gelada.

— Saúde! — disse e foi embora.

Benjamin completou os copos com a água. Os dois misturaram o conteúdo com pedras de gelo e degustaram a deliciosa bebida.

— Você tem razão — disse o filho de Férel. — Estamos em pleno Vaucluse atrás do meu pai, que teria fugido por ter roubado uma peça de um jogo de xadrez que representa um pombo desenhado por Rosa Bonheur e que não foi registrado no catálogo oficial da artista.

— Uma peça esquisita — acrescentou Assane —, com ranhuras na base e que provavelmente faz parte de uma coleção que pertenceu ao excêntrico Archibald Winter, um esbanjador de herança.

Benjamin suspirou profundamente.

Na mesa ao lado, quatro homens muito idosos e igualmente lúcidos jogavam baralho enquanto tomavam uma bebida que ficava entre o amarelo e o bege. Só podia ser licor de anis. Aquela cena tinha cheiro de anis e de amizade.

— Sete de copas! — gritou um homem com sotaque cantante ao colocar uma carta na toalha de mesa verde.

— Boa jogada, Raymond — aprovou o colega de equipe.

Assane e Benjamin, cansados e desanimados, assistiam à partida. Naquele momento, estavam pensando que poderiam muito bem trocar de lugar com aqueles aposentados despreocupados, que tinham como único conflito decidir se jogariam truco ou buraco.

— Então é isso — disse Benjamin. — Você resumiu bem o nosso problema. Descobri que meu pai está brincando de Monopoly de galerias de arte na França inteira desde minha adolescência, que tem pelo menos uma filha além de mim e que seu último passatempo foi mandar construir mais uma propriedade perto do portal Saint-Jean. Saint-Jean-de-Merda, isso sim.

Ao ouvir esse nome, um dos jogadores de baralho se virou para eles.

— Ei. Ouvi vocês falarem do portal Saint-Jean e de uma construção... isso é impossível, meus amigos.

— O senhor não conhece o meu pai — suspirou Benjamin. — Nada é impossível para ele. E posso lhe garantir que, quanto mais difícil for, mais estimulado ele fica.

Outro jogador tomou a palavra:

— Você não tem porte de ciclista, mas seria uma bela subida para o seu amigo grandalhão.

— Que subida? — perguntou Assane.

— Para ir do centro de Malaucène até o rochedo, óbvio! Até o rochedo Saint-Jean. Você vai ver muito bem que é impossível construir qualquer coisa lá em cima. É íngreme demais. E o pessoal do urbanismo também não deixaria.

— Saint-Jean é um rochedo? — perguntou Benjamin, perplexo. — Pelo nome, pensei que fosse uma área urbana.

O homem desatou a rir.

— No dia em que uma área urbana se desenvolver naquele lugar, meu filho, eu já estarei morto, enterrado e carcomido há um século, pode acreditar!

— É melhor não dar corda para ele, meus amigos — disse o outro homem —, senão, Raymond vai querer contar a lenda do portal... e vamos ficar aqui até meia-noite, com uns dez copos de licor de anis no bucho e trezentos pontos a menos no contador da nossa partida de baralho.

Assane saiu do estado de torpor em que se encontrava e se endireitou na cadeira. Sua imaginação já estava a mil.

— Uma lenda sobre o portal Saint-Jean? Isso é perigosamente interessante...

25

— Primeiro vocês precisam visualizar o rochedo, porque parece que nunca o viram — começou o homem, depois de colocar tranquilamente suas cartas sobre a mesa e tomar o último gole do licor de anis. — Você sai de Malaucène pela estrada que leva até o monte Ventoux, na pista dos ciclistas... um quilômetro depois da nascente do Groseau, e pronto. É ali. É como se fosse um cilindro gigante, arredondado e claro. O rochedo dá para a estrada, não tem como passar despercebido! Mas às vezes passamos na frente dele sem reparar. Quando estamos dirigindo ou pedalando, ficamos concentrados nas perigosas curvas fechadas, que são tantas que não há espaço para parar. Enfim. Ele parece uma moldura imensa de uma espécie de portal gigantesco cujos batentes seriam a imensa parede de calcário que forma o centro. Uma mente criativa só pode pensar que a natureza transformou esse lugar em um tipo de cofre natural. É um pouco parecido com a Agulha de Étretat.

Assane cerrou os olhos, profundamente interessado.

— Não sou especialista nos mitos e lendas da nossa bela França — o homem continuou — e nunca coloquei os pés na Normandia, então não saberia dizer se existem lendas sobre a Agulha além daquela do *Arsène Lupin*. Mas, como eu vivo há oitenta e dois anos ao lado do rochedo, posso muito bem contar a lenda dele. Porque o portal se abre todos os anos. Sim, senhores. Durante a missa da meia-noite, no Natal. Pena que vocês teriam que esperar por muitos meses!

— Ele ficou doido! — gritou outro jogador.

— Cala a boca, Marcel — disse um terceiro. — Adoro essa história. Meu pai contava ela para mim quando eu era pequeno.

— Pois bem, o rochedo se abre, a enorme pedra desliza e revela a entrada de uma gruta. Primeiro há um longo, longo corredor escuro e úmido, onde é preciso vencer os próprios medos, claro; mas os mais corajosos logo são recompensados pela valentia, porque encontrarão no centro do rochedo uma cabra feita de ouro maciço, assim como outros objetos e joias preciosas.

— Uma cabra de ouro? — repetiu Assane.

— Sim, uma estátua. Ficou curioso, não ficou? O problema... o problema é que ninguém em Malaucène é louco o suficiente para se arriscar. Porque, assim como o portal se abre todos os anos no começo da epístola da missa da meia-noite, ele se fecha invariavelmente no fim da leitura do Evangelho. E ninguém sabe se esse tempo é suficiente para resgatar o tesouro. Talvez alguns não tenham conseguido escapar a tempo. Que morte terrível, meus amigos! Morrer de sede, de fome, de falta de luz e de ar! Se você vira prisioneiro no rochedo Saint-Jean, provavelmente só será encontrado trezentos e sessenta e cinco dias depois; ou melhor, seu esqueleto. O ouro não cai do céu nem em Vaucluse nem em nenhum outro lugar do mundo, e aqueles que procuram ganho fácil estão fadados a continuar procurando!

— Marcel — chamou o jogador da frente, em tom de piada. — Você pode me dar de novo o telefone do asilo? Se ainda tiver vaga, não podemos demorar para reservá-la para nosso amigo.

— Essa lenda vem do século IX — continuou Raymond, indiferente às gracinhas dos amigos, porque Benjamin e Assane estavam mergulhados naquela história. — O pároco de Sainte-Baudile, que estava sendo ameaçado pelos sarracenos, aproveitou a missa de Natal para esconder os tesouros da abadia nessa gruta. Ele registrou a localização em um pergaminho que foi encontrado muito tempo depois por um jovem pastor. O pobre rapaz tentou se apossar do tesouro do pároco e da cabra de ouro, mas acabou entrando para a história, como a primeira vítima do rochedo Saint-Jean.

Assane e Benjamin agradeceram efusivamente pelo relato.

— Se vocês quiserem, podem ir à livraria da rua Cabanette amanhã de manhã e pedir o livreto que escrevi sobre isso — disse o historiador. — Vocês vão descobrir muitos outros detalhes a respeito dessa lenda.

— Por apenas três euros — completou o amigo dele. — O preço de um licor de anis. Raymond não gosta de desperdício!

Os quatro homens começaram a brincar uns com os outros, chamaram o atendente para uma enésima rodada e distribuíram as cartas para uma nova partida.

Evidentemente, a primeira ideia que veio à mente fértil e imaginativa dos dois amigos foi que Jules Férel se empenhara em uma operação que fosse capaz de perfurar o rochedo e encontrar o tesouro. Mas que relação isso teria com Rosa Bonheur, com a escultura encontrada no escritório e todo o resto? Além disso, uma operação desse tamanho certamente não passaria despercebida pelo povo do vilarejo.

E então? Benjamin e Assane dispunham de certo número de pistas. Eles só precisavam organizá-las para encontrar a chave para os enigmas. Pediram um prato rápido para o jantar e perguntaram ao atendente se ele conhecia um hotel que tivesse um ou dois quartos disponíveis para aquela noite.

— Vocês podem tentar o La Mandragore, na estrada do Groseau em direção ao monte Vernoux. O diretor passou por aqui há pouco tempo e disse que um grupo de turistas japoneses ficou preso em Paris por causa de um problema com o trem e só vai chegar amanhã.

A dupla voltou ao carro e se dirigiu ao hotel. Um recepcionista muito afável e simpático lhes ofereceu o último quarto livre: uma suíte localizada no último andar de um chalé confortável na beira de um campo de lavanda. Depois que o calor amenizou um pouco, dava para ouvir o canto dos grilos.

Assane e Benjamin folhearam mais uma vez os documentos de Jules. Qual era a conexão entre Férel e o famoso rochedo?

Mas não demoraram a pegar no sono, antes mesmo do anoitecer. Assim que amanheceu, correriam para o portal Saint-Jean.

Entretanto, não foi uma noite tranquila.

Às três da manhã, o celular de Assane começou a vibrar incessantemente na mesinha de cabeceira. Ele atendeu e no mesmo instante ativou o viva voz.

— É você? — perguntou Claire, com a voz trêmula.

— Sim, o que está acontecendo, Claire?

— Caïssa — sussurrou. — Ela desapareceu... Acabei de voltar do plantão e ela não está aqui.

Assane e Benjamin trocaram um olhar de preocupação.

Castelo de By de novo?

26

— A porta do seu apartamento foi arrombada? — perguntou Benjamin.

— Não — ela respondeu, mal conseguindo respirar. — Não tem nenhum sinal de invasão nem de briga no apartamento.

— Ela não deixou nenhum bilhete? — perguntou Assane.

— Nada. Não posso ir perguntar aos meus vizinhos se eles ouviram alguma coisa. Não a esta hora da madrugada. Vou amanhã de manhã.

— Liguei para o celular dela por volta das quatro da tarde — disse Benjamin —, tudo parecia normal.

— Eu pedi que ela me avisasse se quisesse sair. É por isso que estou preocupada.

— Pelos acontecimentos recentes, todos nós estamos — desabafou Assane.

Eles combinaram de avisar um ao outro se Caïssa desse algum sinal de vida. Evidentemente, os três tentaram ligar no celular da jovem ruiva e caíram na caixa-postal em todas as tentativas.

— Nós assumimos um risco — suspirou Benjamin. — Deveríamos ter ficado em Paris, cuidando dos nossos.

— Isso significaria desistir de encontrar seu pai! Caïssa aparece e depois desaparece... sem qualquer vestígio de arrombamento nem de violência no apartamento de Claire. Talvez ela só tenha fugido.

— Agora temos mais essa preocupação — reclamou Benjamin, com o semblante desanimado. — Eu já estou vivendo com o peso de esperar que meu pai não esteja agonizando por aí, e, agora, tenho que rezar para que a minha nova irmã caçula não tenha caído nas mãos dos nossos adversários.

— Rezar?

— Pode parar com isso? É só uma figura de linguagem.

— Não é hora para figuras de linguagem, meu amigo — respondeu Assane. — Precisamos ir para a caça. E rápido! O tempo está passando, mais do que nunca.

Benjamin, claro, concordou.

No primeiro sinal da luz do dia, os dois deixaram o hotel e subiram, a pé, a estrada 974, que levava ao monte Ventoux. A subida era pesada e eles estavam em jejum. Levaram cerca de quarenta minutos para chegar ao famoso rochedo. No percurso, passaram por um único automóvel e por um grupo de ciclistas que viera enfrentar o Gigante da Provença no frescor do dia.

O vento do Mediterrâneo quase não soprava naquela manhã, e os galhos dos pinheiros se agitavam suavemente à passagem de dois montanhistas. Eles respiravam os aromas da charneca, que o orvalho da manhã exacerbava. Concordaram em, por enquanto, não avisar Romain Dudouis sobre o desaparecimento de Caïssa. Afinal, eles não tinham nenhuma prova de que a menina fora sequestrada de novo. E por que avisariam?

— Seríamos obrigados a revelar à polícia o motivo de estarmos em Malaucène, e isso provavelmente nos atrasaria — disse Assane.

O rochedo era impressionante, e o arco de pedra de fato lembrava uma porta secreta. Assane e Benjamin se aproximaram para sentir a solidez da pedra. Arbustos tinham crescido na frente e nas laterais do portal, sobre o solo arenoso.

— Você acha mesmo que o seu pai fez negócio com uma empresa de obras públicas para tentar encontrar o tesouro? — perguntou Assane.

— Ele é louco o suficiente — respondeu Benjamin. — Você conhece aquela figura. Quando enfia uma coisa na cabeça... sem falar no gosto que ele tem por mistério! Quem sabe ele não tem um comprador em potencial para a cabra de ouro maciço? Nada que vem dele me surpreende mais. Vamos voltar para o hotel? Não vamos ficar aqui até a missa da meia-noite.

Assane sorriu.

— A missa da meia-noite não, mas não quero ir embora sem vasculhar esse lugar direito.

— O que você acha que vai encontrar aqui? É só um rochedo. Não sei o que meu pai tem a ver com tudo isso, mas você sabe que essa história é uma fantasia.

Assane, sem responder, continuou procurando. Embrenhou-se entre os arbustos, foi até o pequeno bosque de pinheiros do outro lado da estrada para procurar eventuais rastros de veículos... e havia. Turistas que tinham parado no meio da subida para contemplar de perto aquele caos rochoso. Não significava nada.

Ele estava prestes a desistir quando viu, no alto da estrada, uma placa de sinalização triangular que certamente indicava perigo de desabamento.

— Vou até ali e já volto — gritou para Benjamin, que tinha se sentado no chão coberto de folhas de pinheiros por perto.

— Acho que estou tendo um pico de hipoglicemia — sussurrou Benjamin.

Assane tirou uma barra de cereais do bolso e a jogou para o amigo.

— Pega, irmão!

A primeira parte de Benjamin beneficiada pela barra energética foi a mente.

Assane analisou o acostamento estreito com um cuidado muito particular. Encontrou um pedaço de plástico redondo, além de uma caixa de cigarros vazia que exibia a foto dos pulmões de um fumante regular. Ao ver a necrose dos tecidos – como Claire teria dito –, parabenizou-se por nunca ter começado a fumar.

Chegou à placa. Ia dar meia-volta quando avistou um brilho no alto, entre duas rochas. Conseguiu alcançar o objeto que brilhava sob o suave sol da manhã. Devia medir no máximo dez centímetros e tinha o formato de um foguete.

O cristal estava brilhando.

Curioso aquilo estar ali, não?

— Ei, Ben!

Assane atravessou a estrada e começou a correr.

— Veja o que acabei de encontrar.

— Um miniprojétil de cristal?

— É você o especialista em objetos estranhos. O que acha?

Benjamin pegou o objeto e o analisou com atenção, ajeitando os óculos no rosto.

— Nunca vi nada parecido. Parece que dá para desenroscar... veja esta ranhura a dois ou três centímetros da ponta.

Ele fez o movimento. A peça de cristal ficou em uma mão. Na outra, um pen drive.

Assane sorria como nunca.

— Eu disse que nós tínhamos que ficar por aqui mais um tempo!

Mas Benjamin só partilhava parte do entusiasmo do amigo.

— Calma... Pode ter sido jogado fora por um turista que passou de carro, ou foi perdido por um montanhista.

— Um pen drive... de cristal? Para mim, isso é totalmente a cara de Jules Férel.

Desta vez, voltaram para o hotel a passos largos. À esquerda da recepção havia um computador de acesso livre, que os amigos ligaram assim que chegaram. O recepcionista informou que a sala do café da manhã estava aberta e que a mesa deles já estava pronta. Benjamin conectou com pressa o pen drive na entrada correspondente e abriu o navegador de pastas.

O pen drive continha um único arquivo de extensão desconhecida. E, quando Benjamin clicou duas vezes no ícone, uma janela apareceu na tela, solicitando um código.

— Só faltava essa — reclamou Assane.

— Fique tranquilo. É só uma criptografia em sessenta e quatro bits. Eu sei como resolver.

— É você o profissional.

— Sim, e nunca saio de casa sem meu pequeno equipamento caseiro de desencriptação.

— Você sempre carrega um pen drive por aí?

— Quem usa pen drive são os leigos. Eu uso minha caixa de entrada. Assim consigo acesso de qualquer computador do mundo, desde que esteja conectado à internet. Esse é o futuro, irmão. Os estadunidenses chamam isso de *cloud computing*. Você vai ver que em pouco tempo vamos estar guardando tudo na internet. Documentos, músicas, filmes...

Ele se lançou em uma inteligente manipulação informática e, depois de alguns segundos, ao clicar duas vezes no arquivo, este se abriu e seu conteúdo revelou-se na tela.

27

Era uma planilha simples, com trinta e duas linhas e três colunas. Na primeira, havia nomes; na segunda, endereços do mundo inteiro; e, na terceira... nomes de peças de xadrez seguidos das palavras *pombo preto, pombo branco, cachorro, gato, cavalo...*

Era a lista das peças?

— Esse pen drive definitivamente pertence ao meu pai.

— Como você sabe?

— Esta célula... aqui. O símbolo de jogo da velha com a palavra ERROR. Jules quis digitar um *underline*, mas digitou o traço normal, o que faz o programa entender que se trata de um sinal de menos. Meu pai comete esse erro o tempo todo. Esse arquivo é dele. Esse é o resultado das pesquisas secretas dele sobre a artista! Prova de que ele estava tentando reconstruir o tabuleiro por completo.

— Enfim, alguma coisa útil. O elo que faltava para unir Rosa Bonheur e Jules Férel, o castelo de By e o portal Saint-Jean.

— Será que os ladrões estavam procurando este pen drive, além da escultura de pombo? — perguntou Benjamin.

Assane respondeu que não tinha ideia e se aproximou da tela.

— Olhe. "Peão: pombo branco." Está com o nome do seu pai. Quer dizer, JF, as iniciais dele. É ele.

— As iniciais também aparecem nesta linha: "Rei: chihuahua branco (Danican)". Então meu pai tinha uma segunda peça do jogo?

— Veja aqui também... e aqui. E aqui de novo. Cinco! Jules tinha cinco peças no total.

— Mas não é ele quem mais tem. Veja. Em mais de vinte linhas...

— Vinte e cinco — corrigiu Assane.

— Sim, em vinte e cinco linhas, as iniciais "EW".

— São as iniciais de quem tem a maioria das peças. Bom, enfim, se o pen drive está aqui, seu pai não deve estar longe.

Benjamin concordou.

— Será que ele perdeu o pen drive enquanto fugia?

— Ainda não dá para saber. Essa história é complexa, como já imaginávamos. Mas agora nós fizemos um belo avanço!

— Podemos tomar nosso café da manhã agora? — sugeriu Benjamin, depois de mandar imprimir a lista, dobrá-la e guardá-la no bolso.

Ele desconectou com cuidado o pen drive e o guardou no bolso, junto com a lista. Não iria mais se separar daquilo.

Degustaram um farto café da manhã. A madrugada tinha sido reduzida mais uma vez, e a subida até o portal exigira muito esforço. Benjamin engoliu um litro de café preto, e Assane, dois bules de *earl grey*, seu chá preferido.

— E agora, vamos fazer o quê? — perguntou Benjamin.

Assane não respondeu imediatamente. Pensava enquanto mastigava um pedaço do terceiro croissant tradicional.

— Vamos atrás de notícias de Caïssa. Ainda estou preocupado com essa história.

— Claro! E depois?

— E se Paul Sernine desse uma passadinha em Malaucène?

— Na livraria?

— Não, já sabemos o bastante sobre a lenda. Agora temos que investigar a fundo esse mistério.

— Na prefeitura, para obter o registro do local e o nome do ou dos proprietários do terreno?

— Jules teria permissão para construir em um terreno que não é dele?

Benjamin fez que não com a cabeça.

— Eu estava pensando em mandar Sernine para a BatiVentoux SA.
— Para solicitar o mesmo serviço que Férel.
— Mais ou menos isso. Vou no improviso.

Às onze da manhã, depois de ligar para Claire, que continuava sem notícias de Caïssa, Paul Sernine, vestindo seu elegante paletó de linho, que Benjamin tinha passado com todo o cuidado, apresentou-se na recepção da modesta empresa de construção civil que ficava bem em frente à delegacia de polícia de Malaucène.

A ausência prolongada de Caïssa deixava a situação angustiante, sim, mas dar sequência àquela busca e continuar procurando a verdade poderia ajudá-los a controlar a ansiedade. Além disso, não havia mais nada a fazer.

Uma recepcionista cumprimentou Paul Sernine sem tirar o olho dos papéis que estava lendo.

— Eu gostaria de conversar com seu diretor.
— Para quê? — perguntou a moça. Ela mastigava um chiclete com grande ruído.
— Sou Paul Sernine. Tenho interesse em construir uma mansão na região.
— E eu sou Vanessa Beaupère e já tenho uma mansão na região.
— Diga ao seu patrão que Paul Sernine está aqui. E sugiro que você faça isso depressa. Porque, se eu cruzar a porta da BatiVentoux para assinar com seu concorrente em Vaison-la-Romaine, seu chefe corre o risco de deixar de ser seu chefe, se é que você me entende.

Vanessa ergueu a cabeça e parou de mastigar. Olhou Assane diretamente nos olhos. Ela o achou sedutor, aquele homem alto, simpático, com um belo sorriso e um olhar doce. Mas ela não se lembrava de o ter visto na televisão. Era jogador de futebol? Se o namorado dela estivesse ali, ele saberia. Na dúvida, ligou para o escritório de Jean-Marc Destange.

— Um tal de Sernine quer falar com o senhor.
— Sernine? Não conheço nenhum Sernine. É um cliente?
— Futuro cliente — respondeu a moça. — Para uma mansão.

Destange teria o mesmo instinto de procurar quem era Sernine em um buscador? Certamente, porque, meio minuto depois, Vanessa respondeu "Sim" a uma pergunta feita do outro lado da linha e quis confirmar:

— O senhor é da Califórnia?

Paul fez que sim com a cabeça, satisfeito. O chefe tinha perguntado à recepcionista se o cliente era negro (daí o "Sim") e, para ter certeza do restante, fez essa pergunta sobre o local da residência dele.

Vanessa o levou pessoalmente ao escritório de Destange, que recebeu o visitante efusivamente, abrindo seus pequenos braços em um largo abraço. Ele era careca, e sua cabeça brilhava debaixo do sol como uma bolinha de gude no meio de uma rua. Trazia um enorme bigode preto, cujas pontas adorava enrolar, uma e depois a outra.

— Sr. Sernine! Que bons ventos o trazem aqui?

— Seriam os ventos dos Alpes ou os do Mediterrâneo? — respondeu o magnata do Vale do Silício. — Sr. Destange, fiquei apaixonado pela Provença e gostaria muito de mandar construir uma mansão nas encostas do monte Ventoux!

Sernine notou a presença de um cofre de tamanho médio atrás da poltrona do diretor da empresa. A abertura estava equipada com uma caixinha que exigia um código de seis dígitos.

— Eu só posso parabenizá-lo por essa escolha, cavalheiro, mas devo dizer que é muito difícil conseguir uma autorização para construir, porque aquela região é uma zona florestal protegida.

— Imagino que seja possível dar um jeitinho.

— Os funcionários públicos franceses são muito exigentes, como o senhor pode imaginar.

— Suas habilidades sociais devem ajudar.

— De fato, de fato — disse Destange, ficando corado. — O senhor não quer me contar mais sobre o seu projeto?

Sernine passou a explicar seus planos, sem poupar detalhes a respeito do tamanho, da forma, da disposição da obra. Quadra de tênis, piscina de borda infinita, pista de corrida. Acesso direto à estrada por um caminho particular asfaltado. Estar perto e, ao mesmo tempo, distante do vilarejo. O tipo de coisa que gente afortunada adora dizer entre si, mas que não significa muita coisa. Era como se fosse um símbolo de reconhecimento entre os iniciados.

A cada vez que o californiano acrescentava um cômodo ou uma instalação, ele conseguia ver as pupilas de Destange assumindo o formato do símbolo do euro.

— A única exigência — concluiu Sernine — é que eu gostaria de me instalar em um local bem específico da montanha.

— Como acabei de lhe dizer, as áreas autorizadas são...

Sernine o interrompeu com secura:

— Perto do portal Saint-Jean. O senhor sabe de onde estou falando, é claro.

Ao ouvir o nome do lugar, o rosto de Destange enrijeceu. Ele tentou manter o semblante de entusiasmo, mas Sernine não era idiota.

— Devo dizer ao senhor, cavalheiro, e sinto imensamente, acredite, que não poderei atender seu pedido.

— Posso saber por quê? — perguntou Sernine, dirigindo-lhe um olhar sério.

— Outro cliente já encomendou a construção de uma residência perto do portal. Fizemos um estudo aprofundado da região, mesmo assim o projeto não recebeu o aval das autoridades.

— Talvez ele não tenha oferecido dinheiro suficiente.

— Não, o projeto é impossível, cavalheiro. Vamos parar esta conversa por aqui se o senhor estiver irredutível quanto a querer construir perto do portal. O senhor não fechará negócio com a BatiVentoux. Mas, se estiver aberto a outras localizações, posso lhe mostrar os nossos mais belos feitos.

Sernine levantou-se e hesitou por um instante, para deixar claro que estava em dúvida.

— Para um cliente da sua categoria, estou disposto inclusive a revelar nossos projetos sigilosos. Aqueles para os quais assinamos uma cláusula de confidencialidade. Mansões de estrelas da música, do cinema... de políticos franceses e até americanos.

— É uma proposta tentadora — sussurrou o milionário.

Destange apressou-se em fazer o que prometera. Virou-se, digitou os seis dígitos que destrancavam o cofre e pegou diversas pastas que continham mapas e fotos de residências esplêndidas situadas nos arredores de Malaucène e de Vaison-la-Romaine.

A conversa continuou por cerca de meia hora, e o portal de Saint-Jean não voltou a ser evocado nem uma única vez.

Ao meio-dia, Paul Sernine encontrou Benjamin Férel na calçada da cafeteria em que estiveram no dia anterior. Pediram dois xaropes de amêndoas e o homem no paletó de linho voltou a ser Assane Diop.

— Assim que falei do portal Saint-Jean, percebi que o tal Destange ficou perturbado. Talvez até desconfiado. Esse sujeito está mais mergulhado em ilegalidade que a mãe de Caïssa. Acho que ele se demonstrou menos Serninocompatível.

Os dois amigos começaram a falar cochichando.

— O que ele te disse a respeito do rochedo? — perguntou Benjamin.

— Que um cliente tinha solicitado um estudo.

— Meu pai?

— Pode ser que sim. No fim das contas, o estudo não deu em nada. A construção nunca aconteceu.

Interromperam a conversa enquanto o atendente da cafeteria, sorrindo, trazia os xaropes.

— Um simples estudo por uma transferência de mais de quinhentos mil euros. Claro... Em duplicata.

— Mesmo que fosse em um papiro roubado do Louvre! Concordo com você, irmão.

— E ainda tem a origem e o destino dos fundos... um banco em Luxemburgo... isso cheira a corrupção. Meu pai teria interesse em enganá-los.

— Mas, se for esse o caso — continuou Assane —, por que o seu pai teria guardado papéis tão comprometedores em um local vazio?

— Ele poderia ter esquecido? Não acredito. Talvez pensasse que ninguém viria investigá-lo neste buraco? Além disso, Jules Férel sempre ficou acima de qualquer suspeita, sempre teve direito a tudo. Por que ele temeria o que quer que fosse? Os agentes do fisco não vão arrombar a porta dele.

— E se a gente esperasse a madrugada para arrombar mais uma? — propôs Assane, dando uma piscadela.

— A porta da BatiVentoux?

— Sim, eu vi o código quando o sujeito o abriu. Ele achou que estava protegido pelo corpo e pela cadeira, mas eu só precisei inclinar um pouco este meu esqueleto grande. Poderíamos fazer uma visita ao escritório para ver se não há nenhuma pasta com o nome "Férel" no cofre.

Benjamin sentiu seu coração se aquecer. Por que se privar?

— Só que a BatiVentoux fica bem em frente à delegacia.

— Você pode ficar vigiando. E você sabe que eu consigo passar tão despercebido quanto Arsène quando é preciso, não sabe, Ben?

— À sombra do ladrão de casaca.

— A gente não muda.

Benjamin suspirou.

— Achei que você ficaria mais empolgado — disse Assane, decepcionado.

— Estou pensando no meu pai... e em Caïssa.

— Então vamos agir. É o melhor a fazer. Tudo isto que estamos fazendo é para reencontrá-los.

As palavras do amigo reanimaram um pouco Benjamin, que foi o primeiro a se levantar.

Assim que anoiteceu, Assane, usando calça de moletom preta e camiseta cinza-escura, aproximou-se da porta de entrada da BatiVentoux. Felizmente ela não dava diretamente para o prédio da polícia. Para ajudar, as luzes da delegacia não estavam acesas no andar térreo; restavam apenas algumas luzes no andar superior.

A empresa de construção civil estava mergulhada na mais completa escuridão.

Benjamin esperava dentro do carro, estacionado entre duas árvores, um pouco afastado dos dois edifícios. Tinha uma visão livre da estrada e poderia, em caso de perigo, alertar Assane pelo celular. O gigante tinha configurado o aparelho para o modo silencioso e o escondera no bolso da calça. À menor vibração, ele sabia o que deveria fazer.

O outro bolso da calça de Assane continha algumas ferramentas de arrombamento. Felizmente não havia alarme de segurança. Mesmo assim, Assane hesitou antes de entrar. Ouvira um barulho vindo da delegacia, sons de vozes, gritos. Logo pararam. Então, Assane entrou no hall e confiou em sua prodigiosa memória para se guiar pelos corredores, subir uma escada e encontrar, enfim, a porta do escritório de Destange. Tudo isso só com a ajuda da luz de uma lua muito pálida.

Fez uma pausa, semiajoelhado, para recuperar o fôlego. Ele fizera todo aquele trajeto sem respirar. O celular não vibrou nenhuma vez. Sacou a lanterna, sem a acender, e empurrou a porta.

Mas ficou paralisado, com a mão na maçaneta. Um feixe de luz varria o teto do escritório de Destange. E a luz não vinha da sua lanterna.

Ouviu um barulho de objeto caindo no chão. Na frente dele!

Viu o cofre escancarado, arquivos espalhados pelo chão. Desta vez a luz o atingiu em cheio, deixando-o cego.

Uma sombra passou atrás da mesa, correu na direção dele e o atingiu.

— Ei! — gritou Assane.

Enormes focos de luz fosforescente se acendiam e se apagavam diante de seus olhos. Deram um empurrão nele.

— Pare! — gritou de novo.

O ladrão levava uma pasta debaixo do braço.

Assane correu atrás dele.

28

Um corredor, depois outro. O ladrão desceu a escada saltando os degraus de quatro em quatro. Assane avançava o mais rápido que podia, mas era atrapalhado por aquelas luzes que iam e vinham, perturbando sua visão. Seu inimigo noturno estava tentando deixá-lo cego de propósito?

De toda forma, ele corria rápido. Assane precisou contar com a ajuda do corrimão para não pular um degrau em falso e cair na escada. O outro tinha ganhado distância, e em pouco tempo Assane deixou de enxergar a luz da lanterna. O sujeito tinha acabado de entrar em uma sala.

A saída não é por ali, pensou Assane. A menos que o desconhecido tivesse entrado por outro acesso, nos fundos do edifício.

Assane não tinha escolha a não ser ir atrás do ladrão, já que ele tinha levado uma pasta. A pasta, sem dúvida. A do portal Saint-Jean. Que outra pasta seria?

Uma porta bateu na frente dele; ele a abriu. Do outro lado da sala, distinguiu sua presa, que tentava girar a maçaneta de uma porta verde. O indivíduo acabou conseguindo e escapou. O gigante ficou louco de raiva. Os feixes de luz eram cada vez menos frequentes, mas um último, intenso demais, que o atingiu direto nos olhos, o deixou desestabilizado: ele bateu o joelho direito com muita força na quina de uma mesa e não conseguiu conter um grito.

Passou para a sala vizinha. Era uma sala de descanso, um tipo de copa. O sujeito estava contornando uma grande mesa, indo em direção a uma enésima porta que dava para o lado de fora.

Esquecendo seu ferimento, Assane tomou impulso, derrubou duas cadeiras, um filtro de água e uma pilha de folhetos que elencavam as qualidades da BatiVentoux. Conseguiu agarrar o capuz do moletom preto que o sujeito usava. Este deu um passo atrás, em silêncio, e o feixe da lanterna dele iluminou o teto. Não se pode dizer que ele não dissera suas últimas palavras, já que até então não tinha dito nenhuma, mas deu um primeiro golpe.

Bem no joelho machucado de Assane. Um soco em cheio.

O gigante gritou de novo, assim como seu refém. Este se inclinou para a frente e mergulhou, de cabeça, no vidro da porta que dava para o exterior.

A vidraça se despedaçou. O sujeito não gritou, nem manifestou nenhuma dor. Não parecia ter se ferido na queda nem com os cacos de vidro. Sorte dele. Azar de Assane. O desconhecido pegou a pasta, que fora jogada no chão em sua queda, e se enfiou na abertura; parecia ser um ladrão experiente. Assane o observou atravessar correndo a toda velocidade o estacionamento da BatiVentoux.

O gigante se levantou, grunhindo, e foi atrás. *A partir de agora*, ele pensou, *essa dança vai virar uma quadrilha*. As luzes da delegacia tinham sido acesas. Várias janelas se abriram.

— Meu Deus! Um roubo bem na nossa cara! — gritou uma potente voz masculina.

Latidos de cachorro romperam o silêncio da madrugada. Assane sentiu o celular vibrar no bolso da calça.

Obrigado, Benjamin, por me ligar da coxia, mas agora estou no palco.

Sua presa ziguezagueava entre as árvores, protegida pela escuridão, contornando a margem do Groseau, logo abaixo. Assane enxugou o suor do rosto. Com os guardas atrás deles, o jogo se tornou complexo.

Ele corria demais, mas conseguiu ouvir as portas da delegacia sendo batidas. À frente, o ritmo de seu rival não diminuiu. Uma condição física daquela era quase sobre-humana. Cruzaram os limites de Malaucène e tiveram que se lançar na charneca. O ladrão optou por virar na direção de um campo de lavanda. A distância, Assane viu surgir, no céu claro e puro, sob a luz da lua, as pás esqueléticas de um velho moinho de vento. Lembrou-se de uma das leituras preferidas de sua infância, contos provincianos que seu pai Babakar lia para ele à noite. A história da cabra e do lobo. Quem era a cabra ali? E o lobo?

A fuga-perseguição não poderia durar eternamente. Assane estava começando a perder o fôlego, e o estado do seu joelho o preocupava.

— Por ali! — gritou um guarda.

O gigante deu tudo de si para alcançar sua presa. Tinha a impressão de que o sujeito também estava começando a sentir o cansaço.

Ele estava conseguindo chegar cada vez mais perto.

Após o campo de lavanda, veio um de oliveiras bem alinhadas. O chão era cheio de pedras. Cuidado! O avanço estava ficando cada vez mais perigoso.

E os guardas estavam se aproximando cada vez mais.

Assane não estava a mais que dois ou três metros do sujeito de capuz.

— Temos que nos esconder! — ele gritou.

Ele tinha visto uma pequena colina à direita. Se conseguissem se esconder atrás dela, os guardas provavelmente passariam direto e perderiam os rastros deles.

Mas o sujeito, insensível à sugestão, não diminuiu o passo.

O destino ajudou Assane. Finalmente. Porque o ladrão chutou uma pedra um pouco maior que as outras e caiu no chão. Desta vez deu um grito estranho, muito estridente. Assane se deteve. Deu uma olhada para trás e viu os feixes das lanternas dos guardas começarem a cruzar os galhos das primeiras oliveiras do campo.

O que ele faria? Rápido. Ele tinha no máximo dois segundos para tomar uma decisão.

Pegar a pasta e se esconder atrás da colina?

Ou ajudar sua presa a se esconder, a fim de fazer a polícia perdê-los de vez?

Assane deu um salto até o sujeito, que ainda não tinha se levantado, e o ergueu nos braços. Era muito leve. Ainda não dava para ver o rosto dele, protegido pelo capuz e pela escuridão.

— Se eu te salvar a pasta é minha — cochichou.

O homem ainda estava segurando a pasta, do tipo que era fechada por dois elásticos.

Assane correu sem fazer barulho na direção da colina. Havia um fosso na parte de trás; colocou o ladrão ali e se abaixou em seguida.

As lanternas varreram as árvores à direita e à esquerda.

— Eles vão tentar pegar o caminho de Margauds — disse um guarda.

— Ou a estrada de Vaison — disse outro. — Vamos nos separar.

— Não estou mais vendo eles — disse um terceiro.

Os homens os ultrapassaram. A calma foi voltando pouco a pouco. Então, Assane arrancou a pasta das mãos do sujeito, que se levantou imediatamente sem protestar.

Então, o brilho da lua iluminou o rosto dele, descoberto do capuz.

Assane precisou conter um grito ao descobrir o rosto do sujeito.

29

Caïssa!

O ladrão que tinha se infiltrado no prédio da BatiVentoux e que conseguira abrir o cofre do dono, essa Arsène Lupin feminina que por muito pouco não conseguira escapar com a pasta, era a meia-irmã de seu amigo Benjamin!

Ele ficou tonto.

— Você? — ele balbuciou.

— Sim, eu, o que vocês acharam? Que eu iria ficar presa a mando dos dois patriarcas Férel e Diop?

— Mas por que você fugiu do escritório de Destange? Estamos trabalhando juntos para encontrar Jules, não estamos?

— Eu não te reconheci, oras. Pensei que você fosse do bando do cara da cicatriz.

— Você acha que eles estão atrás da gente?

Caïssa deu de ombros para mostrar que não sabia. As explicações teriam que esperar para quando eles se encontrassem com Benjamin.

Depois de garantirem que os guardas estavam longe, ocupados com a pista falsa que deixaram, Assane e Caïssa deram meia-volta e retornaram para o carro onde estava Benjamin. Evidentemente, fizeram um trajeto alternativo, seguindo o fluxo do Groseau, para evitar passar na frente da BatiVentoux e da delegacia. Assane ainda estava sentindo dor no joelho, e Caïssa tinha alguns cortes superficiais. Nada grave.

Benjamin estava em tamanho estado de preocupação que temeu ficar para sempre com as rugas de angústia que marcavam sua testa e suas bochechas.

Quando viu Caïssa, precisou se apoiar no capô do carro para não se estatelar no chão.

— Você?

— Como vocês são repetitivos, meu Deus — disse a jovem ruiva.

Assane pegou o volante, e o trio seguiu para o hotel. Não pararam no estacionamento, e sim em uma praça a alguns metros dali.

— Como vocês não quiseram confiar em mim e me trazer junto, resolvi agir sozinha — Caïssa se justificou. — Depois vou pedir desculpas a Claire.

— Vou mandar uma mensagem para ela — disse Assane. — Para deixá-la tranquila. Pensamos que você tinha sido sequestrada de novo. Isso não passou pela sua cabeça?

— Não. Muito pelo contrário. Quando liguei para minha mãe para avisá-la de que tudo estava em ordem, o que é só um modo de dizer, claro, também disse a ela que provavelmente vocês passariam pela galeria. Usando nomes falsos. Seu Sernine não deu muito certo, Assane. Ela me ligou assim que vocês saíram e eu decidi vir de trem.

— E você sabia do endereço de Malaucène?

— Não, mas procurei no apartamento do meu pai, na praça do Palácio. Não esqueçam que eu tenho as chaves. Peguei o carro da minha mãe emprestado e dirigi até Malaucène. Na verdade, segui as mesmas pistas que vocês.

— E como você descobriu a BatiVentoux? — perguntou Benjamin.

— Eu peguei os arquivos no endereço da rua Cabanette.

— Havia outros escondidos debaixo do piso, no corredor. Esconderijo típico do nosso pai. No dia seguinte, consegui uma reunião com Destange e o fiz abrir o cofre para ver a senha.

— Como? — perguntou Assane.

— Me apresentando como uma estudante de arquitetura. O que não é mentira. Falei que era uma admiradora do trabalho da empresa.

O que não é verdade. Digamos que a atração de Destange pelas mulheres mais novas deu conta do resto.

Benjamin cutucou Assane com o cotovelo.

— E você dizendo que não estávamos sendo seguidos...

— E era verdade! Caïssa não nos seguiu, ela nos imitou! Tiro o chapéu para você, srta. Férel.

— Aubry, por favor. Srta. Aubry.

Mas já estava mais do que na hora de abrir a pasta roubada do cofre do diretor da empresa, não?

A capa de fato trazia o nome de Férel.

No interior, a revelação. Havia orçamentos, faturas, fotografias do lado de fora do rochedo, e o mais importante, havia um mapa, feito em papel vegetal, que representava o lado de dentro, como se tivessem tentado tornar o lugar... habitável.

Não, aquilo era impossível.

Jules Férel mandara a empresa de construção civil fazer uma obra no rochedo Saint-Jean? Para quê? Ele estava lá? Tinha ido se esconder naquela fortaleza desde a madrugada na mansão?

Assane estudou o mapa nos mínimos detalhes. Era inacreditável! A empresa pensara na instalação de um gerador de energia silencioso e cavara um lençol freático em profundidade suficiente para fornecer água no interior do rochedo!

Benjamin lembrou-se de contar a Caïssa sobre a descoberta do pen drive de cristal e o arquivo nele contido. Deu a ela a lista que imprimiu no hotel.

A jovem chegou às mesmas conclusões que eles: toda aquela história parecia girar em torno do jogo de xadrez criado por Rosa Bonheur. Mas qual era o papel do seu pai em tudo aquilo? E por que estavam atrás dele? Quem era aquele cara da cicatriz em formato de diamante? Encontrar Jules Férel era crucial para obterem as respostas de todas as perguntas.

— Acho que não temos nada a fazer senão voltar ao portal Saint-Jean — disse Caïssa.

Mas Benjamin manifestou sua desaprovação:

— Se esses mapas forem verídicos, não vamos conseguir entrar no rochedo. Não há nenhuma menção ao mecanismo de abertura da porta e não encontramos nada na parede quando estivemos lá para tentar descobrir alguma coisa.

— Sim — respondeu Assane, com os olhos fixos no mapa encontrado na pasta. — Mas vejam... aqui, por exemplo. São dutos de um sistema de ventilação. E, se existe um sistema de ventilação, tem que existir...

— ... uma passagem! — completou Caïssa.

Partiram imediatamente na direção do portal Saint-Jean, sem passar pelo hotel. Mortos de sede, dividiram o resto da água morna de uma garrafa que encontraram no porta-luvas do carro.

Eles tinham toda a pressa do mundo.

O veículo penou para completar a subida, mas bastaram alguns minutos para que chegassem ao destino. Não passaram por ninguém durante o trajeto. Caïssa desdobrou o mapa roubado do cofre de Destange em cima do capô do carro e tentou se localizar em relação ao arco da entrada.

— Você acha que o duto de ventilação fica onde exatamente? — perguntou Benjamin.

Assane pousou o indicador no lado direito do mapa e descreveu um arco no ar para apontar o pequeno bosque de pinheiros que ficava à direita do portal.

— Ali naquele monte de mato.

Os dois comparsas concordaram.

— Também acho — disse Caïssa.

Benjamin ligou e desligou sua lanterna várias vezes para se certificar de que ela estava funcionando direito.

— Guarde seu pedido de socorro para outro dia — brincou Assane.

Eles se lançaram na exploração do bosque fechado, deslizando na terra mexida.

— Me dê a lanterna, Ben — disse Assane. — Eu sou mais alto, vou iluminar o caminho de vocês.

— Não, é melhor ela ficar comigo — disse Caïssa. — Eu sou menor e mais rápida, consigo passar debaixo dos galhos.

Benjamin entregou a lanterna à sua meia-irmã. Vasculharam pela direita, pela esquerda, subindo o declive pouco a pouco.

E de repente... um ponto de luz no meio do portal! Eles tinham acabado de encontrar o duto de ventilação, habilmente escondido atrás de uma rocha e de um arbusto com folhas odoríferas: era a extremidade de um tubo de acrílico de cerca de cinquenta metros de diâmetro; uma grade de ferro, de trama muito fina, impedia o acesso.

— O que nós vamos fazer? — perguntou Caïssa. — Chamar?

— Você acha mesmo que Jules está aí dentro? — perguntou Benjamin.

Assane fez que sim com a cabeça.

— Olá! — gritou Caïssa.

O grito dela se espalhou em ecos dentro da montanha.

— Férel! — gritou Assane.

Mas não tiveram nenhuma resposta.

— Eu vou lá — sussurrou a jovem.

— O quê? — gritou Benjamin.

Sem esperar, Assane chutou a grade de ferro com o pé esquerdo. Ela resistiu ao primeiro chute, mas acabou cedendo no segundo.

— Eu levo a lanterna — disse Caïssa.

Assane segurou o ombro da jovem com firmeza e lhe deu um último conselho:

— Se você vir que o outro lado do duto é alto demais e que você não vai conseguir voltar para ele depois que tiver descido, não desça!

— Você acha que eu sou burra?

Ela se esgueirou no duto, entrando de cabeça, enquanto Benjamin secava o suor de nervoso no rosto.

— Espero que a gente não esteja fazendo uma besteira — disse.

Seu amigo respondeu no mesmo instante:

— Quem não arrisca não petisca!

Ficaram esperando em frente ao buraco negro que tinha acabado de devorar Caïssa. A cada trinta segundos, perguntavam "Tudo bem?" e recebiam de volta um "Sim" cada vez mais abafado.

Então, depois do quinto sim, não ouviram mais nada.

Silêncio total. Silêncio na montanha, no monte Ventoux, no Gigante da Provença. Eles tinham até parado de respirar. Quase dava para ouvir os passinhos leves das formigas no chão, sobre a terra rachada, voltando para seu formigueiro.

Aquela falsa quietude se arrastou por um bom tempo.

Até que foi rompido.

No centro do rochedo, ouviram a voz de Caïssa vibrar em uníssono com o coração dos dois:

— Pai!

30

Então Jules estava mesmo no interior do rochedo. Agora, como entrariam no esconderijo dele? Como penetrariam na fortaleza Férel?

— Venha! — disse Assane, pegando Benjamin pela mão.

Seu amigo estava trêmulo.

Foram até a frente do portal, onde o centro era mais convexo, e aguardaram por alguns minutos. Naquele momento, um barulho que não tinha nada de natural os atingiu em cheio. Era como se fosse um longo e potente pio de uma coruja.

O portal estava se abrindo! A pedra estava deslizando! Caïssa deve ter ativado o mecanismo de abertura do lado de dentro, seguindo instruções de Jules.

Agora havia um espaço de cerca de meio metro entre o chão e o rochedo, e dali emanava uma suave luz alaranjada. Era o suficiente para que Benjamin e Assane se agachassem para conseguir entrar naquele local que deixara de ser uma lenda para se tornar realidade.

— Sejam bem-vindos — disse Caïssa, em tom brincalhão, ao receber os dois.

— Jules está aqui? — Benjamin logo perguntou.

Caïssa disse que sim. Eles se levantaram, livrando-se da terra, da areia e dos gravetos que cobriam suas roupas.

O lugar em que eles estavam, iluminado por lâmpadas fosforescentes, parecia uma mistura de embarcadouro e estacionamento. Um corredor mergulhava rochedo adentro.

— Nosso pai está nos esperando. Está ferido, mas vivo — anunciou Caïssa.

Encontraram Jules Férel em pé, em um segundo cômodo, no fim do corredor. O homem mal conseguia manter o equilíbrio. Ele vestia uma camisa branca, cuja manga direita estava manchada de sangue.

— Pai! — gritou Benjamin, correndo na direção dele.

— Meu filho — gaguejou o *marchand*.

Benjamin o abraçou com cuidado e deu um beijo nele.

— Assane também veio — constatou o pai, sem muita animação. — E Claire? Onde está Claire?

— Boa noite, sr. Férel — disse o gigante, estendendo sua mão enorme. — Claire não está conosco hoje, mas foi ela quem descobriu o segredo das marcas que o senhor deixou em sua mesa.

— Eu não esperava menos de vocês três — disse Jules. — Não me enganei. Sim, tive dúvidas quanto ao caminho que deveria seguir enquanto meus visitantes da madrugada estavam me ameaçando. E pensei que aquele código, do qual ainda me lembrava um pouco, era a solução. Se eu tivesse tido mais tempo, teria feito uma referência a este rochedo, porque eu já pretendia vir me esconder aqui se conseguisse fugir. Mas as circunstâncias daquela noite me obrigaram a tomar outro rumo.

Ele se virou para Benjamin e Caïssa, que estavam lado a lado, em frente ao pai.

— Meus dois filhos finalmente estão reunidos com seu pai convalescente — ele disse. — É uma satisfação para mim. Espero que também seja para vocês.

Eles nem piscaram.

— Vocês não foram seguidos, foram? — continuou Jules, titubeando em direção a uma mesa e deixando-se cair em uma poltrona de couro.

— Não, não precisa se preocupar — respondeu o filho.

O *marchand* fazia uma expressão de dor. Seu ombro devia estar doendo terrivelmente. Gotículas de suor pingavam de seus cílios negros compridos. Caïssa se ofereceu para limpar a ferida e refazer o curativo, mas Jules fez um gesto com o outro braço. Ele não tinha mais gaze, que havia comprado na noite da tragédia em uma farmácia de Gentilly.

— Precisamos te levar para o hospital — disse a filha.

Benjamin, muito menos empático, estava distante.

— Que lugar é este, pai? — perguntou.

Seus olhos curiosos exploravam a sala descomunal, que abrigava uma infinidade de objetos de arte, antiguidades e pinturas.

Férel deu de ombros. Nesse instante, Benjamin ouviu o barulho cortante de um climatizador de ar. Estava frio ali.

— Dá para ver, não dá? É um galpão. A climatização permite manter as condições ótimas de conservação. O controle da umidade é perfeito, posso garantir. Aqui eu escondo obras que não quero exibir. Que eu vendo em segredo.

— Falsas? — perguntou Benjamin.

O pai cerrou os dentes e tentou se endireitar. Ele provavelmente estava se sentindo diminuído demais perto dos filhos.

— Por acaso você veio para me ajudar ou para me dar uma lição de moral? E daí? O mercado da arte é como qualquer outro. Ou a gente engole nossos concorrentes ou é engolido por eles. Você não vai querer me ensinar ética, vai, meu filho?

Parou de repente. Continuar não serviria para nada. Aquele não era o momento de brigar, mas sim de se unir contra o inimigo, que estava à espreita na escuridão.

Caïssa tentou pôr panos quentes naquela energia que estava ganhando força rápido demais para o seu gosto fazendo a única pergunta que importava naquela hora:

— E se você contasse a história inteira, desde aquela noite na mansão da rua Georges-Braque?

O pai fechou os olhos.

— Sim, é preciso e é chegada a hora. Mas saibam, meus filhos, que, se eu preferi fugir e me esconder em vez de avisá-los, foi para protegê-los e não colocá-los em perigo sem necessidade.

— Não deu muito certo — disse Benjamin. — Vamos contar como chegamos até aqui, mas vamos ouvir a sua história primeiro.

Jules se endireitou mais uma vez na poltrona.

— Naquela noite, depois que meus amigos foram embora, eu quis me isolar por um tempo no escritório para dar continuidade a um trabalho que envolve cinco esculturas de madeira que eu escondo no meu cofre. Uma de um pombo, outra de um cachorro... enfim, não vou me estender. Dois minutos depois que destranquei o cofre, eu os vi entrar no escritório pela porta de vidro que dá para o jardim. Não pude fazer nada para os impedir. E ainda hoje eu me pergunto como eles sabiam que as cinco esculturas que eles buscavam tinham acabado de ser tiradas do cofre. Porque não pode ser só coincidência.

Benjamin o interrompeu para contar sobre as câmeras escondidas no escritório e o furgão branco. Tudo aquilo, complementou Assane, funcionando por meio de bluetooth.

Jules balançou a cabeça.

— Deve ter sido aquela falsa equipe da France Télécom que foi fazer um serviço há algumas semanas. Eu não tinha solicitado nenhum reparo e apareceram os técnicos. Cometi um erro.

Ele mostrou um semblante de dor e continuou:

— Primeiro tentei dialogar com eles, argumentando que eu tinha disparado um alarme discreto, mas não acreditaram em mim; e eles eram numerosos e fortes demais. Foi então que comecei a gravar o código, como se estivesse nervoso brincando com o abridor de cartas. A discussão ainda não tinha piorado. Não poderia dizer que conversávamos como cavalheiros, mas, naquele momento, nem eles nem eu considerávamos que o abridor de cartas pudesse se tornar uma arma. Depois, como me recusei a cooperar, o comportamento deles mudou. Um homem atirou uma vez, na direção do jardim, para me fazer entender que eles não estavam brincando. Não tive tempo de pegar o pequeno revólver que guardo em uma das gavetas: eles pegaram as cinco peças e estavam prestes a fugir quando Édith derrubou um objeto no corredor. Eles se detiveram e esperaram. Vendo que seria impossível convencê-los de qualquer coisa, aproveitei para dar um golpe com o abridor de cartas na mão do sujeito que estava segurando as esculturas do jogo de xadrez.

— Como ele era? — perguntou Caïssa. — Como era o rosto dele?
— Não sei dizer. Eles estavam encapuzados.
— Todos?
— Todos. Então, continuando... o sujeito soltou as peças, outro atirou na minha direção, sem me acertar, felizmente. Eu me joguei no chão para pegar as peças e arranquei o fio da luminária para deixar o escritório no escuro. Mais uma falha: só consegui encontrar uma, que guardei no bolso. A escultura do chihuahua. A do pombo deve ter rolado para mais longe. Édith começou a tentar entrar no escritório e isso assustou meus agressores. Eles fugiram. Quanto a mim, eu tinha pouquíssimo tempo para tomar uma decisão. Se eu ficasse, teria que confessar tudo para Édith, para você, Benjamin, e para você, Caïssa, e envolveria vocês três nesse perigo.
— Perigo de quê? — perguntaram os irmãos quase em uníssono.
— Esperem mais um pouco. Deixem eu terminar toda a história da noite. Se eu ficasse, teria que confessar, se eu fugisse, ficar no meu esconderijo me daria a chance de me recuperar e decidir o que faria em seguida. Meus pensamentos não estavam muito claros. A adrenalina... a perda dos meus tesouros... Então, corri na direção do jardim enquanto Édith entrava no escritório segurando meu revólver, com o dedo no gatilho. Ela atirou, achando que estava apontando para um dos ladrões, mas foi a mim que ela atingiu. No ombro. Não dava mais para voltar atrás. A polícia chegaria cedo ou tarde à mansão. Eu estava encurralado. Limpei a ferida com um lenço que perdi logo em seguida no jardim. Apesar da dor, aguentei firme, pulei a cerca e ganhei as ruas de Paris. Minha única satisfação era que tinha em mãos uma das esculturas e outro objeto que era um dos mais preciosos para mim: um pen drive que continha uma lista muito importante. Para montá-la, precisei de meses e meses de trabalho incansável. Felizmente eu era o único que tinha uma lista como aquela. Meu adversário tinha perdido. Fiz um curativo na minha ferida em uma farmácia vinte e quatro horas de Gentilly. Ainda bem que a bala não tinha atingido nenhuma veia nem artéria importante. O farmacêutico me aconselhou a ir para o hospital. Como tinha visto que era um ferimento de bala, ele seria

obrigado a avisar as autoridades. Fugi de novo. Para onde ir? Avignon? Não me parecia seguro o bastante. Eu tinha meu celular e dinheiro vivo no bolso. Primeiro fui de táxi até Joigny, na Borgonha. Depois peguei outro até Lyon. E, por fim, um terceiro até Malaucène; cheguei ao meu esconderijo secreto no meio da noite, a pé, completamente esgotado. Eu queria ficar aguardando aqui até que as coisas se acalmassem... entender tudo... e depois ir embora. Foi quando percebi que eu tinha perdido meu pen drive de cristal. Não sei como.

Nesse instante, Benjamin interveio:

— Você não perdeu nada! Tome.

E tirou o objeto do bolso. O rosto de Jules se iluminou.

— Mas como você... — balbuciou.

Foi Assane quem explicou sua descoberta, perto da placa de sinalização de deslizamentos.

— Sim — disse Jules —, é ali que está escondida a alavanca que abre o portal do lado de fora. Perdi o pen drive enquanto fazia isso. Eu estava ardendo em febre, em péssimo estado. Não prestei atenção.

Ele admirava o pen drive como se fosse o maior diamante do mundo. Para Jules, esse objeto certamente era ainda mais valioso.

— E o pombo? — perguntou. — Talvez vocês tenham conseguido encontrar a escultura, se, como eu acho que aconteceu, ela rolou para debaixo de algum móvel do escritório.

Era chegada a hora de os visitantes começarem a sua história, sem omitir o sequestro de Caïssa.

— Meu pombo em troca da minha própria filha — concluiu o *marchand*. — Esse é o único negócio que alivia um pouco a minha consciência e faz essa perda ser menos dolorosa.

Jules se levantou e cambaleou até uma pequena cômoda.

— Agora só me resta Danican, esse chihuahua, e a minha lista para neutralizar as ações deles. Para, quem sabe, conseguir ganhar o jogo.

— Que jogo? — perguntou Benjamin.

— As ações de quem? — aproveitou Caïssa.

— E se o senhor nos contasse mais sobre esse jogo de xadrez ligado a Rosa Bonheur? — Assane também questionou. — O senhor não acha que está na hora?

31

Estava mesmo. Benjamin tinha descoberto a peça secreta. Seus dois filhos tinham ido visitar o castelo de By e encontraram Cendrine Gluck. Por que continuar fazendo mistério?

Pela primeira vez, exercício complicado para o *marchand*, ele foi obrigado a colocar em palavras o segredo que tinha tomado conta de seus pensamentos durante longos meses. E, ao fazer isso, Jules teve a impressão de que estava ouvindo aquela extraordinária história mais uma vez.

— Estamos falando aqui de um jogo de xadrez de trinta e duas peças; dezesseis brancas e dezesseis pretas, além de um tabuleiro. Exemplares únicos, esculpidos nos Estados Unidos no início do século XX com base nos desenhos de Rosa Bonheur feitos na França, nos últimos anos de vida dela. Esse jogo foi propriedade exclusiva de Archibald Winter, um magnata da imprensa dos Estados Unidos, campeão de xadrez. Ele a criou em estreita colaboração com a artista francesa e confiou a execução a um dos melhores marceneiros da costa californiana, em Santa Barbara. Rosa Bonheur já tinha feito um imenso retrato de Danican, o fiel chihuahua de Winter. O homem de negócios, maravilhado, começou então a colecionar as telas da pintora; depois, para unir seu amor pelos animais e pelo xadrez, teve a ideia de encomendar a Rosa as peças do jogo, além do tabuleiro. Quando Winter morreu de câncer, o tabuleiro e as peças foram separados, e então espalhados pelo mundo. Essa era uma ordem específica do defunto, que constava em seu testamento. Foi Arthur Kennedy, seu advogado, seu homem de confiança, e talvez também seu melhor amigo, que se encarregou dessa cuidadosa dispersão.

— Que absurdo! — disse Caïssa. — Por que ele fez isso?

— É aqui que a história fica interessante, meus filhos. Archibald Winter gostava de animais tanto quanto detestava a ex-mulher e os três filhos, que ele julgava medíocres, sem ambição, incapazes de jogar uma partida de xadrez porque não conheciam as regras. Para Winter, estava fora de cogitação deixar um único centavo que fosse aos seus herdeiros. Ao longo dos meses que antecederam sua morte, e com a ajuda de Kennedy, o magnata vendeu em segredo todos os seus bens e esvaziou todas as suas contas, para que não sobrasse nada da sua fortuna. Os três filhos herdaram apenas o quadro gigante de Rosa Bonheur que representava o chihuahua; e os imbecis, ao que parece, o queimaram de raiva ou por vingança. Ficaram sem nada! Sendo que Winter possuía dezenas de milhões de dólares! Era uma fortuna gigantesca para a época.

— Mas o que ele fez com todo esse dinheiro, afinal de contas? — perguntou Assane.

Jules mediu as palavras antes de soltar:

— Um tesouro. Adquiriu bens de grande valor, não sabemos quais, e os escondeu em algum lugar, em uma caverna de Ali Babá, que até hoje ainda não foi descoberta. Mas o testamento de Winter é claro: sua fortuna está escondida por aí, e o primeiro espírito inteligente o bastante para encontrá-la será seu único e exclusivo beneficiário.

Os três estavam maravilhados com aquela revelação.

— Vocês devem estar pensando que os filhos dele tentaram encontrar o tesouro, vasculhando por todo canto nas antigas propriedades do pai. Mas Winter não tinha deixado nenhuma pista, e os filhos não conseguiram nada, assim como os caçadores de tesouros que se dedicaram à procura. No início dos anos 1920, como ninguém tinha encontrado o menor indício daquela fortuna toda, o tesouro de Archibald Winter se tornou uma lenda, e os filhos passaram a reproduzir uma série de calúnias, dizendo que o pai provavelmente tinha queimado sua fortuna com mulheres pouco virtuosas, feito doações estratosféricas a associações de defesa dos animais ou satisfeito vícios obscuros que, por decência, eles preferiam não mencionar. Pois bem; eu descobri, acreditem, sozinho, à custa de muitas pesquisas feitas por conta própria, que o segredo do tesouro está guardado em um único e exclusivo objeto, meus queridos...

— O jogo de xadrez de Rosa Bonheur! — Assane exclamou.

Jules confirmou, enquanto se servia de um copo d'água. Ofereceu também aos filhos e a Assane, que aceitaram.

— Não sei como essa ideia romântica e mirabolante surgiu no espírito de Archibald Winter. Talvez ele a tenha tirado de uma das histórias de Arsène Lupin, que também adorava. Para deixar um sinal do lugar onde o tesouro foi escondido, Winter mandou modificar o tabuleiro. Seu marceneiro incluiu um compartimento onde estão escondidos o mapa e as instruções para encontrar o tesouro.

— Que loucura — balbuciou Assane. — E que maravilha.

— É impossível abrir o tal compartimento apenas forçando a abertura — explicou Jules. — Se alguém tentar, um mecanismo vai soltar um ácido para destruir a folha preciosa. O compartimento só pode ser aberto de um jeito: é preciso ser capaz de jogar uma partida de xadrez codificada por Archibald Winter e dispor corretamente as peças, um movimento antes do xeque-mate, sobre as casas do tabuleiro. Nessas condições, o compartimento se destranca automaticamente.

— As ranhuras! — disse Benjamin. — As ranhuras debaixo do pombo branco...

Ele observou a base da escultura de chihuahua resgatada pelo pai. Ali também havia pequenas ondulações na madeira, cuidadosamente esculpidas, e não eram as mesmas que estavam na peça que eles foram obrigados a entregar ao cara da cicatriz.

O *marchand* continuou:

— Para conseguir o mapa do tesouro, então, é preciso ter o tabuleiro, as trinta e duas peças, além de acertar a sequência exata dos movimentos na partida. O que não é fácil, porque, como eu disse, Arthur Kennedy, o homem de confiança, deu a volta ao mundo após o funeral de Winter para espalhar o tabuleiro e as peças. E eu consegui reconstituir tudo! Encontrei tudo! Está na preciosa lista contida neste pen drive!

— Então — concluiu Benjamin, engolindo as palavras —, o tesouro ainda está escondido! E você estava prestes a encontrá-lo!

Jules Férel fez que sim com a cabeça e, pela primeira vez, estava sorrindo.

— Mas qual é o seu papel nessa história toda, pai? — perguntou Caïssa. — Como você descobriu tudo isso? O que causou aquela confusão na mansão?

— A Rainha — o pai respondeu.

— A peça do jogo? — Assane perguntou. — A Rainha que o senhor mencionou na mensagem secreta? E por que o senhor disse que ela está mentindo?

— Espere mais um pouco, Assane, você já vai saber quem é essa Rainha de verdade.

Jules se serviu de mais um copo d'água.

— Consegui minha primeira peça do xadrez de Winter por acaso, em uma feira de antiguidades em um domingo, em Levroux, um vilarejo perto de Châteauroux, no departamento de Indre. Achei aquele pombo esquisito; era um jeito inédito de representar o bispo em um tabuleiro. Algumas semanas depois, em uma viagem à República Tcheca, levei a peça para a análise de um amigo antiquário de Praga, que é especialista em xadrez e tem uma livraria dedicada ao assunto. Ele reparou no formato particular das ranhuras e disse que achava que ela deveria ser parte de algum mecanismo. Ao mesmo tempo, comparando o pombo com obras que eu já conhecia, percebi que havia muitos traços em comum entre ele e os pombos desenhados por Rosa Bonheur. Seria um jogo de xadrez concebido com base na obra de Rosa ou pela própria Rosa? Essa era a dúvida. Então, nos arquivos do castelo de By aos quais Cendrine Gluck me deu acesso, encontrei um conjunto de rascunhos que representavam as peças, assim como várias menções, aqui e ali, ao nome de Archibald Winter. Rosa tinha desenhado um jogo de xadrez para Winter, que, depois da morte da artista, mandou modificá-lo para esconder o mapa de seu famoso tesouro. Vem daí a dispersão das peças.

Benjamin, Caïssa e Assane estavam completamente envolvidos por aquela história. Jules continuou:

— Consegui adquirir outras quatro peças; no total, fiquei com cinco. Mas, ao organizar a lista do pen drive, logo me dei conta de que, infelizmente, eu não era o único que tinha entendido que o tesouro de Winter poderia ser descoberto graças ao tabuleiro e às suas trinta e duas peças. Alguém, em algum lugar do mundo, também tinha se lançado em uma caçada para reconstituir o jogo por completo. E, quando o nome dessa pessoa surgiu, entendi que a partida ia ficar extremamente mais complicada. Porque eu tinha à minha frente a trineta de Archibald, que conseguira, partindo do zero, criar o próprio império. O nome dela... Elizabeth Winter.

— É o "EW" da planilha — comentou Assane.

— A Rainha! — gritou Benjamin. — É dela que você estava falando na mensagem cifrada. A Rainha está mentindo! Rainha, então, é um apelido para Elizabeth Winter!

Jules confirmou com a cabeça.

— Elizabeth Winter? — Caïssa perguntou, surpresa. — A fundadora e proprietária da Chorus? A mulher que inventou o leitor de MP3, que revolucionou a indústria dos notebooks tirando um quilo deles e que, segundo boatos, está preparando um celular com tela digital?

— A própria, filha — disse Jules.

— E por que ela precisa desse tesouro? — perguntou Assane. — A empresa dela já é um.

— Ela não faz questão do dinheiro — respondeu o *marchand* —, como você deve imaginar. Para ela, o valor monetário do tesouro importa muito menos que seu valor simbólico. A ideia é vencer sobre o espírito sagaz e refinado do seu antepassado. Elizabeth Winter herdou dele a paixão e a prática exímia do xadrez.

Benjamin interrompeu:

— Você já se encontrou com ela?

— Claro que sim — respondeu Férel. — Como poderia ser diferente? Ela tem vinte e cinco peças, além do tabuleiro. Pensei muito antes de ir pessoalmente, no começo deste ano, até o palacete dela, situado na ilha de Santa Catalina, no litoral de Los Angeles. Fui recebido com uma mistura de alegria e medo; consegui ler essas emoções no rosto dela. Ela me explicou que tinha comprado o tabuleiro por acaso, assim como eu, em um leilão em Londres, que a partir de então mergulhou nessa busca, nessa caça, assim como eu, como uma espécie de obsessão. Eu vi o tabuleiro e as peças que ela conserva e exibe, como relíquias, no último andar da casa. Que momentos intensos vivi ali, vendo o tabuleiro à espera de muito pouco para, enfim, liberar o compartimento e revelar seu segredo. Eu...

— E você fez alguma proposta para ela? — Benjamin o interrompeu.

— Minha ideia era simples: como trazia comigo cinco peças e minhas buscas para encontrar as duas que ainda nos escapavam e estavam prestes a dar resultado, propus que nos juntássemos para resolver o enigma de Archibald e encontrar o tesouro dele. Nós dividiríamos esse tesouro segundo a razão bem definida de sete por trinta e três para mim e vinte e seis por trinta e três para ela.

— E? — os três perguntaram em uníssono.

— Ela pensou... por um longo tempo... e acabou aceitando.

— Mas estava mentindo — Assane chutou. — Daí a sua mensagem. A confusão na mansão foi encomendada por ela. Ela quis enganar o senhor! Não dividir nada! Roubar suas cinco peças e o pen drive para conseguir as coordenadas das duas que ainda precisavam ser conquistadas.

Jules suspirou e demorou para responder:

— De fato foi Elizabeth quem contratou o bando. Pelo menos é o que eu acho, já que cortamos qualquer contato faz um mês.

— "A Rainha mente" — citou Assane. — Essa é a explicação da primeira parte da sua mensagem cifrada.

— O cara da cicatriz em formato de diamante é pago pela Chorus? — Caïssa perguntou.

— Quase certeza de que sim.

— Mas por que ela está tentando colocar as mãos no tesouro do velho com tanto empenho? — perguntou Benjamin. — Winter já tem tudo! Fama, fortuna!

— Não faço a menor ideia — admitiu Jules. — Teríamos que perguntar a ela. Mas tenho minhas suspeitas. Tenho para mim que a Rainha quer encontrar o tesouro para homenagear Archibald ao longo do tempo. Após sua morte, Archibald deixou a família sem nada. Ninguém honrou sua memória nem reivindicou sua herança, e por um bom motivo: ele tinha feito questão de escondê-la. Elizabeth provavelmente se sente próxima de Archibald, de seu senso de empreendedorismo, de sua misantropia. Para ela, encontrar o tesouro significaria aproximá-la ainda mais do antepassado. Significaria compartilhar com ele uma parte de sua psique; tecer, além da morte, uma espécie de conivência intelectual. É a única explicação que consegui encontrar. Talvez vocês achem que é psicológica demais. Só a Rainha poderia esclarecer essa questão.

— Encontrar o tesouro, para ela — resumiu Caïssa —, significaria mostrar que se parece com o pioneiro da família. E homenageá-lo, como você disse.

— Sim, é o que eu acho — disse Jules. — Winter tem uma única obsessão: completar o tabuleiro e encontrar o tesouro para que ele não seja tirado da verdadeira família de Archibald, que, segundo ela, se resume à sua única pessoa.

Era de fato uma explicação absolutamente interessante, pensaram os três visitantes noturnos.

— Então, para resumir — arrematou Assane —, só falta para a Rainha uma peça, o chihuahua branco, que está aqui, e o pen drive de cristal, que armazena as informações que permitem adquirir as duas peças restantes.

Jules confirmou:

— E que estão, como talvez vocês tenham lido, em uma coleção particular em Joanesburgo, na África do Sul, e em uma galeria de arte em Hanói, no Vietnã. Se Elizabeth Winter conseguir encontrá-los, também vai encontrar o tesouro. E não vai dividir. Para mim, seriam três anos de trabalho perdidos.

— Mais do que isso — disse Benjamin, com um tom carregado de ironia —, milhões de dólares.

Caïssa interveio:

— Ainda tem a sequência de movimentos que permite a disposição correta das peças no tabuleiro. Sem ela, o compartimento não abre. Onde está essa sequência, pai?

Jules apontou a própria cabeça com a ponta do indicador esquerdo.

— Aqui, minha filha, no meu cérebro, e apenas no meu cérebro.

Todos os elementos reunidos por Caïssa, Assane e Benjamin finalmente estavam conectados. O que fazer dali em diante?

Em primeiro lugar, levar Jules ao médico, ou ao hospital, para tratar da ferida grave dele. Depois, eles teriam algum tempo para pensar na melhor estratégia a seguir. Pelo menos era o que os quatro pensavam naquele momento.

Mas tudo mudou no instante seguinte, quando houve uma explosão ensurdecedora.

A explosão estremeceu as paredes do rochedo e os jogou no chão.

32

Benjamin, Assane e Caïssa ainda eram aventureiros novatos e, consequentemente, cometiam erros.

Eles se levantaram. Assane ajudou Jules, que parecia estar sofrendo. A queda reabrira o ferimento?

— Você foi seguida — Benjamin disse para Caïssa.

— Não, com certeza foi você!

Assane pôs fim àquela discussão inútil:

— Agora não é hora para isso! Precisamos dar o fora daqui.

O teto da rocha estava desabando em vários pontos.

— Eles não hesitaram em usar explosivos — disse Jules. — Loucos, doentes... Não se preocupem, o portal aguenta o impacto.

Começaram a ouvir barulhos de passos no corredor. Os invasores logo os encontrariam.

— Vão embora! — pediu Jules. — Não vou conseguir acompanhar o ritmo de vocês com o meu ferimento, eles vão nos alcançar.

— Não vamos te deixar aqui, pai — gritou Benjamin.

— É a única solução.

— Então temos de levar o pen drive e a escultura de Danican — disse Caïssa. — Senão, a Rainha ganha!

— Isso seria um erro — contestou Jules. — Perdi a partida, só isso. Winter foi melhor que eu. Se vocês fugirem com esses objetos, eles vão continuar a perseguição. E só Deus sabe o que ela seria capaz de mandar os capangas fazerem para conseguir o que deseja! Há uma saída pelos fundos que não consta no mapa que vocês encontraram no cofre. A senha é 200178. Depois de meio quilômetro em um túnel subterrâneo, vocês vão chegar a uma clareira paralela à estrada, perto da bacia do Groseau. Protejam-se, meus filhos... enquanto ainda há tempo. Eu vou me virar sozinho. Sou grande o bastante para isso. Vou entregar tudo para eles, não vão me fazer nada de mal. Já custei demais a vocês.

Benjamin e Caïssa sofriam vendo o pai, acabado, desistir daquela maneira. Quando o deixaram, ele parecia prestes a desmaiar. Eles hesitavam, mas não Assane. Para ele, estava fora de cogitação se tornar refém dos capangas de Elizabeth Winter. Ele arrastou Benjamin e Caïssa para fora dali.

— Sr. Férel, finalmente! — ouviram uma voz dizer ao fundo, com um forte sotaque norte-americano.

Assane reconheceu a voz do cara da cicatriz em forma de diamante.

— Vamos ser mais úteis livres do que presos — ele sussurrou para os amigos.

Em um canto do seu espírito, o discípulo de Lupin também se lembrava de que Benjamin e ele só tinham se mostrado fantasiados em frente àqueles homens. Então, tinham uma boa vantagem sobre eles.

Porque, no momento em que digitaram em um pequeno dispositivo a senha de seis dígitos que destrancaria a porta blindada e estavam prestes a se enfiar naquele poço de paredes sustentadas por espessas placas de aço, Assane, Benjamin e Caïssa sabiam muito bem que, mesmo se aquele golpe terminasse a favor de Winter, a partida estava longe, muito longe de ser encerrada.

33

Todas as peças estavam dispostas no tabuleiro para que Jules Férel levasse um xeque-mate em uma ou duas jogadas. Mas, enquanto a peça principal não fosse derrubada, haveria esperança de vitória.

Essa provavelmente não era uma concepção muito ortodoxa do jogo. Caïssa sabia que o primeiro movimento de um peão determina a partida inteira, que é crucial para ambos os jogadores. Que a vitória e a derrota são preparadas com muita antecedência e que não há trégua.

Os três voltaram a Paris no carro de Claire, mergulhados em um clima melancólico. Na altura de Mâcon, Benjamin recebeu uma ligação de Romain Dudouis, o chefe de polícia do décimo quarto distrito. Ele o informou, após avisar Édith, que uma van de vidros escuros tinha acabado de deixar Jules Férel na entrada do pronto-socorro do hospital de Vaison-la-Romaine. O homem, gravemente ferido, estava em estado crítico, quase em coma. Um médico-cirurgião fizera uma operação em um músculo do ombro para impedir qualquer risco de hemorragia.

Como o *marchand* tinha previsto, os capangas da Rainha não eram assassinos, assim que conseguiram se apoderar das duas esculturas e do pen drive de cristal, libertaram seu refém, que tinha se tornado inútil – e inconveniente.

Para a polícia e para Édith, o caso estava encerrado. Jules seria interrogado, é claro, mas contaria o mínimo possível. Os três comparsas estavam profundamente arrependidos de terem levado os asseclas da Rainha até o esconderijo do portal Saint-Jean. Apesar disso, reconheceram que se martirizar não teria nenhuma serventia. Mesmo que Benjamin e Assane já tivessem se metido em oitocentas e treze enrascadas juntos, nunca deveriam ter se envolvido em uma história daquela envergadura. Quanto a Caïssa, do alto de seus vinte anos, ela se jogara em mar aberto sem antes passar pelo raso. Tudo aconteceu tão rápido!

Sim, eles tinham cometido um erro, deixaram rastros que foram encontrados e haviam sido seguidos sem perceber. E agora?

Agora, precisavam se concentrar no que estava por vir.

Claire encontrou os três aventureiros na butique de Benjamin da rua de Verneuil. Decidiram dar uma volta às margens do Sena para contar os últimos eventos a Claire – deviam isso a ela, além de um pedido de desculpas por parte de Caïssa –, mas também para tentar bolar um plano a fim de impedir que Elizabeth Winter ganhasse a partida.

Assane era o que estava mais perturbado no grupo. Assim como seu herói literário, não aceitava a derrota, principalmente quando a vitória estava a um fio de distância.

O grupo passava pela fachada da antiga estação de trem d'Orsay, no cais Anatole-France, dominada por seu relógio gigante.

— Espero que tudo dê certo para o nosso pai — disse Benjamin.

Caïssa tranquilizou o irmão. Ele estava em boas mãos. E se recuperaria mais rapidamente se soubesse que os filhos e Assane estavam em busca do tabuleiro e no encalço da Rainha!

— Eles estão com as peças que faltavam e com a lista — recapitulou o gigante —, mas, enquanto Jules mantiver o segredo da sequência dos movimentos da partida, é impossível abrir o compartimento.

Claire, cujos nervos estavam controlados, tentou acalmar o velho amigo. No fundo, tudo não passava de uma questão de dinheiro. Eles precisavam se concentrar no fato de que Jules estava fora de perigo e que os três não tinham sofrido consequências pela aventura no Vaucluse.

Pegaram a passarela de Solferino em direção ao jardim das Tulherias. O sol ainda estava no auge e fazia brilhar as pedras cinza do

Louvre. Embaixo, o Sena cintilava. Olhando para oeste, viam o domo do Grand Palais banhado em luz. A leste, o pináculo da Notre-Dame parecia que segurava o céu.

— Sim, Claire, você está certa — disse Benjamin. — É dinheiro, um tesouro... mas não podemos desistir agora. Agindo como agiu, a Rainha colocou a si mesma para fora do jogo. Roubos, agressões...

— Um sequestro — completou Caïssa.

Eles caminhavam entre as árvores do enorme jardim, em direção ao Palais-Royal.

— Concordo que os métodos da Winter sejam pouco ortodoxos — disse Claire. — Não conheço ela, mas uma mulher com um gênio desses, uma empreendedora que construiu o império Chorus tendo começado na garagem dos pais, não deve engolir uma derrota facilmente. Ela está acostumada a ganhar, custe o que custar.

O grupo chegou a uma livraria em frente à estação de metrô do Palais-Royal, toda decorada com esferas coloridas. Benjamin entrou e perguntou à livreira se ela tinha uma biografia de Elizabeth Winter.

A jovem fez que sim e foi ao estoque, de onde voltou com um livro encorpado.

— Você chegou na hora certa. Ainda não tive tempo de colocá-lo na prateleira.

Uma foto de Elizabeth Winter, com um ar sério, de cara amarrada – a empresária era conhecida por nunca sorrir –, em pé diante de um monte de computadores, ocupava a capa inteira. O título: *A rainha em xeque*. Era assinado por Fabienne Beriot, uma jornalista investigativa da revista *L'Objecteur*, e editado pela Lafitte. A biografia, a julgar pelo título, prometia ser pesada.

— Chegou ontem! — explicou a livreira.

Benjamin pagou e foi embora, com o livro debaixo do braço.

— "Conhece o adversário e principalmente conhece a ti mesmo, e serás invencível" — recitou. — Não lembro mais quem escreveu isso, mas vem bem a calhar.

Benjamin não queria deixar a história de lado. O filho precisava mostrar seu valor ao pai. Ele esperava por essa oportunidade fazia muito tempo, e agora sentia que estava perto de alcançar seu objetivo. Para Jules Férel, ele não passava de um menino pouco capaz, com um passado perturbado, que não saíra da adolescência, que servia apenas como herdeiro, com quem tinha conversas cordiais, mas sem cumplicidade. Ele provaria para Jules – e para Édith – que era capaz de tomar a iniciativa. Venceria a Rainha, destrancaria o tabuleiro desenhado por Rosa Bonheur e concebido por Archibald Winter, mostraria à Rainha que uma regra de jogo deve ser respeitada até o fim. Depois, encontraria o tesouro e o usaria para o bem. Seria, enfim, a tão esperada passagem de bastão de pai para filho.

Ele compartilhou essa esperança com seus amigos, e Assane, evidentemente, ficou do seu lado.

— Estou sempre com você, Ben — disse. — Se nós conseguirmos encontrar o tesouro de Archibald Winter, vou pensar no meu projeto de escola para adolescentes em vulnerabilidade social.

— Faz tempo que você pensa nisso — sorriu Claire.

— Faz muito tempo — concordou Assane. — Desde que o meu pai morreu.

Mas, antes de fazer planos, eles precisavam retornar ao jogo e começar a agir. O grupo agora estava voltando pela avenida de l'Opéra, em direção ao Palais Garnier.

As calçadas estavam lotadas naquele comecinho de noite de julho, mas eles conseguiram encontrar uma mesa livre em frente a um café anexado a uma loja de macarons. Assane se sentou de frente para Benjamin, entre Claire e Caïssa.

Mas aquele não era o momento de pequenos luxos. Haveria tempo para isso depois, quando o tesouro estivesse em segurança. *O descanso do herói*, conforme o exemplo de seu ídolo.

Como sair na frente de novo?

— O cara da cicatriz e os capangas dele ainda devem estar na França — começou Assane. — Podemos fazer alguma coisa enquanto eles ainda não tiverem decolado.

— Planejar um assalto para pegar de volta as peças e a chave? — perguntou Benjamin. — Acho que não. Não temos como.

— Precisamos descobrir de qual aeroporto eles vão sair. Aposto que vão pegar um avião particular, fretado pela Chorus.

Caïssa e Claire concordaram. Assane continuou:

— Se não conseguirmos concluir nosso plano em terra, podemos tentar no ar. Ou no destino final.

— Você pretende ir para a Califórnia? — espantou-se Benjamin.

— Por que não? — respondeu o gigante.

— Você não tem passagem, não deve ter nem um passaporte válido — disse Claire —, e, só para lembrar, depois de um tal 11 de setembro as autoridades dos Estados Unidos não estão para brincadeira com quem chega no solo deles.

— Só preciso ligar para alguns amigos — disse Assane. — Tenho conhecidos em alguns aeroportos que recebem jatinhos particulares. Na manutenção, no setor de bagagens, na limpeza... no Bourget, no Tossus-le-Noble... a gente dá um jeito nisso rapidinho.

Pediram bebidas, mas concordaram em deixar o brinde para depois, para quando Jules estivesse fora de perigo e o tesouro estivesse em suas mãos.

O desafio era imenso, mas estimulante.

Assane, confiante, lembrou-lhes de um detalhe primordial:

— Enquanto Winter não souber como jogar a partida, a disposição correta das peças no tabuleiro que abre o compartimento, e enquanto Jules estiver inconsciente, a Rainha não pode nos dar um xeque-mate.

Era seu único fio de esperança.

O cara da cicatriz em forma de diamante deslizava entre seus dedos enormes duas das cinco peças: uma cabeça de gato e outra de cachorro.

— *Falta quanto tempo para chegarmos ao aeroporto?* — *perguntou, em inglês, ao homem que estava dirigindo a van.*

Estava sentado no banco de trás. Tinha acabado de ver uma placa com o nome de uma cidade, Beaune, que lhe trouxe à memória a vaga lembrança de um vinho tinto que experimentara, muito tempo antes, em um hotel de Buenos Aires.

— O GPS indica que vamos chegar em três horas e cinquenta e dois minutos.

— Aumente o ar. Está muito quente.

O outro obedeceu, mantendo um olho na estrada.

O cara da cicatriz tirou o pen drive do bolso e sorriu de novo, o que deformou o diamante em sua bochecha. O cristal não estava mais brilhando. Os vidros escuros impediam o sol de penetrar no interior do veículo. Seu celular vibrou. Era a patroa. Atendeu.

— Recebi sua mensagem — disse Elizabeth Winter. — Então você conseguiu.

— Só falta a sequência da partida de xadrez.

— Não está no pen drive?

— Não.

Houve um silêncio pesado, muito pesado, do outro lado da ligação.

— Férel se entregou — explicou. — Ele entregou tudo. As peças, o pen drive. Os três moleques conseguiram fugir, mas também não têm mais nenhuma serventia para nós.

— Eles são corajosos — disse Winter. — Mas agora não valem mais nada.

— Deixamos Férel no hospital mais próximo. Estava em coma. Depois lhe enviei a lista por meio do seu servidor protegido. Agora a senhora tem os dois endereços que faltavam.

— Sim, meus advogados estão negociando com o colecionador de Johanesburgo e com a galeria de Hanói. Não tenho nenhuma preocupação quanto a isso. O peão preto que está faltando e o cavalo branco logo vão estar aqui. Mas enquanto não tivermos a sequência da partida... Você pelo menos tentou arrancá-la de Jules? — ela perguntou, em tom sério.

— Pode acreditar, tentei de tudo. Mas o cara já estava quase inconsciente. Ele repetia uma palavra sem parar. "Unmortol", "Inmortel"... ele não falava coisa com coisa. Estava delirando.

Elizabeth questionou, com muito interesse:

— Que palavra ele estava repetindo? Diga de novo, pausadamente.

— Inmortel — respondeu o homem.

O motorista arriscou um "imortal" carregado de sotaque.

— Sim, era isso mesmo. Imortal.
Houve um grito do outro lado da linha. Elizabeth Winter repetiu:
— Imortal, é isso.
— Sim. Era essa palavra.
— Ótimo — disse, então, a Rainha. — Temos todos os elementos. Pode voltar sem problemas. A que horas sai o voo?
— Mas — gaguejou o líder da missão — e a partida? A ordem dos movimentos?
— Já disse que temos todos os elementos — explicou Elizabeth Winter, que de repente ficara animada. — Quando chegarem as peças da África do Sul e do Vietnã, vamos abrir o tabuleiro. A que horas sai o voo?
O cara da cicatriz estava um tanto quanto perdido.
— No fim da noite. Acho que por volta das onze. Seus clientes franceses, espanhóis e alemães vão fazer o trajeto conosco a bordo do Challenger da Chorus.
A Rainha não disse mais nada. E, como já tinha conseguido todas as respostas que desejava, encerrou a ligação sem se despedir, como costumava fazer.

34

Assane não desperdiçou nenhum minuto: ligou para o amigo de um amigo que trabalhava na manutenção no aeroporto de Bourget, no nordeste de Paris, de onde decolavam e onde aterrissavam quase todos os aviões particulares que tinham como destino a capital francesa.

Confirmaram a partida de um Challenger que pertencia à empresa norte-americana Chorus. A hora do voo estava marcada para as onze e meia da noite, mas poderia sofrer alterações.

— Você tem a lista de passageiros? — perguntou Assane a Sahbi, seu contato.

— A lista provisória. Quer que eu te mande por e-mail?

— Obrigado, meu amigo! Fico te devendo essa.

— Uma mão lava a outra, irmão.

Era exatamente essa a ideia. O grupo se separou. Foi um novo suplício para Caïssa, mas desta vez ela tinha entendido: parecia arriscado demais tentar recuperar as peças antes da partida dos capangas da Rainha. Eles não teriam como arquitetar um roubo a mão armada ou um ataque de grande envergadura. Não tinham nem vontade nem capacidade. Por outro lado, uma ideia tinha brotado na mente de Assane, uma ideia inspirada por uma de suas leituras, é claro.

Mas isso dependia de que os dois amigos atravessassem o Atlântico e cruzassem os Estados Unidos a bordo do voo fretado pela Chorus. Agir durante a noite, enquanto os capangas estivessem dormindo.

O cara da cicatriz não se arriscaria a deixar as peças e o pen drive nas malas guardadas no porão – se é que tinha uma.

Combinaram as funções de cada um. Caïssa iria com Édith Férel até Vaison-la-Romaine para cuidar do pai e de sua transferência para um hospital parisiense. Claire ficaria em Paris. Caïssa se juntaria a ela quando retornasse para servir de retaguarda para o grupo, e também tentar conseguir tirar alguma informação de Jules se ele recuperasse logo a consciência – coisa que todo mundo queria.

Roubar os três objetos e depois sair do avião sem serem presos. Uma missão que os dois amigos iriam realizar com a maior elegância.

Assane aprimorou o plano durante o trajeto de carro entre a galeria de Benjamin e seu apartamento em Montreuil e, depois de chegar em casa, o expôs ao cúmplice. Férel filho, preso no engarrafamento, devorou as cem primeiras páginas da biografia da Rainha.

A caixa-postal do telefone fixo de Assane estava lotada de recados do seu patrão, da loja de artigos esportivos, despejando uma enxurrada de xingamentos pelas faltas repetidas e injustificadas.

— Você está demitido! — ele concluía na última mensagem.

— Agora estou livre — filosofou o gigante. — Mais um motivo para mergulhar de corpo e alma na busca do tesouro de Archibald Winter. De qualquer jeito, não nasci para essa vida.

Tinha consultado a lista dos passageiros do voo fornecida por Sahbi. Fingir que eram dois empresários franceses a caminho da filial da Chorus em Los Angeles – já que a sede ficava em Palo Alto, perto de São Francisco – era arriscado demais.

— Nessa bolha todo mundo se conhece — disse Assane. — Entraríamos em uma cilada. Se quisermos embarcar nesse voo, temos que nos passar por comissários de bordo. Assim vão nos deixar em paz. Não vão querer conversar com a gente, pelo contrário, vão querer que fiquemos mudos para não incomodar os grandalhões desse meio.

Benjamin ajeitou os óculos e deu uma olhada no relógio.

— Espero que você esteja brincando. Estamos a três horas da decolagem e você acha que é só roubar dois uniformes para conseguirmos autorização para embarcar? E eu também não sei servir champanhe... sempre deixo mais espuma que líquido!

Assane deu uma piscadinha e ligou para Moussa de seu celular. Moussa era primo de Sahbi. Ele era da equipe de limpeza noturna dos setores administrativos do Bourget.

— Você acha que consegue invadir a distância a rede de informática do aeroporto? Do meu computador? — perguntou para Benjamin.

Este fez que sim com a cabeça.

— Sim, se eu tiver alguém lá para abrir uma espécie de porta.

— Você vai ter. Moussa!

— Mas o que você quer que eu consiga, exatamente?

— Os nomes das comissárias e dos comissários de bordo desse voo. Devem ser dois ou três no máximo. Mais dois pilotos. Enfim, você precisa invadir o sistema e substituir os nomes dos dois comissários pelos nossos. Deu para entender? Vamos usar dois dos nossos passaportes falsos.

Benjamin arregalou os olhos:

— Eu achei que eles tivessem sido confiscados. Você ficou com eles?

— Claro que fiquei! E ainda são válidos.

— Mas o que você vai fazer com os dois comissários que deveriam trabalhar no voo? — questionou Benjamin.

— Vamos tirá-los de circulação. Respeitosamente, claro. Só pelo tempo que for preciso. Só o suficiente para justificar a substituição por dois funcionários temporários.

Benjamin levou as mãos à cabeça. Ele teria coragem de levar esse plano até o fim? Começava a se perguntar se não estavam indo um pouco longe demais.

Mas Assane o encorajou:

— Por que deixar sempre os mesmos saírem ganhando, irmão? Temos que fazer isso. Pelo seu pai. E, principalmente, por você. Por mim. Por nós dois.

Suas palavras aliviaram com facilidade o receio do amigo.

Moussa deu acesso à rede do aeroporto de Bourget e Benjamin conseguiu, rápido até demais, alterar os nomes dos comissários do voo.

Para sorte deles, apenas dois comissários estavam escalados para atender uma dezena de passageiros.

Agora, eles precisavam se dirigir ao Bourget, porque o voo decolaria em pouco menos de duas horas. Isso se não adiantasse! Os dois aventureiros prepararam suas mochilas e seus disfarces. Assane optou por uma barba falsa, bem curta, e decidiu engrossar as sobrancelhas e as bochechas. Já Benjamin preferiu fazer a barba. O amigo insistiu que ele abandonasse os óculos e usasse lentes de contato coloridas para deixar castanhos os olhos verdes que tinha.

— Você sabe muito bem que eu não aguento usar — protestou Benjamin —, principalmente dentro de um avião.

Mas Assane acabou conseguindo o que queria, como sempre conseguia.

— Vamos pegar os uniformes lá.

Eles se muniram de seus dois passaportes falsos que continham as fotos que mais se aproximava da cara que tinham naquela noite, de um frasco de anestésico sem rótulo, de uma toalha de mão, de uma caixa de comprimidos de pílulas para dormir e de vários maços de notas de euro e dólar que Assane guardava em seu cofre. Eles contavam com a fiscalização relaxada que era reservada às pessoas importantes desse mundo, que, ao contrário da plebe, só viajavam em jatos particulares.

A dupla só precisou de uns quarenta minutos na rodovia A3 para chegar ao aeroporto. Assane não parou o carro no estacionamento reservado aos funcionários, mas sim no de um hotel localizado na rua de La Haye. Terminaram o trajeto a pé.

Àquela hora, não havia muita gente na sala de embarque. Assane e Benjamin precisavam a todo custo evitar a sala VIP, onde os futuros passageiros do Challenger já deviam estar degustando canapés acompanhados de boas taças de champanhe.

Encontraram, perto de uma porta de serviço, Moussa e Sahbi, que os fizeram entrar no espaço reservado aos funcionários de bordo.

— Eles estão aqui — Moussa disse simplesmente, mostrando uma porta.

Assane deu um abraço em cada um deles, e Benjamin também, mesmo tremendo de medo.

— A partir de agora, voltem para os seus postos e finjam que não nos conhecem — concluiu Assane.

Os dois comissários, uma moça e um rapaz, estavam descansando na sala dos funcionários. O cômodo vizinho, onde estavam os dois cúmplices, servia de vestiário. Havia uma mesa equipada com um computador e um telefone, além de um banheiro privativo.

— Vá chamar a moça e diga que ela recebeu uma ligação aqui — sussurrou Assane para Benjamin.

O filho de Férel obedeceu. Durante esse período, o gigante escondeu-se no banheiro. Destampou o frasco de anestésico e molhou a toalha de mão, tomando o cuidado de inalar o menos possível aquele poderoso remédio que roubara muito tempo antes do hospital onde Claire trabalhava. *Só por garantia*, dissera a si mesmo para justificar o furto.

— Aqui? — perguntou uma voz feminina.

— Sim, sim, o telefone, ali — balbuciou Benjamin.

A comissária sentou-se à mesa; Assane surgiu em silêncio atrás dela e levou a toalha ao nariz da moça, que mergulhou imediatamente na inconsciência.

Agora não tinham mais como voltar atrás.

Assane molhou de novo a toalha com o anestésico e a guardou na mochila. Entrou na sala onde estava o comissário e lhe disse, em tom arrastado, que precisava trocar uma lâmpada que estava com defeito.

— Uma lâmpada? — espantou-se o comissário, perguntando com um forte sotaque inglês.

Ele estava lixando as unhas.

— *But what is an "lâmpada"?*

Foi sua última pergunta. Assane tinha se posicionado atrás dele e coberto seu rosto com a toalha. O homem tentou se debater, mas o poderoso anestésico nocauteou seu espírito de luta.

— Rápido! — cochichou para Benjamin. — Me ajude a levá-lo para o banheiro. Ele vai ficar com a colega dele.

— Você acha que eles acordam daqui a quanto tempo? — perguntou o amigo, mal conseguindo respirar.

— Quando estivermos sobrevoando Reykjavik — respondeu Assane, com uma piscadela.

Ele despiu o comissário, que por sorte era bem grande, e vestiu seu uniforme, que não trazia o nome de nenhuma empresa; apenas um crachá simples com um nome: Pierre. Um diabo de um faz-tudo.

Agora só precisavam encontrar um uniforme para Benjamin. E rápido, porque já eram quase onze horas. Procuraram nas prateleiras e armários da sala de descanso, mas não encontraram nada.

— Tampinha — reclamou Assane. — Sempre esse tampinha...

— Será que não dá para ligar para um dos seus amigos?

Assane digitou o número de Sahbi, que lhe disse onde ficava a lavanderia.

— Pode ser que esteja com umas manchas de suco de tomate no colarinho da camisa ou nos punhos, mas não tenho uma ideia melhor — ele se desculpou.

Os dois amigos seguiram as indicações de Sahbi e acabaram conseguindo um uniforme do tamanho de Benjamin.

— Temos que correr! — disse Assane.

Após uma rápida verificação de seus passaportes pela polícia – que não lhes trouxe nenhum problema –, saíram do edifício e correram na pista em direção ao avião particular, um Challenger bastante imponente. A dupla embarcou no momento em que os motores estavam começando a esquentar.

Os dois pilotos os receberam com uma bronca.

— *What the fuck?* — perguntou o comandante, irritado. — *Where were you?*

Ele os encarou e prosseguiu, ainda em inglês:

— Vocês são os temporários franceses? As autoridades do aeroporto me comunicaram que os nossos dois comissários de costume não poderiam entrar nesse voo.

Assane confirmou e explicou que eles estavam atrasados devido à fiscalização, que levara mais tempo que o previsto.

— Estávamos esperando vocês para fazer o embarque dos passageiros. Vou dar as instruções para tentar decolar sem atraso. Nossa chegada está prevista no La Guardia para a uma da manhã, hora local.

Os dois amigos estremeceram.

La Guardia? Um dos aeroportos de Nova York? Aquele voo não ia para Los Angeles. Eles tinham errado o avião? O semblante de Benjamin era de desespero. Ele não estava entendendo mais nada. Assane colocou sua mochila no compartimento reservado à tripulação, alinhou a gravata e a barba e começou a fingir que estava trabalhando, abrindo e fechando os compartimentos, sem saber exatamente o que fazer, apenas para despistar os pilotos. Benjamin começou a fazer o mesmo. Assane não conseguia parar de pensar. Nova York... Nova York...

E de repente ele entendeu! O avião não tinha autonomia para chegar a Los Angeles em um voo direto. Ele faria uma escala em Nova York apenas para abastecer. Não era um grande problema. Só precisavam adaptar o plano.

Os passageiros finalmente embarcaram, falando alto e rindo. Usavam ternos feitos sob medida e todos carregavam uma maleta, uma mala de mão ou as duas coisas. A julgar pelo estado deles, já tinham desfrutado muito bem das famosas uvas fermentadas, borbulhantes ou não, que são o orgulho da França. *Melhor ainda*, pensou Assane, *assim eles pegam no sono mais rápido.*

Assane notou que não havia, estranhamente, nenhuma mulher a bordo.

O grupo se instalou na primeira parte da cabine, que dispunha de enormes assentos em couro, em grupos de quatro. As mesinhas de apoio eram feitas em madeira rara, e o piso era acarpetado. Tudo transbordava luxo. As taças de champanhe já estavam nas mesas, apoiadas em porta-copos que traziam o logo da Chorus, uma árvore frondosa carregada de frutas e atravessada por um arco-íris.

Os empresários não chegaram nem a notar a presença dos dois comissários.

Quando o embarque terminou, Benjamin e Assane trocaram um olhar circunspecto. Onde é que estavam o cara da cicatriz em forma de diamante e seus capangas? Eles tinham mudado de plano?

Conseguiram enfim respirar aliviados quando viram um segundo grupo correndo na pista em direção à pequena passarela que permitia embarcar na aeronave. O chefe passou em frente a eles sem dizer uma palavra, seguido por seus quatro asseclas. Não repararam nos dois comissários, nem perceberam nenhuma semelhança entre um deles e o velho marinheiro do barco que tinham encontrado no cais de Ivry-sur--Seine. E como é que poderiam?

O grupo se afastou, instalando-se em uma parte da cabine que era separada da primeira por uma espessa cortina, enquanto o comandante começava seu discurso padrão.

Assane encarregou-se de fechar a porta do jato. Felizmente, um pequeno esquema explicativo lhe permitiu fazer aquilo de maneira rápida e segura.

Tinham conseguido concluir a primeira fase daquele plano lunático. Embarcar no voo fretado pela Chorus.

Com a maior elegância. Sem dar um único tiro, sem arrancar uma única gota de sangue.

No entanto, o mais difícil ainda estava por vir. Passar para a segunda fase do plano, a mais delicada, que lhes permitiria, ao roubar o pen drive e as duas peças do jogo, voltar à liderança.

O avião começou a deslizar.

— Você já voou na primeira classe? — Assane perguntou para Benjamin.

— Sim, com Jules, uma vez, quando fomos a um leilão em Seul.

— Eu nunca viajei. Aliás, é a segunda vez que vou ficar nas nuvens. A primeira vez foi quando fui para Dakar. Bom, o que nós fazemos agora?

— Vamos dar bebidas para eles. Para deixá-los mortos de cansaço. O álcool tem efeito dobrado na altitude.

— Boa ideia.

Assane e Benjamin, na copa do avião, prepararam bebidas para serem servidas antes da decolagem. Abriram as cortinas e entraram na cabine, onde as conversas estavam cada vez mais barulhentas. As luzes estavam baixas. Faltava pouco para o avião decolar.

— Alexandre! — chamou uma voz.

Benjamin esqueceu de olhar para trás, apesar de ser esse o nome estampado em seu crachá de comissário de bordo.

— Alexandre!

Desta vez Benjamin atendeu o homem baixo e careca que se espreguiçava em seu assento.

— Poderia nos servir uma taça de champanhe antes de nos levar para o céu?

Seus colegas riram daquela piadinha de velho. Benjamin curvou-se.

— Certamente, senhor.

E serviu os passageiros. Na outra parte da cabine, Assane perguntou aos homens da Rainha se eles aceitariam uma bebida, mas recebeu uma recusa ríspida.

— Nos deixe em paz até segunda ordem — mandou o cara da cicatriz.

O gigante reparou que o chefe trazia uma pochete de couro colada ao peito. As peças do jogo e o pen drive de cristal estavam ali?

O comandante informou aos passageiros e à tripulação que a decolagem do Challenger era iminente. Os dois amigos, que enchiam uma taça após a outra com champanhe *grand cru* finíssimo, trocaram um olhar. Estava na hora de se acomodarem em seus próprios assentos e afivelarem os cintos de segurança.

Tiveram que se esforçar para não trocar um olhar de cumplicidade.

Bem-vindos à Lupin Airlines!

35

A escala em Nova York obrigou Assane e Benjamin a modificar seus planos.

Meia hora depois da decolagem, os primeiros passageiros começaram a pegar no sono, e os dois amigos, também cansados, se reuniram na salinha da tripulação, que ficava na parte da frente do avião. O jato tinha dois espaços onde eles poderiam se isolar: um anexado à cabine dos pilotos e outro no fundo, perto da área onde estavam os capangas da Rainha... e as duas peças e o pen drive.

— Precisamos pegar as peças um pouco antes da aterrissagem — disse Assane. — O ideal seria uma meia hora antes do pouso em Los Angeles.

— Não muda grande coisa — respondeu Benjamin. — Assim que o sujeito perceber que a pochete está vazia, vai mandar os capangas revirarem o avião inteiro, talvez até a cabine do piloto. Ele não vai deixar ninguém descer. Ele pode até pedir que os pilotos chamem a polícia de Los Angeles. Podemos acabar encontrando um comitê de recepção bastante especial.

— Sim, mas, quanto mais tarde agirmos, menos tempo vamos ter que aguentá-lo! Quanto à polícia, acho que não. A missão deles é secreta. Não acho que a Rainha vá querer ver as peripécias da caça ao jogo de xadrez de Rosa e de Archibald espalhadas pela imprensa.

O fato de as duas partes da cabine serem separadas por uma pesada cortina simplificava um pouco a tarefa da dupla de cúmplices:

para resgatar as peças, só precisariam neutralizar o cara da cicatriz e os capangas dele, e não todos os passageiros.

Então, eles precisavam reunir toda a sua paciência e desempenhar o melhor possível o papel de comissários até deixar o La Guardia.

— Seria bom a gente dormir uma ou duas horas, já que não temos nada para fazer agora. Contando com a escala, vamos chegar a Los Angeles às cinco da manhã de lá. Vamos estar inteiros.

Perto de um dos compartimentos que continham os frascos de perfume, lenços, relógios e outros brindes de luxo reservados aos convidados do voo, Assane encontrara o plano de voo.

— Idealmente — disse depois de consultá-lo —, nós precisaríamos roubar as peças da pochete quando estivermos sobrevoando a fronteira leste do Arizona.

Repassaram o plano e se permitiram tirar uma soneca, já que todos os homens de negócios tinham adormecido, exceto um último que digitava com toda a energia no teclado de seu computador portátil, com o rosto banhado na luz azulada.

Assane e Benjamin despertaram ao serem chamados na cabine. Dois homens estavam com fome e sede. Assane foi servi-los, enquanto Benjamin foi buscar notícias junto aos pilotos sob o pretexto de levar água fresca para eles. Estavam chegando ao La Guardia.

O avião pousou sem dificuldade no meio da madrugada. Apesar da tensão que os dominava, os dois parisienses ficaram maravilhados ao ver o *skyline* de Nova York e o pico de luz do Empire State Building, símbolo da cidade ao lado da Estátua da Liberdade.

A escala durou pouco menos de duas horas. Como as portas do avião não chegaram a ser abertas, nem a alfândega nem o departamento de imigração precisaram fazer nenhum tipo de fiscalização.

A aeronave logo voltou aos céus e, em pouco tempo a megalópole iluminada tornou-se apenas uma lembrança distante. O Challenger atravessou a Pensilvânia inteira, e eles tiveram que esperar passar por Pittsburgh, a grande cidade situada bem no oeste daquele estado rural, para ver alguns pontos de luz lá embaixo. O céu estava claro, limpo, e o voo não enfrentava nenhuma turbulência.

Na segunda parte da cabine, onde Assane entrara discretamente, dois homens ainda estavam dormindo; três tinham acordado, inclusive o chefe, que continuava com a pochete grudada na barriga enquanto folheava uma revista de viagens.

— Senhores, quando desejam que eu lhes sirva a refeição?

O cara da cicatriz murmurou e olhou para o relógio.

— Falta quanto tempo para chegarmos?

— Cerca de três horas e meia.

— Nos sirva alguma coisa quando faltar uma hora para o pouso. Vou acordar meus companheiros.

Assane curvou-se. Seria perfeito. Não esperava menos deles.

O momento fatídico estava se aproximando; o coração dos dois amigos estava batendo com cada vez mais força. Eles sabiam que só teriam uma chance de roubar as duas peças e o pen drive, e que o menor grãozinho de areia nas complicadas engrenagens daquele plano de ação poderia pôr tudo a perder.

Normalmente, antes de uma operação como aquela, Assane sairia para arejar a mente e esticar suas pernas imensas com uma caminhada ou uma corrida. Mas ali, naquela cabine estreita, tendo como única pista de exercício o corredor do meio do avião, ele estava se sentindo completamente paralisado.

Positivo... pensar positivo... sempre. Era a única maneira de evitar o grão de areia. Porque, se caísse um grão que fosse naquela engrenagem, seria culpa deles, e não do acaso.

Tudo estava pronto.

Na tela que exibia o mapa dos Estados Unidos, o pequeno ícone que representava o avião tinha acabado de atravessar Denver, no Colorado. Só faltava uma hora e quinze minutos de voo.

Hora da ação!

Depois de se certificarem de que todos os homens estavam ou caindo no sono ou satisfeitos, Assane e Benjamin se dirigiram à copa situada na parte de trás do avião. Lá encontraram as bandejas de café da manhã, que continham folhados, um iogurte artesanal e frutas. Pegaram cinco delas e tiraram o plástico que as protegia. Assane trazia no bolso interno da jaqueta a caixinha dos comprimidos que ele tinha reduzido a pó pouco antes de o avião deixar o La Guardia. Benjamin alinhou as bandejas e Assane, com muita destreza, salpicou o remédio para dormir entre os pedaços de frutas que estavam dispostos em um potinho.

— A acidez da laranja e da toranja vai disfarçar o gosto um pouco amargo do sonífero — explicara Assane, em um tom quase como o de um médico de verdade, ao companheiro de aventuras no momento em que lhe expusera o plano.

Benjamin começou a distribuir as bandejas, fazendo o melhor que podia para controlar o tremor das mãos. Assane circulava pelo corredor central, com altivez.

— Chá? Café? — passava perguntando.

Serviu os quatro capangas, mas o cara da cicatriz recusou todas as bebidas.

— Volte depois — respondeu.

Benjamin e Assane bateram em retirada e fecharam a cortina quase completamente. Pela fresta que ficou, viram os passageiros se deleitando com as frutas frescas e suculentas.

— Temos que esperar uns três ou quatro minutos — cochichou Assane. — A vantagem do sonífero é que ele age rápido.

O cara da cicatriz hesitou por um bom tempo. Ele comeu o pequeno croissant e o pãozinho recheado de chocolate, mas não tocou nem no iogurte nem nas frutas. Que azar! Benjamin puxou Assane pela jaqueta.

— O que a gente faz agora?

O cara da cicatriz tocou a campainha dos comissários.

— Vai! — disse Assane. — Se ele pedir café, a gente pode preparar uma xícara bem forte, assim o amargor do sonífero vai passar despercebido. Mel na chupeta.

Benjamin obedeceu, perguntando-se como o amigo conseguia fazer piada em circunstâncias como aquela. Ele não conseguia relaxar. E, como uma cereja no bolo, a lente do olho direito estava começando a irritá-lo.

Voltou dez segundos depois, parecendo decepcionado.

— O cavalheiro quer chá.

Assane não entregou os pontos. Ele precisava pensar, e pensar rápido. Não seria um grão de areia nem um pedaço de laranja que colocaria em risco todo o plano. O gigante tinha visto que no compartimento dos brindes de luxo havia caixas de chás finos de uma grande marca parisiense.

— Vai pegar duas caixas lá na frente — sussurrou para Benjamin —, e traz também o frasco de anestésico que está no bolso interno da minha mochila.

Assane sentou-se em um banquinho retrátil. O zumbido dos dois motores do avião, surpreendentemente, o ajudou a se concentrar. Sim, dava para tentar. Benjamin voltou com duas caixas metálicas que continham duas misturas de chá: "Perfumes do sol poente" e "Um verão no Cazaquistão". Jogou as folhas do segundo chá em uma lixeira e colocou uma pitada de anestésico na caixa, fechando-a logo em seguida da forma mais hermética possível.

Ao observá-lo, Benjamin balançava a cabeça. Só agora ele tinha entendido. O mais importante era que o homem não desconfiasse de que tinha adormecido. Senão, ao acordar, ele poderia acusar seus agressores.

Assane foi ao encontro dele e ficou à esquerda de sua poltrona, segurando as duas caixas de chá. Constatou que os outros quatro já estavam dormindo. Precisavam agir depressa, porque o chefe do bando certamente desconfiaria de algo.

— Posso oferecer ao senhor "Perfumes do sol poente" ou "Um verão no Cazaquistão" — anunciou o comissário, com uma voz suave.

— Tanto faz. Mas já vou avisando que não gosto dos que têm muito gosto de fruta.

— Então, o melhor seria sentir o aroma deles — sugeriu o gigante.

Estendeu a caixa do Cazaquistão diante do rosto de seu inimigo e a abriu. O cara da cicatriz se inclinou para a frente, fungou e recuou imediatamente.

— Que fedor! — reclamou.

Assane deu um passo para trás. Será que o tempo de inalação tinha sido muito curto?

O sujeito começou a balançar. Suas pálpebras começaram a cair.

Sua cabeça caiu para trás.

Estava inconsciente.

36

Pronto.

Chegou o momento decisivo do plano.

Um roubo nas alturas... em um espaço fechado a trinta e cinco mil pés do chão.

Benjamin correu para a frente da cabine, perto da cortina, para vigiar os executivos. O gigante pegou a pochete e a abriu. Seus batimentos cardíacos estavam tão fortes que parecia que seu coração batia contra as próprias vértebras, como se estivesse tentando quebrá-las.

As peças estavam de fato ali, protegidas em caixinhas de acrílico preenchidas com espuma protetora.

Assane as abriu e tirou as peças, guardando-as em seguida com todo o cuidado no bolso interno direito de sua jaqueta. Depois, fechou as caixinhas e as devolveu à pochete.

O que fazer com o pen drive de cristal?

Assane estava em dúvida. Precisava pesar os prós e os contras. Mas não era o momento para isso. Agora, cada segundo contava. O homem – ou algum de seus capangas – podia acordar a qualquer momento. Cada organismo reage de um jeito diferente aos soníferos e anestésicos. Não dava para confiar nas bulas.

O líder do grupo certamente já tinha enviado a tabela preenchida do pen drive para a Rainha. Mesmo que, nas palavras de Jules Férel, ela desconfiasse da internet como se fosse uma praga digital, Elizabeth Winter com certeza não ia querer esperar o retorno do grupo a Los

Angeles para poder contatar os colecionadores de Johanesburgo e de Hanói. Deixar ali o pen drive significaria preservar a possibilidade de que o homem, ao tatear os três objetos na pochete, não chegasse nem a pensar em abri-la. Ou, se a abrisse, constatasse que as caixinhas estavam lá, fechadas, assim como o pen drive. Nesse caso, ele não pensaria em verificar o interior das caixinhas.

Assane decidiu, por fim, manter o pen drive na pochete. Deixou-a na poltrona e bateu em retirada para a copa, de onde conseguiria falar com Benjamin pelo interfone da tripulação. Benjamin atendeu imediatamente.

— Deu certo — disse o gigante.

Os dois amigos, um em cada ponta do avião, fizeram uma pequena pausa para se recompor. Eles precisariam de toda a calma. Mais do que nunca.

Foi o anúncio de aterrissagem feito pelo copiloto que acordou a maior parte dos passageiros da primeira parte da cabine.

— Senhores, tenho o prazer de anunciar que pousaremos em Los Angeles em cerca de trinta minutos, às cinco e vinte e cinco, lua crescente, temperatura externa de dezesseis graus. Obrigado.

Hora de os dois comissários se prepararem para a batalha. Foram chamados por todos os lados; vinham pedidos de um café preto, café da manhã, um copo d'água, uma bebida forte. Na outra metade da cabine, três dos cinco homens estavam despertando, parecendo zonzos, visivelmente enjoados. Pediram café e água.

Benjamin atendeu prontamente; Assane foi ajudá-lo. O último capanga estava se espreguiçando; o líder foi o último a sair do estado de torpor. Assim, a pequena quantidade de anestésico inalado não durara mais que quinze minutos. Assane notou que ele ainda parecia um pouco perdido. Aquele era um teste de campo.

O homem pediu um copo d'água, que Assane lhe trouxera. Bem no instante em que ele iria colocá-lo na mesinha, o capitão da Rainha abriu a pochete. O gigante parou de respirar e se forçou a dar um sorriso.

Mas o passageiro, tranquilizado pelo brilho do cristal e pela presença das caixinhas de acrílico, fechou-a logo em seguida.

So far, so good, como dizem em Los Angeles.

Benjamin assistira à cena da copa e conseguiu voltar a respirar.

— Aterrissagem — disse a voz do piloto.

Os dois amigos se acomodaram nos assentos retráteis e afivelaram os cintos.

O homem tomava sua água em pequenos goles. Quando terminou, deixou o copo em sua frente e pegou a pochete para colocá-la no assento ao lado.

Foi então que ele franziu o cenho. Percebeu um fio azul-marinho preso no fecho da pochete. Estranho.

Pelas janelinhas do avião, a terra começava a se estender diante dos olhos dos passageiros, com as luzes da cidade dançando como pequenos vaga-lumes elétricos, quiçá nucleares. Estavam de volta à civilização.

As rodas do avião fizeram o primeiro contato com a pista do Los Angeles International Airport, o LAX, e enfim pousaram.

E no exato instante em que os pilotos aplicaram o reversor de empuxo, que imediatamente reduziu a velocidade do avião, um grito espalhou-se pela cabine.

O cara da cicatriz, a despeito de todas as regras de segurança, soltou o cinto de segurança e deu um pulo para fora de sua poltrona.

— Roubaram minhas peças de xadrez! — gritou.

37

Assane e Benjamin ficaram em estado de choque. Uma infinidade de luzinhas vermelhas começou a piscar em seus cérebros estarrecidos.

Eles desafivelaram seus cintos e foram para a cabine. Os cinco homens estavam em pé, encarando uns aos outros.

O cara da cicatriz estava achando que havia um traidor escondido entre seus capangas?

Seria excelente, pensaram os dois amigos. Mas não o suficiente.

Assane, ao deixar o pen drive de cristal, pensou que estava garantindo que não teria nenhum problema. Mas seu inimigo não era fácil.

— O que está acontecendo, senhor? — perguntou Benjamin.

O sujeito o fuzilou com o olhar. Os dois comissários se enrijeceram: os cinco entrariam em estado de pânico, em modo paranoico, e seus disfarces talvez deixassem de ter serventia. Há traços e atitudes que não enganam. Dava para identificá-los.

— O que houve? — Benjamin insistiu. — O senhor disse que foi roubado...

— Sim! — respondeu, enquanto rostos começavam a aparecer do outro lado da cortina. — Eu tinha alguns objetos nesta pochete, e eles sumiram.

O comandante do voo tomou a palavra:

— Peço que permaneçam sentados e com os cintos afivelados até que o sinal luminoso se apague.

Mas ninguém prestou atenção, porque Benjamin deu um passo para o lado e, desequilibrado, estatelou-se no corredor central. Assane não reparou no tombo do amigo. Ele se esgueirou por trás do cara da cicatriz, tirou as peças do bolso e as escondeu.

Benjamin levantou-se, parecendo desnorteado. Ele tinha coberto o rosto na queda, mas batera o queixo em um apoio de braço. Pediu desculpas.

— Sinto muito — disse. — Se o senhor foi roubado, precisamos chamar a polícia. O senhor deseja que eu peça aos pilotos...

Mas o homem, depois de trocar um olhar com seus asseclas, o interrompeu:

— Não. Não avise ninguém. Vamos resolver esse incidente entre nós. Este voo pertence à Chorus, e eu sou o chefe de segurança da empresa, Ray Kilkenny.

Procurou sua identidade para provar o que estava dizendo e lembrou-se de que a tinha deixado no bolso do casaco, que estava dobrado sobre a poltrona ao lado da sua. Pegou o casaco e o vestiu. Depois, enfiou a mão em um bolso interno e tirou um cartão que mostrava o desenho de uma árvore e de um arco-íris.

— Vou avisar o comandante agora mesmo — disse Benjamin.

Assane tinha ido à outra parte da cabine para tranquilizar os empresários.

A partir daquele momento, os dois comissários passaram a jogar na retranca. Todos os dados já tinham sido lançados; só lhes restava esperar que nenhum obstáculo surgisse no caminho da vitória.

Quando o avião estacionou, o comandante do voo veio conversar com Ray Kilkenny, que se apresentou mais uma vez.

— Não quero nenhuma passarela — ele ordenou. — Ninguém sai deste voo sem ser completamente revistado. Corpo e bagagens.

Houve protestos na primeira parte da cabine. O que significava aquele circo? Todos estavam cansados.

— Gostaríamos de poder ir para o hotel, pelo menos para tomar um banho! — reclamou um empresário alemão. — Temos uma reunião às onze horas!

Todos concordaram efusivamente.

— Não vai demorar — disse o cara da cicatriz. — Meus homens são profissionais. Assim que tiverem sido revistados, os senhores poderão desembarcar e ir para o hotel. Sinto muito por este inconveniente infeliz, mas o que roubaram não pertence a mim. É de propriedade de Elizabeth Winter.

Ao ouvir o nome da Rainha, todos se calaram.

— Imagino que a reunião dos senhores será comandada pela sra. Winter, e seria melhor, para o bom andamento tanto dos seus negócios como dos meus, que ela não fique irritada por causa deste voo.

Os clientes da Chorus concordaram em uníssono com essas palavras e se enfileiraram no corredor central, prontos para uma revista minuciosa, que, a fim de preservar a intimidade de cada um, aconteceria no espaço dos comissários que ficava à frente, com a cortina fechada.

Nada. Nada foi encontrado nesses homens. Nem nos comissários. Nem nos pilotos.

Quer dizer, sim, encontraram algumas coisas bizarras, que não faziam sentido em um avião, nem em uma viagem de negócios. Principalmente nas malas. Mas nenhuma peça de xadrez. Nada que trouxesse a marca, o estilo, o menor sinal de Rosa Bonheur.

Então, apesar de completamente contrariado, Ray Kilkenny autorizou o desembarque dos passageiros e da tripulação. O que mais ele poderia fazer? Eram empresários, clientes importantes da Chorus. A busca tinha sido infrutífera; as peças não estavam nem com eles nem no avião. Ele não podia manter aqueles homens *ad vitam aeternam* na cabine, porque correria o risco de chamar a atenção das autoridades aeroportuárias – algo que não desejava.

Assane e Benjamin desceram pela passarela em plena madrugada morna da Califórnia. O ar cheirava a querosene. Traziam suas mochilas consigo. Concordaram em não trocar nenhuma palavra antes de passarem pela alfândega e pela imigração.

Um micro-ônibus os aguardava na pista, a uns dez metros do Challenger. O avião parecia estar mais perto do chão que na decolagem no Bourget. Era um sinal de cansaço pelo longo trajeto ao redor do globo? Ou era um sentimento de vergonha que o rebaixava?

O motorista do ônibus, curvado sobre seu volante, levantou-se quando os primeiros passageiros chegaram.

Alguns minutos depois, os dois falsos comissários chegaram a uma enorme sala cinza e passaram, após uma série de perguntas invasivas, pelo guichê da imigração. Um funcionário que vestia um uniforme azul-marinho carimbou seus passaportes falsos. Não tinham nada a declarar na alfândega, já que o frasco de anestésico e a caixa de comprimidos estavam vazios.

Acompanhariam os empresários em direção à fila de táxis, bocejando e coçando as axilas como eles?

Não. Assane e Benjamin ficaram no hall do aeroporto.

Eles ficariam ali, pacientemente, à espera do cara da cicatriz.

No avião, Ray Kilkenny estava enlouquecido.

— Essas merdas dessas peças ainda estão aqui! — gritou, cuspindo por todos os lados. — Nesta merda de avião! E, se tivermos que desmontá-lo pedaço por pedaço, vamos desmontar!

Tinha começado a revistar por conta própria os capangas e, claro, procurava pela cor das peças do pombo e do chihuahua que lhe tinham roubado.

Depois, lançou-se em uma busca meticulosa pelo avião. Os cinco procuraram nos bagageiros, mas os compartimentos estavam vazios. Examinaram cada uma das poltronas, enfiando a mão debaixo de cada almofada. Depois, desmontaram os painéis de controle. Kilkenny mandou vascular nas caixas de chás, nos relógios, nos lenços e nos perfumes fedorentos, que se espalharam pelo carpete.

Nada. Não encontraram nada.

Nada no chão, nada nos cofres da cabine dos pilotos. Mandou chamar um dos pilotos e perguntou se havia alguma brecha, qualquer coisa que fosse, que desse acesso da cabine ao porão.

— O senhor está brincando? — respondeu o comandante. — Se tivéssemos, seríamos despressurizados.

Então as duas peças tinham realmente sumido do mapa.

Em pleno voo.

Teriam perfurado uma janela que logo em seguida teria ficado intacta? Teriam se perdido nos céus? Ficado presas em uma nuvem que perambulava bem na hora que sobrevoaram o Kansas ou o Missouri?

O avião tinha se transportado, por alguns segundos para a quarta dimensão?

Não. Ray não acreditava nem em fantasia nem em magia. Na verdade tinha horror a isso. Alguma coisa certamente estava errada. Cabia a ele descobrir o que era.

Tomando todo o cuidado, o homem pediu às autoridades aeroportuárias que mantivessem o avião em um hangar trancado e não permitissem que ninguém se aproximasse.

Sendo assim, saiu do Challenger e se dirigiu ao setor da imigração.

Durante o trajeto, tentou não pensar na bronca homérica que levaria de Elizabeth Winter, antes de ouvir que estava sendo demitido imediatamente por justa causa.

No terminal do aeroporto, começou sua via-crúcis com o semblante ausente. Andava a passos lentos, tentando pensar em qualquer solução que fosse, qualquer coisa que o colocasse no caminho certo.

— Ai, desculpe!

Era um daqueles comissários estúpidos. Sempre o mesmo, aquele baixinho de barba, com olhos castanhos sempre baixos e um carregado sotaque francês. Desastrado! Ele tinha entrado no meio do seu caminho e derrubara o café da xícara que segurava na frente do casaco e em uma parte da camisa do cara da cicatriz.

— Peço desculpas, mil desculpas — disse Benjamin. — Ainda bem que minha bebida estava fria.

Ray murmurou alguns xingamentos inaudíveis. Estava cansado demais, até para ficar irritado e gritar.

— Há algo que eu possa fazer para ajudá-lo? — perguntou Benjamin.

— Sim — disse Ray. — Dar o fora! Suma da minha frente!

Apontou para a saída, a madrugada, o desconhecido, depois tirou o casaco e o colocou sobre o primeiro de uma fileira de assentos metálicos que ficava em frente a uma loja de doces que ainda não tinha erguido as portas.

Benjamin obedeceu e desculpou-se mais uma vez, retirando-se. Ray sacudiu a frente de sua camisa, como se quisesse fazer o tecido secar mais depressa. Um de seus homens perguntou se ele queria ajuda.

A única resposta foi um dedo erguido – e não era o gesto de um sábio que queria apontar para a lua.

— O senhor deveria passar um pouco de água nela — Benjamin arriscou.

Mas Ray só queria fazer uma coisa: sair dali o mais rápido possível. Ele não estava nem aí para a camisa, nem para o casaco.

Ao contrário do segundo comissário, sentado em um dos assentos metálicos. Ele tinha terminado sua garrafa de água com gás e se levantou, posicionando-se entre o cara da cicatriz e o assento onde este deixara seu casaco, que naquele instante era coberto pela extensão do seu corpo.

— Tenha um bom dia, de toda forma — disse enquanto parou parar jogar, com a mão esquerda, a garrafa vazia na lixeira ao lado.

Com a mão direita, vasculhou com muita destreza o bolso interno esquerdo de Ray Kilkenny e pegou, com a pontinha dos dedos, as peças do jogo de xadrez.

O avião desacelera na pista, os tremores são fortes, fortes demais. Teria sido essa a razão da queda de Benjamin, o comissário de mentirinha? Não, claro que não. Mas ele atrai todos os olhares, cai nos pés do cara da cicatriz, que não pode fazer nada além de segui-lo com o olhar... e de ajudá-lo.

— Inferno! — reclamou Kilkenny.

Assane não perdeu um único minuto. Ninguém mais prestava atenção nele. Tirou as duas peças do bolso de sua jaqueta, identificada com seu nome falso, debruçou-se sobre a poltrona à sua frente e logo enfiou as peças no bolso direito interno do casaco do chefe. Era arriscado. Mas era a única saída. Porém, à direita, sentiu alguma coisa, um objeto... um porta-cartão? Uma carteira? Benjamin já estava se levantando. Então, Assane deixou as peças no bolso da esquerda. São peças pequenas, nenhuma pontiaguda. Irritado, contrariado, Ray Kilkenny não vai sentir que estão ali. Não vai encontrar nada.

Ao menos era a esperança e a tábua de salvação daquele ladrão de casaca dos tempos modernos.

Assane cumprimentou mais uma vez o pequeno grupo e dirigiu-se à saída, segurando no punho fechado as duas peças de xadrez de Rosa Bonheur.

Encontrou Benjamin em frente à fila dos táxis, ele tremia, apesar do calor.

— Você sabia que Maurice Leblanc era fã de Edgar Allan Poe? — perguntou Assane.

— Não, mas estou percebendo, meu caro amigo — respondeu Benjamin, enquanto se sentava no banco traseiro do primeiro veículo disponível.

O discípulo de Lupin juntou-se a ele, e o motorista, que apesar de ter só uma perna poderia ser confundido com o irmão de Assane, perguntou o destino.

Deram um número aleatório na avenida Hollywood Boulevard. Disseram que indicariam quando chegassem.

— *A carta roubada* de Poe não te faz lembrar de alguma coisa? — perguntou Assane enquanto o carro amarelo dava a partida.

— Tem para vender em edição de bolso nas livrarias dos aeroportos?

O motorista do táxi tomou um susto, fazendo um desvio de pelo menos um metro na faixa da saída do aeroporto.

No banco de trás, os dois amigos tinham acabado de dar um toque de mãos e gritado de alegria.

38

Após uma rápida caminhada matinal em uma Hollywood Boulevard quase deserta, Assane e Benjamin deixaram a euforia de lado por um tempo para se concentrar nos próximos passos.

É verdade que eles tinham aproveitado aquele passeio pela lendária calçada, e Assane não conseguira deixar de pular de estrela em estrela, escolhendo tanto quanto fosse possível as atrizes, os atores e os cineastas que ele apreciava. Tinham parado em uma lanchonete na altura do Chinese Theater, uma tradicional sala de cinema, e do famoso templo chinês verde, para degustar donuts salpicados de açúcar de confeiteiro acompanhados de chá e café aguados. Logo se cansaram do passeio, daquela sequência de prédios heterogêneos que evocavam mais a sociedade do consumo contemporânea que a lendária história de brilho do bairro.

Será que era porque eles tinham sua própria lenda a escrever? Encontrar o tesouro e apresentar ao mundo da arte esse tabuleiro inédito assinado por Rosa Bonheur.

Assane e Benjamin não estavam em Los Angeles para fazer turismo.

Deveriam entrar em contato com Elizabeth Winter para tentar negociar? Se optassem por isso, como fazer para encontrá-la? Ir até a ilha de Santa Catalina e bater na porta da mansão dela? Ou aparecer de maneira igualmente inesperada na sede da Chorus em Los Angeles? Como garantir sua integridade física diante de um Ray Kilkenny furioso pela peça que tinham pregado nele?

Pouco depois das nove horas – dezoito horas em Paris –, Benjamin ligou para o celular da mãe para ter notícias do pai. Édith e Caïssa estavam com ele em uma ambulância que se dirigia para a capital. O estado de Jules era estável; um coma leve que não trazia grandes preocupações aos médicos, mas que impedia todo contato do *marchand* com o mundo ao seu redor. Um traumatologista operara o ombro dele pela segunda vez, em Vaison-la-Romaine, e Jules provavelmente não ficaria com nenhuma sequela após alguns meses de fisioterapia.

— Seu pai vai ficar no hospital do Parc Monceau — disse Édith. — Isidore resolveu tudo. Lá ele vai se recuperar rápido e em excelentes condições.

Isidore Beautrelet, amigo de seu pai, veterano da École du Louvre, assim como Jules, tinha migrado para uma área ainda mais lucrativa que o mercado da arte: saúde para gente rica. Benjamin agradeceu à mãe e pediu que ela o mantivesse informado. A relação entre mãe e filho tinha melhorado um pouco.

— E você? — perguntou Édith.

— Deixa eu falar com Caïssa, por favor.

Só um pouco mesmo.

Para a meia-irmã, contou suas aventuras rapidamente, sem entrar muito em detalhes. A principal notícia, para a moça, era que Elizabeth Winter não conseguiria abrir o compartimento do tabuleiro e pegar o mapa do tesouro. Isso era o principal.

— E se... — continuou Caïssa — ... e se não existir nenhum mapa? Outra coisa que pensei enquanto observava nosso pai na cama do hospital: e se alguém já tiver tentado abrir o compartimento à força e o mapa tiver sido destruído?

O que ele poderia responder? Nada. De repente eles poderiam tentar abrir o compartimento sem danificar o interior.

— Você vai para a casa de Claire quando Jules chegar ao hospital? — perguntou Benjamin.

— Sim, lógico. Mas, se o pai acordar, vou correndo informá-lo dos seus passos. Talvez ele possa ajudar vocês.

Agora, Assane e seu comparsa tinham que tomar uma decisão.

— Primeiro — disse o gigante —, vamos alugar um carro. Aqui não dá para ir a nenhum lugar sem carro.

Em Los Angeles, era possível levar mais de uma hora para atravessar um bairro; e o centro da cidade, que ao mesmo tempo era um bairro histórico e empresarial, era cercado por diversas vias expressas com oito faixas.

Encontraram uma locadora que lhes ofereceu um SUV beberrão pelo preço de um patinete em Paris. Assane apresentou seu passaporte falso e pagou pelo aluguel de três dias em dinheiro vivo, desfazendo o maço de cédulas que tinha tirado de seu cofre.

Uma coisa era certa: Elizabeth Winter não tentaria encontrá-los pelo simples fato de que ela não podia fazer isso. Ela não sabia quem estava por trás de Jules Férel e não tinha o telefone nem de Benjamin nem de Assane.

— Sugiro que a gente vá até a sede da Chorus, em Pacific Palisades.

O bairro ficava às margens do Oceano Pacífico, na região oeste da cidade e ao norte da famosa praia de Santa Monica. Abrigava residências de luxo que pertenciam a estrelas locais que preferiam a brisa marinha do litoral à secura das montanhas de Mulholland Drive. O local contava com inúmeras e maravilhosas trilhas de caminhada. Aquela unidade da empresa tinha sido construída no Asilomar Boulevard, de frente para o mar. Era um prédio todo de vidro e não muito alto, de modo que não alterava em nada a paisagem.

— OK, vamos. Mas para fazer o quê, exatamente? — perguntou Benjamin.

— Observar o inimigo, mesmo que de longe. Sentir o clima. Entrar no território dela para conhecê-la melhor. Não vamos passar o dia inteiro comendo hambúrguer e tomando milkshake enquanto sentamos em cima das duas peças de xadrez. Por enquanto elas não servem para nada.

O GPS do carro imenso indicava um trajeto de uns cinquenta minutos. Os dois amigos ligaram o rádio em uma estação que tocava rock alternativo.

Na altura do golfe do Los Angeles Country Club, pouco depois de Beverly Hills, o telefone de Benjamin começou a vibrar.

— Caïssa? — perguntou Assane sem tirar o olho do trânsito, que tinha ficado intenso.

— Não, número desconhecido.

Atendeu.

A conversa entre Elizabeth Winter e Ray Kilkenny, no escritório da Rainha, no terceiro e último andar da sede do Asilomar Boulevard, durou pouco menos de um minuto. Depois que o chefe de segurança – e dos assuntos delicados – lhe comunicou a terrível notícia por telefone, conversar com ele deixou de ter qualquer serventia. Tudo que ela não queria era saber dos detalhes daquele voo complicado, pois tinha receio de não conseguir conter uma de suas típicas explosões. Além disso, ela tinha uma reunião decisiva para o sucesso de seu futuro projeto de celular touchscreen, às onze horas, com os empresários europeus que tinham viajado no jato particular.

— Agora você precisa encontrar as peças, Ray — disse a Rainha. — Porque elas obrigatoriamente estão em solo americano. A menos que tenham te roubado ainda na França.

— Não, disso eu tenho certeza — respondeu o cara da cicatriz com um tom de cansaço. — Eu as vi na minha pochete depois da decolagem.

— Encontre-as. No fim da tarde, vou receber o cavalo e o gato que estavam faltando. Então, só restarão as duas peças que estavam sob a sua responsabilidade. Encontre-as, Kilkenny, essa é sua única chance de escapar da...

Ela provavelmente teria dito "demissão", mas a Rainha mudara de ideia, porque essa palavra não era adequada. Essa punição não estaria à altura daquele fracasso, caso fosse confirmado. Tinha outra coisa em mente, mas não havia motivo para verbalizá-la na frente de Kilkenny, que estava naquela estrada havia muito tempo.

O sujeito saiu do escritório confiante. Ele ia conseguir. Senão, desapareceria. Sumir da Chorus não era um problema para ele. Afinal de contas, ele tinha uma bela rede de contatos, e mesmo que Winter destruísse sua reputação ele poderia apresentar-se no Pentágono, ou até na Casa Branca, como veterano da segunda Guerra do Iraque. Aliás, com o monte de dinheiro que mantinha guardado em uma conta em Belize, ele também poderia tirar uma aposentadoria bem merecida. Não; o que o deixava perturbado era o fato de ter sido enganado como um iniciante, passando de um Austerlitz de Malaucène para um Waterloo de Los Angeles.

Entretanto, uma informação o chocou um pouco mais tarde, enquanto conversava com dois de seus homens em seu escritório situado no subsolo da empresa, de costas para o mar. Eles estavam analisando a lista de passageiros e as imagens das câmeras de vigilância na saída do Bourget e de sua chegada no LAX. Descobriu ali que os dois comissários que tinham trabalhado no voo – dois incompetentes, na opinião dele – eram, na verdade, substitutos, franceses que tinham coberto de última hora os funcionários inicialmente escalados para trabalhar naquele voo. Quando ligou para o aeroporto de Bourget para confirmar essa informação, disseram-lhe que tinham encontrado o comissário titular só de cueca no banheiro dos funcionários, acompanhado da comissária, completamente vestida. No primeiro momento, Ray não deu atenção a esses detalhes; os franceses eram um tanto quanto habituados aos subentendidos espinhosos. Mas, depois, todos os elementos começaram a fazer sentido em sua mente.

Estudou o rosto dos dois comissários. Como tinha sido burro! Como não percebera que o sujeito menor, sem barba e sem óculos lembrava Jules Férel? Era o nariz? O cabelo falso? As orelhas pequenas? E aquele homem negro enorme... se tivesse costeletas brancas... era o diabo daquele marinheiro de água doce do cais de Ivry!

Benjamin Férel. Assane Diop.

Os dois homens que a menina Caïssa tinha encontrado e com quem descobrira o portal Saint-Jean no monte Ventoux. Seus homens tinham seguido o trio de longe e não conseguiram vê-los com clareza, e os três fugiram do rochedo antes de sua chegada.

O tal Férel e o tal Diop pareciam gostar muito de trabalhar nas sombras. Mas agora a história era outra.

Kilkenny continuou a busca com a ajuda de seus quatro homens. Ele ainda não sabia qual método tinha sido usado para roubar suas peças em pleno voo, mas agora era questão de honra descobrir o mais rápido possível.

Eram onze e dez da manhã quando ele entrou na sala onde estava acontecendo a reunião entre a Rainha e seus clientes europeus. Debruçou-se e cochichou no ouvido dela:

— Tenho os nomes dos ladrões das peças.
— Já recuperou as peças? — perguntou Winter, em voz baixa.
— Ainda não, mas pretendo...
— Então volte quando estiver com elas.
— Não vai demorar.

No corredor, Kilkenny digitou em seu celular um número conseguido pelo seu mais fiel capanga.

Após quatro longos toques, alguém atendeu.

— Quem é? — perguntou Benjamin.
— Falo com Férel?

O francês não respondeu.

— Meu nome é Ray Kilkenny. Lembra-se de mim?

Com o indicador livre, Benjamin desenhou o contorno de um diamante na bochecha para mostrar a Assane com quem estava falando. Continuou em silêncio.

— Imagino que você esteja com dois objetos que pertencem à minha chefe.
— Não — respondeu Benjamin, ativando o alto-falante. — Eles pertencem ao meu pai.
— Não é o que diz o contrato assinado pelas duas partes.
— Um contrato que nunca existiu propriamente. E depois, de um jeito ou de outro, Kilkenny, ele deveria ser considerado anulado devido à incapacidade de uma das partes. Não se esqueça de que neste momento meu pai está em coma.
— Sinto muito, Férel — respondeu o homem, com uma voz que beirava o suave. — Mas a bala que o atingiu foi disparada pela sua mãe, e não por algum dos meus homens.

Benjamin não soube o que responder. Ray aproveitou a deixa.

— Vamos pegar as peças de volta de um jeito ou de outro. Cabe a você decidir se faremos isso de maneira tranquila... ou à força.

A conversa foi interrompida. Kilkenny tinha desligado.

Assane parou o carro no acostamento de repente, disparando uma sinfonia de buzinas, e tomou sem aviso o celular de Benjamin. Pulou para fora do veículo, jogou o aparelho no asfalto ardente de Los Angeles e o esmagou com o pé.

— Ei! — gritou Benjamin.

— Não temos escolha — disse Assane, enquanto quebrava o próprio aparelho da mesma maneira. — Não preciso explicar logo para você que esses negócios, por mais práticos que sejam, também funcionam como espiões. Kilkenny nos descobriu. Agora ele está em casa, na cidade dele, com os homens dele e com meios praticamente infinitos.

— O que a gente faz agora?

— O principal é desistir da casa da Rainha. *Exit* Pacific Palisades.

Benjamin abriu os braços.

— E depois? Isso não é um plano!

— Atacar.

— Meter a mão no tabuleiro e em todas as peças?

— Sim.

Benjamin suspirou:

— Meu pai contou que tinha visto o tabuleiro trancado na mansão de Winter na ilha de Santa Catalina. Mas aparecer lá e pegar tudo me parece presunçoso demais, não? Acho que dá para imaginar que a Rainha tenha guardado as riquezas dela a sete chaves.

— Vamos lá. O que nós temos a perder? Se conseguirmos, vamos nos virar para achar o tesouro por conta própria. E, se dermos de cara com a Rainha, vamos propor um trato a ela: damos as peças que estão conosco em troca de uma parte do tesouro, como seu pai já tinha proposto. Mas vamos ser mais exigentes que Jules. Porque, a menos que ele tenha entregado aos capangas da Rainha a sequência dos movimentos da partida quando invadiram o rochedo, nós também temos esse mapa para negociar.

— Sim, eu sei. Mas você sabe que ela pode, com a ajuda do cara da cicatriz, nos forçar a entregar tudo sem nos dar nada em troca.

— É você quem a conhece melhor — disparou Assane. — Leu a biografia dela?

— Dei uma passada de olho; não tive muito tempo para descansar desde nossa visita à livraria. Vou te poupar da parte que fala da infância infeliz e da família arruinada por um ancestral excêntrico, mas a Chorus não foi construída sem uma série de pequenos golpes. E ainda tem as técnicas de gestão dela, que são bastante discutíveis, para dizer o mínimo.

— Ray é a prova viva de que a Rainha continua tentando obter o que ela quer utilizando todos os meios possíveis, mesmo os que estão fora da legalidade.

— Segundo Beriot, principalmente esses últimos — complementou Benjamin. — Essa mulher parece agir tanto pelo gosto do jogo e do desafio como pela preocupação de fazer fortuna. Vem daí a ligação dela com o xadrez, além da paixão pelas novas tecnologias. Na essência, a autora diz que o que move Elizabeth é uma certa sede de vingança. Não de Archibald, mas principalmente do próprio pai e do avô, quer dizer, dos Winter que decidiram entregar os pontos em vez de tentar recuperar a fortuna da qual tinham sido privados. É por isso que a Rainha nunca hesita em golpear com rapidez e com força.

Assane passou a mão nas bochechas.

— Então vamos agir como ela. Com rapidez e com força, se não tiver problema para você. Na minha opinião, precisamos fazer uma visitinha à mansão.

Voltaram para o veículo imponente. Assane deu a partida e saiu do acostamento de repente, provocando uma nova e sonora sinfonia de buzinas de protesto.

Ele pediu a Benjamin que reprogramasse o GPS.

— Temos que encontrar uma marina por perto.

— Para pegar uma balsa para a ilha...

— Não — corrigiu Assane. — Para alugar um barco e chegar a Santa Catalina por conta própria. E alcançar a ilha no ponto mais próximo possível da mansão.

— Que fica na ponta noroeste, segundo o livro de Beriot. Na parte inabitada da ilha, longe das outras casas.

— Mais uma razão para não pegar a balsa. Iríamos perder tempo de deslocamento dentro da ilha. Além disso, se nos descobrirem, vamos perder o efeito surpresa.

— Mas você sabe pilotar um barco, por acaso?

Assane não respondeu. Benjamin decidiu tomar esse silêncio como um "Sim, talvez". Tirou um mapa da estrada de dentro do porta-luvas e seguiu o rio com o dedo.

— O porto comercial mais próximo é o de Marina Del Rey — anunciou Benjamin enquanto reprogramava o GPS.

Meia hora pela rodovia interestadual 405.

— Esse nome não me é estranho — disse Assane. — Acho que é um dos maiores portos artificiais do mundo construídos para serem marinas turísticas. Não deve ser muito difícil arranjar um barco para chegar à ilha!

Benjamin estava menos empolgado. Ele realmente esperava que Assane fosse capaz de pilotar um barco, e que aquilo não fosse uma brincadeira do amigo. E se as autoridades exigissem carteira de habilitação? O trânsito em direção a Santa Catalina era controlado pela guarda costeira, porque a estrada cercava o parque nacional de Channel Islands, uma área protegida.

Assane estava confiante. Trazia na mochila munição suficiente – e muito mais eficaz que as munições com as quais poderia carregar um fuzil de assalto: cédulas verdes com a cara de Benjamin Franklin. Notas de cem dólares.

Assim que pararam no imenso estacionamento da Marina Del Rey, Assane e Benjamin percorreram os pontões do imenso complexo náutico, nos quais estavam amarrados lanchas, barcos turbinados e iates muito luxuosos, com nomes imponentes e um casco impecável.

Encontrar um barco disponível para aluguel de última hora não foi tão fácil. Benjamin não estava errado em ter se preocupado.

Assim como Assane em ter certeza do sucesso daquele plano.

Um homem com uma longa barba loira triangular, que estava tomando cerveja na passarela de um iate de dez metros, escondido debaixo de óculos de sol azuis, ofereceu seus serviços. Ele tinha cinco barcos e não era intrometido. O iate no qual ele estava era uma embarcação segura e facilmente controlável.

Benjamin perguntou quanto custava. Sem piloto. Pelo período da noite.

— No sigilo? — perguntou o sujeito.

— No sigilo — confirmou Assane.

Ou seja, sem carteira de habilitação, sem nada. Chegaram ao acordo de dez mil dólares. E os dois franceses deveriam deixar seus passaportes como caução.

Dois apertos de mão selaram o contrato. Eram sete e meia da noite.

O dono do barco deu algumas instruções a respeito dos motores, insistiu na questão dos faróis e garantiu a Assane – mas principalmente a Benjamin, mais ansioso que o comparsa – que pilotar aquele iate não era mais complicado que dirigir um carro.

— E vocês estão com sorte — acrescentou o sujeito. — A previsão do tempo está boa até amanhã. Só precisam evitar a área do parque para não serem fiscalizados pela guarda.

— Quanto a isso, não precisa se preocupar — Assane o tranquilizou, sorrindo.

O homem desamarrou o barco e desejou um bom resto de dia àqueles dois desconhecidos que lhe garantiriam o faturamento de uma semana.

Ele só não sabia que nunca mais voltaria a ver seu barco preferido.

39

Assane controlava o barco, com uma das mãos no leme e outra no manete. O proprietário tinha razão: no fim das contas, não era mais complicado que dirigir um carro; talvez o mais delicado fosse atracar o iate. Mas o gigante pensaria nisso quando chegasse a hora.

O barco era equipado com radar e GPS, o que facilitou o trabalho deles: a ilha de Santa Catalina estava situada a trinta milhas náuticas do porto de Marina Del Rey, o que correspondia a uns sessenta quilômetros.

Não era nada.

As águas estavam tranquilas, e o iate deslizava rumo ao horizonte. Naquela velocidade, levariam pelo menos uma hora e meia para chegar à mansão de praia de Elizabeth Winter.

Benjamin estava preocupado – como sempre – com a escuridão da noite que estava caindo, mas os instrumentos de navegação modernos do iate o tranquilizavam um pouco. E Assane também parecia muito confiante, muito seguro de si. Estava em pé, ereto, no posto de comando, com o olhar calmo e sereno, rumando mar adentro.

Férel filho foi para o convés a fim de sentir a brisa. O ar fresco e as gotículas de água salgada lhe fizeram um bem danado. Aproveitando os últimos raios de luz do dia, instalou-se em um banquinho macio na popa e abriu a biografia dedicada à Rainha. Quem sabe ele conseguiria descobrir algum novo elemento... o barulho lancinante dos dois motores não atrapalhava em nada sua leitura.

Dez minutos depois, Benjamin tomou um susto com a chegada repentina de Assane.

— Encontrei o piloto automático — disse o gigante enquanto se espreguiçava e bocejava. — Não se preocupe, irmão, está tudo sob controle. E não há muitos icebergs por esses cantos. O que você está lendo?

Benjamin mostrou a capa onde figurava a foto de Elizabeth Winter, com um semblante mais determinado do que nunca.

— Sabia que estamos indo à casa preferida da Rainha?

Assane fez uma careta.

— Sim — explicou Benjamin —, segundo Fabienne Beriot, a mansão de Santa Catalina é uma das trinta propriedades que a Rainha tem ao redor do mundo. Uma cobertura de frente para o Central Park, um apartamento na Place Dauphine, em Paris, um palacete em Veneza... mas essa mansão é a residência preferida dela. Ela tem o carinhoso apelido de "mansão das trinta conchas", vai saber por quê...

— Uma verdadeira agência imobiliária particular, hein? Está claro que, tendo toda essa fortuna, não é o dinheiro que está fazendo ela correr atrás do tesouro do trisavô.

— E por falar no doido do Archibald... eu tinha pulado a parte que falava sobre ele no começo do livro, mas a autora reconstituiu a história dele, e adivinha? O sujeito vem de uma família francesa! O avô dele vivia em Levroux, na província de Berry. Era padeiro.

— Levroux? — interrompeu Assane. — Não foi nessa cidade que seu pai encontrou a escultura do pombo?

Assane aproveitou para levar a mão ao bolso do casaco, a fim de se certificar de que seu tesouro ainda estava lá.

— Acho que sim — respondeu Benjamin. — O avô de Archibald se chamava Jean Hiver. A família anglicizou o sobrenome quando chegou em Nova York: já que Hiver significa inverno em francês, mudaram para Winter. Depois, se espalharam pelo país para fundar uma pequena rede de padarias em São Francisco e em Los Angeles. Pequenos comerciantes ricos. Até que Archibald se meteu nos negócios e fez a família voltar aos bons tempos de colheita... com seu império de jornais.

— Então essa história também envolve franceses — disse Assane.

— Uma história franco-estadunidense que exige uma estreita colaboração!

— Isso pode explicar por que Archibald gostava tanto de ir à Europa, e especialmente à França, para participar de torneios de xadrez. Ele devia falar francês fluentemente. Acho até que...

Assane não pôde continuar, porque um alarme disparou na cabine de pilotagem. Era uma espécie de campainha regular acompanhada do piscar frenético de uma lâmpada vermelha.

— Acabou o combustível? — perguntou Benjamin, preocupado.

O gigante se dirigiu à cabine e constatou que se tratava apenas do alerta de um detector.

Um pontinho surgia à frente deles, destacando-se no horizonte rosa pálido.

Uma massa de terra imóvel, como se tivesse sido colocada sobre a água. As encostas pareciam escuras, sem vegetação.

— Vamos ser vistos daqui a pouco — disse Assane.

E, de repente, um barulho de motor surgiu atrás deles. Viraram-se na direção da popa. Não era um barco. Um helicóptero rasgava os céus a toda a velocidade na direção da ilha. Seria a Rainha chegando?

— No xadrez — disse Benjamin —, ela pode se movimentar à vontade, em todas as direções, e escolhendo o número de casas. Diferentemente dos pequenos peões insignificantes que somos...

Eles não viam nenhuma luz no horizonte. Onde estava a imensa residência de Elizabeth Winter? Mais ao leste? Do outro lado da montanha?

Viram o helicóptero começar a descer. O heliporto devia ficar ao lado da mansão, não? É assim que os bilionários concebem suas casas. Assane corrigiu, então, o rumo do iate para seguir a trajetória daquela engenhoca voadora, e a embarcação atravessou as águas mais rápido do que nunca.

O que eles iriam encontrar perto da ilha? Que recepção teriam? Conseguiriam desembarcar em algum lugar sem serem notados?

Eles não estavam sendo esperados, mas justamente por isso... O piloto e os passageiros do helicóptero não poderiam não ter notado a presença daquele barco que corria direto na direção da ilha. Isso se um radar já não tivesse detectado o iate.

— Vamos desacelerar — aconselhou Benjamin.

Estavam a menos de meia milha náutica da ilha. Mais uma vez, Benjamin não pôde evitar pensar que tudo aquilo era uma loucura e que eles estavam superestimando sua força. Mas as grandes aventuras não valem a pena justamente porque permitem àqueles que as vivem se superar e se tornar maiores do que eram?

— Isso me lembra uma citação de Mark Twain — disse Assane, como se tivesse lido no espírito do seu amigo mais antigo.

Normal. Compartilhavam tudo, até os pensamentos íntimos.

— *Não sabendo que era impossível, foram lá e fizeram.*

Era algo assim. Uma boa frase feita.

A última que Benjamin ouviu antes que os estrondos começassem.

A costa rochosa, escarpada, surgiu diante dos olhos deles. Assane tinha acabado de enxergar um local mais receptivo a leste, um tipo de pequena plataforma natural, uma praia elevada de terra e vegetação selvagem.

Foi então que ouviram a primeira detonação.

Depois, vieram rajadas. As águas começaram a arrebentar ao lado deles.

Estavam atirando da margem! Estavam atirando neles!

O para-brisa da cabine de pilotagem ficou cravejado de pequenos estilhaços.

— Abaixe! — gritou o gigante, jogando-se imediatamente no chão.

Houve uma segunda rajada, logo seguida de uma terceira.

Um novo alarme disparou na cabine. O para-brisa tinha acabado de ser estraçalhado. Subiu um cheiro de ferro queimando. E, na parte de trás do iate, duas bolas de fogo explodiram. Os tanques de combustível!

— Estão tentando matar a gente! — gritou Benjamin.

As detonações estavam cada vez mais próximas.

Caos. Caos no Pacífico.

Assane e Benjamin ergueram a cabeça. O fogo estava se espalhando pela embarcação e vinha na direção deles.

Precisavam fazer alguma coisa. Urgentemente!

Pular! Escapar desse barco de perdição no qual nem Caronte ousaria ficar.

Assane e Benjamin não tiveram escolha além de mergulhar na água escura e gelada.

40

Os dois companheiros nadavam tentando não se perder de vista. Atrás deles, o iate tinha se transformado em uma bola de fogo. Ondas causadas pelas explosões os faziam afundar. A água estava tão gelada que Benjamin teve a impressão de que centenas de peixinhos carnívoros vinham morder as extremidades do seu corpo. Um pensamento lhe arrancou um sorriso carregado de ironia: ainda bem que ele tinha ficado com suas lentes de contato... porque só Poseidon, deus dos mares e dos rios, sabia o que seria de seus óculos no meio desse mergulho forçado.

Parando de dar braçadas por um instante, Assane verificou se as peças do xadrez ainda estavam em seu bolso.

Os tiros tinham parado. A noite favorecia a dupla, porque fora da área iluminada pelo iate em chamas, era praticamente impossível vê-los no oceano a partir da costa.

A margem não estava longe. Eles logo poderiam alcançar a terra firme. Continuaria sendo um local hostil, quanto a isso não havia dúvidas, mas pelo menos eles poderiam se movimentar com mais facilidade e confiança.

Julgando que os atiradores poderiam estar na plataforma onde tinham pensado em atracar, miraram as rochas, com Assane à frente. Ele tinha percebido algo como uma fenda nas pedras, um buraco que parecia dar em uma caverna.

Benjamin também viu, aumentaram o ritmo das braçadas e conseguiram alcançar o local. O filho de Férel estava quase esgotado, mas conseguiu.

Penetraram no interior do rochedo, onde o oceano pareceu instantaneamente menos hostil. As ondas tinham se acalmado; avançaram naquilo que parecia uma piscina natural debaixo de um teto recoberto de estalactites.

Eles tinham conseguido escapar do caos? Dessa chegada repleta de fúria à ilha onde morava Elizabeth Winter? Aquilo tinha sido um sinal da batalha que estava por vir?

Benjamin e Assane esperavam que não, porque, por mais que quisessem, eles não estavam em condições de encarar um combate naquele território desconhecido e nada convidativo, para dizer o mínimo.

Assane nadou até uma das extremidades da bacia hexagonal, onde encontrou uma série de degraus naturais que lhe permitiram sair da água.

Finalmente!

Ele se esticou primeiro, tentando agarrar com os dedos inchados pequenas rochas planas que o ajudariam em sua ascensão. Conseguiu subir uma primeira, depois uma segunda, e, enfim, conseguiu sair da bacia de água salgada. Assane permaneceu deitado por um curto instante na mesma rocha para recuperar o fôlego, mas Benjamin o chamou e ele se levantou imediatamente para estender uma mão mais amiga do que nunca.

Ficaram deitados lado a lado, devastados por tudo o que tinham acabado de passar.

Benjamin balbuciou:

— Você... ainda... está... com as peças?

Assane o tranquilizou. Seria possível imaginar um cenário pior que as peças de madeira boiando na imensidão do Pacífico, levando consigo para sempre um tesouro perdido?

Eles se levantaram com dificuldade. Estavam em cima de uma espécie de espigão que dominava a bacia. O ar ali era morno e calmo. Assane ergueu a cabeça.

Ao redor deles, só a escuridão.

— Temos que sair daqui para encontrar a mansão — disse o gigante. — Mas por onde?

— Precisamos tomar muito cuidado — completou Benjamin. — Depois de tudo que acabou de acontecer, podemos afirmar sem muita margem de erro que não somos visitas muito apreciadas.

Conseguiu tirar um sorriso de Assane.

— Boa, irmão. Ter cabeça para dizer esse tipo de coisa é muito lupiniano, sabia? Quer dizer que você leva jeito para as nossas aventuras.

— Quem me dera! — suspirou Benjamin.

Nesse instante uma luz brilhante apareceu diante deles. Lanternas... feixes de luz muito fortes...

— *Welcome!* — trovejou uma voz que eles não tiveram nenhuma dificuldade para reconhecer.

Ray Kilkenny estava na frente deles, cercado pelos quatro capangas.

— Finalmente estou vendo seus rostos de verdade, Diop e Férel.

O que fazer? Fugir? Dar meia-volta e pular de novo na bacia?

Tinham que tomar uma decisão depressa, mas seus inimigos foram mais ágeis. O cara da cicatriz em forma de diamante sacou uma pistola estranha, munida de um cano bastante longo. O sujeito à direita dele fez o mesmo.

Os dois aventureiros ouviram dois "pop" quase simultâneos.

Assane sentiu uma picada no pescoço, bem acima da omoplata esquerda. Já Benjamin sentiu uma forte dor no ombro.

— Quando está muito concentrada — explicou Kilkenny, em tom quase de deboche —, a figueira-brava manda o alvo depressa para outro universo... o universo dela própria. Para o firmamento dos seus sonhos... ou, mais precisamente, dos seus pesadelos.

Os dois comparsas entenderam que tinham acabado de ser atingidos com dardos que penetraram sua pele. Tentaram arrancá-los, mas tinham perdido toda a força e lucidez.

Kilkenny achou válido explicar:

— Para vocês, o mais difícil vai ser voltar.

Assane e Benjamin tombaram naquele chão rochoso sem experimentar nenhuma sensação.

41

Assane e Benjamin acordaram no mesmo instante.

Primeiro, as sensações cessaram; em seguida, as imagens se apagaram de suas mentes confusas.

Abriram um olho, preocupados com a ideia de se encontrarem em um mundo paralelo. Depois outro olho. Estavam deitados sobre um grande colchão coberto com um lençol grosso, estampado com círculos coloridos que se entrecruzavam.

Assane se levantou primeiro e levou a cabeça de um lado para o outro para relaxar os músculos do pescoço. Benjamin o imitou; os amigos perceberam, então, que suas roupas molhadas tinham sido tiradas e que agora eles estavam vestindo túnicas e calças de algodão bege.

Onde estavam?

Na casa de Elizabeth Winter na ilha de Santa Catalina, sem dúvida.

Por quanto tempo tinham ficado naquele estado provocado pela planta alucinógena? Não faziam ideia.

Mesmo que esse lugar fosse desconhecido – e hostil, de certa forma –, o acharam mais receptivo que todos os lugares visitados durante suas alucinações. O cômodo em que estavam era redondo, as paredes eram brancas, e o teto, muito alto e íngreme, formado de juncos e galhos.

— Bem-vindos de volta ao mundo! — disse Ray Kilkenny ao entrar.

Ele também tinha abandonado o paletó de sempre e estava vestido igual aos seus dois prisioneiros.

— Bem-vindos à mansão das trinta conchas, que é como ela se chama. O humilde lar de Elizabeth Winter — continuou, enquanto abria os braços e sorria. — A Rainha está aqui e espera por vocês com certa ansiedade. Eu diria até com certa pressa.

Nesse momento, um instante de consciência atravessou o espírito de Assane, e ele tateou os bolsos da calça; mas, é claro, tinham levado as duas peças de xadrez.

— Não se preocupe — disse o sujeito da cicatriz. — Você vai revê-las em pouco tempo. Dispostas no tabuleiro de Rosa Bonheur e de Archibald Winter. Duas peças chegaram da África e da Ásia esta noite. Agora o jogo está completo, e digo isso com uma boa dose de orgulho!

Benjamin tentou falar, mas as palavras ficaram entaladas em sua garganta. Conseguiu emitir apenas dois sons guturais.

— Isso é totalmente normal — comentou Kilkenny. — A figueira-brava é uma planta muito estranha; nunca descobriremos todos os efeitos nefastos e os benefícios dela. O povo autóctone que vivia nas ilhas próximas de Santa Catalina chamava essa planta de "momoy".

Assane também tentou falar. Também sem sucesso.

— Sei muito bem que isso não se faz, mas estou curioso para saber se vocês viram falcões ou coiotes durante suas alucinações. Não viram? Porque isso é considerado pelos líderes como uma experiência bem-sucedida. Mas para isso também tínhamos que aplicar a dose certa. Eu mesmo cobri os dardos com uma mistura que venho testando há muitos, muitos anos. Uma concentração baixa demais provoca o mesmo efeito de duas ou três doses de bourbon, ou seja, patético. Já se for alta demais, pode levar à morte.

O sujeito continuou como se estivesse saboreando aquilo:

— Tenho um pequeno laboratório na mansão, porque a figueira-brava prolifera nos jardins ao redor. As autoridades fingem que não sabem. Disso e de todo o resto. Aqui Elizabeth Winter reina sem nenhuma preocupação.

— Kilkenny — articulou Assane —, você não tem o direito...

Conseguiu falar. Benjamin também sentia que tinha recuperado essa capacidade.

— Você não imagina o mundo de possibilidades que o dinheiro abre — disse Ray.

Aquela frase era um clichê e os dois amigos sabiam disso; abstiveram-se de responder, economizando as palavras.

— Vejo que estão começando a recuperar suas forças, então vou levá-los para ver Elizabeth Winter. Como eu ia dizendo, a Rainha tem pressa em encontrá-los.

— Ela... ela... encontrou o mapa do tesouro? — perguntou Benjamin.

— Tenha um pouco de paciência, Férel. E você, Diop, posso contar com a sua palavra? Você vai me deixar conduzi-lo até a Rainha sem que eu precise amarrar suas mãos? É verdade que você está completamente desarmado, mas posso ter receio de uma de suas explosões.

Assane tranquilizou Kilkenny. Tinha começado a entender que a violência não teria – ou não teria mais – serventia naquele momento da história.

— Não viemos aqui fazer nada de mal — explicou o gigante. — Ao contrário de vocês, que não pensaram duas vezes antes de atirar em nós!

Ray riu.

— Tudo estava sob controle, Diop. Só queríamos reduzi-los ao estado de dois camarõezinhos indefesos quando chegassem à ilha.

Os dois amigos se levantaram.

— Por aqui — disse Kilkenny, mostrando a porta. — Vocês primeiro.

O sol tinha nascido na Califórnia, e os dois amigos puderam observar as águas brilhantes do Pacífico através das grandes vidraças que iluminavam o primeiro andar da mansão.

Assane e Benjamin atravessaram vários cômodos onde móveis tradicionais dividiam espaço com peças mais contemporâneas. Não passaram por uma pessoa sequer. Em cada cômodo, havia pelo menos um computador. Os móveis eram bege ou brancos, e a decoração toda era muito clara. Apesar de estarem em uma situação delicada, a mansão das trinta conchas era mergulhada em um estranho torpor que de alguma maneira os reconfortava.

Como seria aquele imóvel visto do lado de fora? Provavelmente se parecia com um imenso conjunto de vidro e aço *à la* Frank Lloyd Wright, cercado por imensas varandas e por um jardim voltado para o Pacífico.

Telas salpicavam as paredes dos cômodos e dos corredores. Pinturas expostas à moda antiga, com molduras espessas e ornamentadas de motivos florais dourados. Todas eram obras de Rosa Bonheur; obras originais, é claro: cavalos, vacas, carneiros, cães, cabras e até leões. Um jardim zoológico em óleo imóvel e silencioso, mas tão poderosamente executado que parecia que os animais caminhavam em plena liberdade lado a lado com os convidados.

— Logo à frente... disse Kilkenny quando terminaram de subir dois grandes lances de escadas. — A Rainha os espera atrás desta porta. Quanto a mim, ficarei aqui. Só por via das dúvidas.

Então, entraram em um cômodo cujo teto de vidro era muito alto e inundado de luz.

Assane e Benjamin fizeram uma breve pausa.

O confronto com a Rainha – a figura sombria que os perturbava desde o início daquela história toda – não podia mais esperar.

42

Elizabeth Winter estava sozinha no centro do cômodo imenso, desprovido de qualquer mobília, exceto por uma mesinha de madeira de corte rudimentar sobre a qual estava colocado o tabuleiro desenhado por Rosa Bonheur a partir das instruções de Archibald Winter.

O conjunto completo, com suas trinta e duas peças, atraiu o olhar de Assane e de Benjamin. O que não desagradou em nada a Rainha, muito pelo contrário.

— Entrem, senhores — ela disse, com uma voz muito grave, quase rouca. — Eu estava à sua espera para dar início à partida. Devo isso a vocês.

Os dois companheiros então finalmente a viram, encontrando-a da mesma forma que ela aparecia nas fotos que acompanhavam as notícias na imprensa: radiante. Uma mulher belíssima que mal tinha completado cinquenta anos, de cabelo branco curto, que em nada tentava dissimular suas poucas curvas e cuja altivez no semblante chamava a atenção para seus grandes olhos negros extremamente brilhantes, deixando transparecer o espírito sagaz e ágil da diretora da Chorus.

— Vocês fizeram a gentileza de vir até minha mansão das trinta conchas para completar o jogo e me entregar as peças que faltavam, entre elas o chihuahua branco... Danican, o amado cachorro do meu ancestral. A peça principal desse jogo desenhado pela genial Rosa Bonheur e concebido pelo habilíssimo Archibald Winter. Que essas nobres almas descansem em paz! Vejam, meus caros Benjamin e Assane, nesse jogo de xadrez temos uma ilustração perfeita do que deveria ser o mundo da criatividade: uma fusão entre a genialidade artística francesa do século XIX e a engenhosidade e o senso prático dos americanos. Muitas vezes, como é o meu caso, as duas coisas se manifestam em uma única pessoa.

Assane e Benjamin estavam petrificados diante daquela mulher. Eles queriam reagir, ou pelo menos cumprimentá-la. Tudo que conseguiram fazer foi um pequeno aceno de cabeça carregado de uma deferência involuntária.

Eles ainda estavam sofrendo dos efeitos da injeção de figueira-brava? Não, eles sabiam que não. O cara a cara com a mulher mais poderosa e influente do mundo os fizera perder a compostura. Precisavam voltar a si.

— Como vocês podem constatar — disse enquanto convidava seus dois visitantes a se aproximar —, o jogo finalmente está completo.

Pela primeira vez, Benjamin e Assane estavam vendo todas as peças; os peões com cabeça de gato, os moinhos no lugar das torres, os pombos substituindo os bispos, os cavalos e, enfim, Danican, o cão, no lugar do Rei e também no da Rainha.

— Há mais de noventa anos isso não acontecia — continuou a Rainha. — Finalmente corrigi, com sua ajuda, e também com a ajuda de Jules Férel, devo admitir, uma injustiça gritante.

Só o tabuleiro do jogo já era por si só uma obra de arte. As bordas eram constituídas de flores e vegetais gravados na madeira, e a caixinha onde estava o famoso compartimento que continha o mapa do tesouro era delicadamente trabalhada, esculpida com cenas que representavam as paisagens da ilha de Santa Catalina e das praias californianas.

— Rosa trabalhou com base em descrições feitas pelo meu trisavô e em inúmeras fotografias enviadas para By — comentou Winter. — Mas sei que estou falando com conhecedores do assunto. Meu sonho, aliás, é adquirir aquele castelo. Ao longo dos anos, eu também aprendi a conhecer e a amar essa artista extraordinária. Eu seria capaz de qualquer coisa ali, assim como sou aqui, assim como sempre sou. Assim como fui capaz de neutralizá-los temporariamente com a ajuda da figueira-brava... Eu não podia confiar na cooperação de vocês.

— Por que a senhora ficou nos esperando? — perguntou Assane.

— Para compartilhar este momento tão especial com aqueles que o aguardavam tanto quanto eu.

— Suspeito que o motivo seja outro — devolveu Benjamin para pôr fim àquela cena. — A senhora não sabe qual é a sequência dos movimentos que precisam ser feitos. Por enquanto, as peças não servem para nada.

A Rainha deu um passo para a frente, fechou os olhos e sacudiu a cabeça.

— Seu pai falou — disse ela então —, pura e simplesmente. Tenho para mim que, quando o encontramos em seu esconderijo nas encostas do monte Ventoux, ele abandonou a esperança de me derrotar. Estava conformado. Ele não deveria ter sido tão claro. A mensagem não chegou a vocês dois.

— De fato — disse Benjamin. — De toda forma, minha cara, sou capaz de pensar por conta própria e não sou obrigado a aceitar nem a executar todas as ordens dadas pelo meu pai.

Assane levou a mão ao braço do amigo, a fim de consolá-lo.

— Quando foi que Jules lhe contou sobre essa partida? — ele perguntou. — Porque ela não estava no pen drive. Ele garantiu para nós que só a tinha gravada na memória. Então a solução só pode ter vindo dele.

— É isso mesmo — concordou a Rainha. — Eu não quis fazer um contrato com Férel quando ele veio me visitar. Não costumo compartilhar meus sucessos. Nem meus fracassos, aliás. Eu assumo minha responsabilidade, custe o que custar, em qualquer circunstância. Se eu tivesse apenas metade das peças, ou menos, sem possuir o tabuleiro, talvez aceitasse o trato que ele veio propor. Mas tudo era questão de tempo e de método. Roubar cinco peças, cinco peças de madeira escondidas em um cofre, não é uma operação muito complexa. Só esperei Férel descobrir onde estavam as duas últimas para poder atacá-lo.

— A senhora está blefando — interferiu Assane. — As peças de Jules estão aqui, mas ele não disse nada a respeito da partida. Como poderia ter dito? Ele estava praticamente inconsciente quando saímos do portal Saint-Jean.

A Rainha abriu seu sorriso mais bonito.

— Ele disse a Ray Kilkenny uma simples palavra: "imortal". Foi o suficiente para me fazer feliz.

Assane e Benjamin trocaram um olhar desconfiado.

— Imortal? — perguntou Benjamin. — Meu pai devia estar delirando. Ele sempre nutriu certa loucura pelas grandezas e um desejo de posteridade.

— Não! — protestou a Rainha, com um tom que era impossível contestar. — Imortal. Ele estava falando da lendária partida, sem dúvida nenhuma. Vocês não sabem nada da história do xadrez, assim como Kilkenny. Como eu poderia culpá-los? Foi uma partida sublime, única na história, jogada por Adolf Anderssen e Lionel Kieseritzky em 1851 durante a Exposição Universal de Londres. Anderssen venceu a partida com as brancas e deu xeque-mate sacrificando sua Rainha e várias outras de suas peças. Bem no fim da partida, só lhe restavam dois cavalos e alguns peões; cada uma de suas peças mantinha o Rei preto sob controle, impedindo que ele fizesse qualquer movimento. Diante dele, seu adversário não tinha perdido nenhuma peça, mas foi obrigado a reconhecer a derrota. Essa partida marca, para um bom número de historiadores do jogo, o início do xadrez moderno.

A Rainha avançou na direção dos dois convidados e lhes estendeu um caderninho onde tinha desenhado um tabuleiro.

— Essa era a posição do tabuleiro antes do xeque-mate. Eu precisava de todas as peças, porque o mecanismo só é ativado quando todos os movimentos da partida foram feitos. Para mim, senhores, é essa disposição das peças no tabuleiro que deve permitir a abertura. Alguns espíritos obtusos poderiam se espantar por eu ter esperado que vocês despertassem para enfim agir. Mas eu sei que vocês estão envolvidos nessa busca tanto quanto eu, há menos tempo, é verdade, mas vocês trabalharam sem medir esforços, e, para honrar essa generosidade, eu não podia deixar de lhes oferecer esse espetáculo. Podem chamar isso de orgulho, até de loucura... Não estou nem aí! Não estou nem aí para o que podem pensar de mim. Assim como Archibald Winter, meu trisavô. Isso é o que nos aproxima, entre outros traços de caráter; isso é o que faz de mim a descendente direta dele, a verdadeira herdeira dele. O motivo pelo qual era eu quem deveria descobrir o tesouro escondido!

A Rainha fez uma pausa e gritou, com uma voz estridente:

— Eu e mais ninguém!

Benjamin tentou inflamar aquele ardor preocupante:

— Isso se o meu pai não tiver blefado a respeito da sequência da partida...

— E se o mecanismo não tiver sido danificado pelo tempo... — completou Assane.

— Só há uma maneira de descobrir, senhores — disse Elizabeth Winter.

Ela foi para junto do tabuleiro e começou a movimentar as peças. Não se contentou em posicioná-las de acordo com o esquema anotado no caderno, mas fez todas as jogadas, de cabeça, deslocando as peças brancas, depois as pretas, concentrando-se em cada movimento para encaixar bem as ranhuras das peças no tabuleiro, a fim de controlar o dispositivo.

Benjamin e Assane a assistiram jogando a partida com destreza, sem demonstrar a menor hesitação. Seus dedos longos e ágeis dançavam naquela obra de arte.

Ao final desse balé tão estranho, Winter usou o cavalo preto para encurralar o chihuahua branco na F6. Depois, colocou o pombo branco de bico manchado de sangue na E7. O tabuleiro estava igual ao esquema do caderno!

43

Os três protagonistas daquela cena prenderam a respiração. Nenhum barulho poderia perturbar aquele silêncio. Nenhum barulho a não ser o do compartimento secreto finalmente sendo aberto!

Assane, Benjamin e Elizabeth Winter fixaram o olhar no retângulo de madeira.

Que não parecia querer se destacar da caixa.

Nem agora nem nunca, talvez.

Uma vibração! Uma simples vibração, e depois outra.

A Rainha observava o tabuleiro e o compartimento, que continuava fechado.

— Não... — ela balbuciou. — Não, não pode ser... Tudo foi feito conforme as regras... Tudo... Eu não errei nenhum movimento... O xadrez nunca foi uma opção para mim...

Essa última frase tirou Assane do seu estado de devaneio. Onde estava o problema? Essa partida famosa, a "imortal", tinha sido uma pista falsa dada de propósito por Jules Férel? Ou o mecanismo tinha sido violado?

Pouco importava. Esse incidente era uma oportunidade para eles. Uma chance de voltar ao jogo.

Elizabeth Winter jogou a partida mais uma vez, garantindo, em cada movimento, que estava encaixando corretamente as ranhuras das peças no tabuleiro. Mas o resultado foi o mesmo. O compartimento continuou trancado.

Uma ideia passou pela cabeça de Assane. E se...

Poderia funcionar ou não. Mas eles estavam tão perto do objetivo! Da resolução de um enigma que os tinha levado, seu melhor amigo e ele, à sua primeira grande aventura juntos!

Ele ia tentar um golpe. Cheio de audácia, para falar a verdade. *À la* Lupin. Não seria o primeiro. Nem o último.

Encostou-se em Benjamin e murmurou algumas palavras no ouvido dele.

— Mas você nunca jogou xadrez! — sussurrou o amigo.

Elizabeth Winter tinha se virado e os observava. Seu olhar estava sombrio. O despeito tinha dado lugar à raiva. Assane deu um passo à frente.

— Finalmente chegou a hora de assinar o contrato que a senhora recusou a Jules Férel. Mas as cláusulas agora são outras.

Benjamin continuou:

— A divisão proposta pelo meu pai caiu por terra devido à sua situação no xadrez. Esta é a nossa oferta: metade do tesouro para nós, metade para a senhora.

O semblante da Rainha permanecia imóvel.

— Vamos lá, Elizabeth... A senhora acabou de admitir com meias palavras que toda essa busca não foi motivada pelo desejo de aumentar sua fortuna gigantesca. A Chorus já existe para isso. A senhora julgava ser a única digna de receber o tesouro do seu antepassado, sim, mas agora sua situação é outra. Se nós conseguirmos jogar a partida e fazer o compartimento se abrir, promete dividir o tesouro do seu ancestral conosco?

Os dois amigos estavam apostando alto. Mas qual era o risco que corriam? Sem conhecer a sequência dos movimentos, Winter nunca abriria o compartimento. Era impossível jogar os bilhões de combinações possíveis e acertar na sorte.

Pela primeira vez em sua existência, a Rainha se sentiu acuada e agiu por instinto.

— Nunca! — ela berrou. — Nunca! Nunca! Eu sou uma Winter, e vocês, vocês não são nada!

— A senhora está se contradizendo — interferiu Assane, sorrindo. O rosto da adversária endureceu.

— A senhora nos disse, assim que despertamos, que poderíamos assistir de maneira legítima à descoberta do tesouro.

— À descoberta, sim! — despejou a empresária. — Mas vocês não têm nenhum direito sobre ele!

— Mas me parece — continuou Assane — que o testamento de Archibald Winter é muito claro a esse respeito: quem encontrar o tesouro fica com ele. A questão do sangue não cabe nessa história inacreditável, já que o próprio Winter agiu dessa forma para que os filhos, sangue de seu sangue, não herdassem nada.

— Eu odeio vocês! — vociferou a Rainha. — Odeio! Odeio vocês!

Ela começou a cambalear; deu um passo para a direita, outro para a esquerda, bateu na parede. Depois, recompôs-se e emitiu um gemido estridente. Teria enlouquecido?

— Eu odeio vocês! — voltou a gritar. — Odeio porque sei, no fundo, que vocês têm razão. Sem vocês eu teria o jogo e as peças, mas falta a sequência da partida! Sem vocês, minhas buscas acabam aqui. E, assim que ela virar notícia na imprensa, vou perder tudo, principalmente o espírito desse tesouro. Eu sou a única digna de suceder Archibald através de gerações; não quero que minha relação com ele seja rompida nem revelada. Aceito dividir o tesouro com vocês, mas apenas com vocês dois, estou sendo clara? Apenas com vocês... em troca de seu silêncio eterno.

Então Jules estava certo quanto às motivações de Elizabeth Winter, pensaram Assane e Benjamin. Ele os tinha exposto muito claramente na caverna de Malaucène. O orgulho. A convicção de que aquela herança, mais espiritual que material, fazia dela a única digna de colocar as mãos no tesouro de Archibald Winter.

— A senhora precisa formalizar isso, Elizabeth — disse Benjamin, forçando-se a manter a calma. — Não há outra escolha.

— Aceito a proposta — ela resmungou.

— E a senhora vai nos deixar acompanhá-la na rota do tesouro.

— Combinado.

Os dois amigos se encararam.

Agora Assane tinha que revelar sua tática.

— Então, quer jogar? — disse a Rainha, quase sem conseguir emitir o som da voz, apontando para o tabuleiro paralisado. — Se você conhece a partida, volte as peças para a posição inicial e jogue! Já fiz concessões demais. Eu poderia ter deixado vocês morrerem. Abram esse compartimento! É uma ordem!

— Certamente não sou eu a pessoa capaz de resolver esse enigma — disse Assane.

Ele sustentou seu olhar sombrio e perguntou:

— Posso usar seu telefone?

44

Elizabeth Winter, pega de surpresa, levou as mãos aos bolsos de sua túnica. Não sentiu o volume do celular e lembrou que o tinha deixado no cômodo vizinho.

— Só um segundo — ela disse.

Saiu logo em seguida.

— Que delírio é esse? — preocupou-se Benjamin.

— Fica tranquilo, irmão. Só vou tentar uma coisa. Vamos ver. Não há nada a perder, mas tudo a ganhar.

— Mas para quem você pretende ligar? Meu pai? Ele continuava inconsciente até umas horas atrás, quais são as chances de ele ter acordado de lá para cá?

— Não sabemos há quanto tempo estamos aqui — disse Assane. — Mas na verdade não é para ele que eu vou ligar.

— Caïssa?

— Caïssa. A deusa do xadrez.

A Rainha voltou bem nesse instante. Trazia na mão um telefone portátil curioso, muito fino, cuja tela era uma coisa só que não tinha nem dobra nem nenhuma tecla.

— É um protótipo — explicou Winter, entregando-o para Assane. — DigiPhone. Para digitar um número, você toca nas teclas digitais que aparecem na tela com as pontas dos dedos.

— Que dia é hoje? — perguntou Assane.

— Catorze de julho — respondeu a empresária.

— Um dia perfeito para ser encerrado com fogos de artifício — comentou Benjamin.

— Que horas são?

— Quatro e meia da tarde.

O gigante fez um cálculo rápido. Era possível. Claire devia estar ou de plantão ou em seu apartamento de Saint-Ouen, com o telefone na mesinha de cabeceira, ainda acesa. Pelo menos era assim quando Assane passava a noite com ela.

Assane explorou a tela do DigiPhone, que se iluminou ao primeiro toque. Dez pequenos círculos contendo um número apareceram.

— Não precisa digitar o código de área — disse a Rainha. — O telefone faz isso para você.

Alguns segundos depois, do outro lado do planeta, atenderam.

— Claire, é Assane.

Ele ouviu o barulho de lençóis e o ruído de um objeto caindo no chão.

— Assane? Onde você está? Benjamin está com você? Onde vocês estão? Ficamos sem notícias, estamos loucas de preocupação...

— Está tudo bem.

Sob o olhar do amigo, ele se corrigiu imediatamente:

— Vai ficar tudo bem. Posso falar com Caïssa?

— Ela está dormindo. Sabe que horas são em Paris?

— Sim, eu sei. Acorda ela, por favor. Primeiro com calma, mas, se precisar, pode sacudi-la ou jogar um balde de água fria na cara dela! Claire, você sabe que pode confiar em mim.

A resposta foi imediata:

— Não posso. Isso ficou para trás.

— Por favor, Claire, é muito importante. Preciso falar com Caïssa.

— Um minuto.

— Por que ligar para a filha de Férel? — questionou Elizabeth. — Você acha que ela conhece a partida? Que o pai a envolveu nessa história?

— Só me dê um minuto — disse o discípulo de Lupin, sorrindo.

— Assane? — sussurrou uma voz carregada de sono; era a voz de Caïssa.

Assane hesitou em pressionar a tecla que representava um alto-falante e decidiu esperar.

— Caïssa, estou com Benjamin e com Elizabeth Winter. Na frente do tabuleiro. Espero que Claire também esteja ouvindo, porque eu gostaria de dividir esse momento com vocês.

— Vocês encontraram o mapa do tesouro? — perguntou Caïssa. — Mas e a partida? Que partida vocês jogaram?

— É justamente nesse ponto que nós estacionamos.

— Nós quem? — perguntou Caïssa. — Elizabeth está jogando com vocês? Vocês se juntaram a ela? Não estou entendendo mais nada. Cadê as peças que foram roubadas do meu pai?

Benjamin pegou o DigiPhone e resumiu a situação em algumas frases.

— Está tudo certo com a gente — disse Assane.

— Tem certeza de que a Rainha não vai tapear vocês?

— Tomem cuidado — disse a voz distante de Claire. — Dá para confiar nela?

— Como Jules está? — perguntou Assane, sem responder à pergunta.

— Continua inconsciente — disse Caïssa. — Ele não tem como nos ajudar na partida. E não há nada no pen drive. Meu pai não disse nada sobre isso?

— Não — respondeu Assane. — Mas tenho certeza de que você pode nos ajudar, Caïssa. Não consigo acreditar que Jules não guardou nenhum sinal da partida em nenhum lugar.

— Quer que eu vá procurar no escritório dele?

— Não, não acho que Jules correria o risco de deixar a partida exposta. Ele a manteve só na própria cabeça. Ele disse isso para a gente. E deu uma falsa pista para os capangas da Rainha para que ganhássemos tempo.

Assane fez uma pausa antes de continuar:

— A única partida que conta, ele com certeza guardou em só mais uma cabeça além da própria.

Benjamin arregalou os olhos. Ele finalmente tinha entendido aonde o amigo queria chegar.

— Na sua, Caïssa! — ele gritou. — Na sua cabeça! Você sempre jogava xadrez com ele, não jogava? Jules não te ensinou alguma partida nos últimos tempos? Será que ele não deu um jeito, sem dizer nada, bem trapaceiro, como sempre faz, de fazer você decorar uma partida bem específica? Famosa, histórica?

Caïssa ficou sem dizer nada por alguns instantes, durante os quais Assane ativou o alto-falante. Então, ela respondeu:

— Sim... agora que você está perguntando... desde que cheguei a Paris, no fim de junho, nós jogamos várias partidas no apartamento que ele alugou para mim. Mas ele sempre voltava para uma específica. Ele jogava com as pretas, e eu com as brancas. E as pretas sempre ganhavam.

Naquele instante, Winter, Férel e Diop não eram mais amigos ou inimigos: aquilo tinha ficado no passado. Eles iriam reunir suas inteligências para encontrar o tesouro de Archibald Winter.

Assane continuou:

— Você conseguiria nos dizer cada movimento, agora, pelo telefone?

— De cabeça — completou Winter.

— É difícil — disse Caïssa. — Eu precisaria de um tabuleiro.

— Se você precisa de um, é sinal de que não é uma jogadora boa de verdade — constatou a Rainha, com desdém.

Assane e Benjamin a fuzilaram com o olhar. Então, Benjamin falou para a irmã:

— Caïssa, o jogo que você comprou na loja deve estar na sua mochila.

— É mesmo! — gritou a jovem. — É com esse tabuleiro que eu jogava com o nosso pai, aliás.

Benjamin cerrou os punhos.

— Então, vá pegá-lo e ajude a gente.

E não conseguiu se conter:

— Se você acertar, te dou de presente a última parcela!

Caïssa foi buscá-lo. Na mansão de Elizabeth Winter, na ilha de Santa Catalina, ouviam-se os barulhos do alvoroço em uma quitinete da periferia parisiense. Os três protagonistas estavam na expectativa de ouvir nem que fosse um tímido "eureca!".

— Achei! — disse Caïssa.

— Vou fazer um café forte para você — ofereceu Claire.

Benjamin pensou que seria capaz de acabar com uma garrafa inteira. Uns vinte ristrettos, um atrás do outro.

— Bom, eu vou jogar a partida — disse Caïssa —, e Claire vai ditar os movimentos. Vocês sabem como se faz isso?

Winter respondeu que sabia. A Rainha correu para o tabuleiro e recolocou as peças em suas posições iniciais.

— Peão na D4 — anunciou Caïssa sem esperar.

As brancas sempre começavam. Assane corrigiu:

— Gato na D4.

— Acho que posso me virar sem suas traduções — cortou Winter.

A partida seria tensa.

— Cavalo na F6 — continuou Caïssa.

A Rainha avançou o cavalo preto da direita para a F6. Mas Assane se intrometeu e segurou o pulso da Rainha.

— Eu continuo a partir daqui, obrigado — disse apenas. — A ideia foi minha. Nós vamos movimentar as peças, Benjamin e eu. Contente-se em assistir.

Winter, mesmo não estando acostumada a receber ordens, deu um passo para trás. Ela não encontrou nenhum argumento para protestar e simplesmente cruzou os braços, assistindo àquele curioso espetáculo de dois rapazes franceses que jogavam uma partida a distância, ditada a mais de nove mil quilômetros dali, através da magia das ondas.

— Peão na C4.

Assane e Benjamin estavam extremamente concentrados. Suas mãos tremiam. Caïssa continuou jogando a partida. Logo o tabuleiro parecia ter ganhado vida e se desorganizado.

— Que partida esplêndida — balbuciou a Rainha.

— Torre na D4 — disse Caïssa na vigésima jogada.

— O golpe de misericórdia está próximo — disse Winter, cujo coração estava disparado. — O jogador preto avançou suas peças até aqui. Elas estão posicionadas de maneira tão habilidosa que agora pode encurralar o Rei branco apenas recuando, até o xeque-mate.

Enquanto ela dizia essas últimas palavras, Benjamin engatou a choupana preta na casa D4. A ranhura se encaixou no relevo do tabuleiro, e eles sentiram uma vibração quase imperceptível.

Não perder o fio da partida... manter a concentração...

Caïssa continuou as jogadas até o penúltimo golpe.

— Rei na G4.

O Rei branco engoliu um gato preto. Porém, com isso, levaria um xeque-mate!

Elizabeth, que compreendeu que se tratava do último golpe, deu um leve grito estranho.

— E cavalo na E5.

O cavalo preto saltou para a casa, eliminando qualquer possibilidade de recuo do Rei branco, que estava dominado pelas peças pretas. Estava consumado. A partida tinha chegado ao fim.

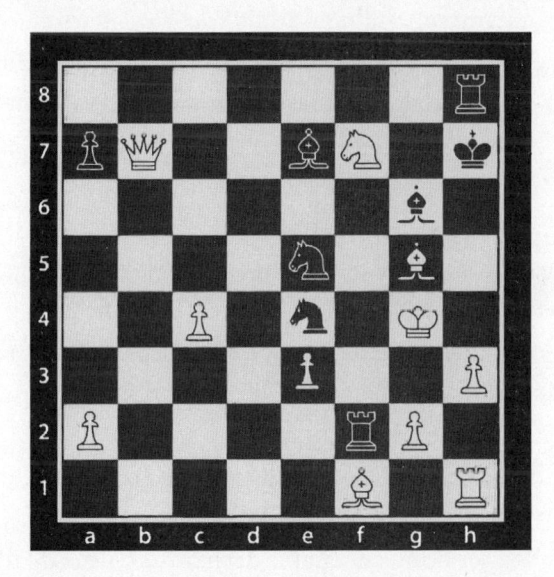

E, enquanto Assane encaixava o cavalo no tabuleiro, a mesa voltou a vibrar.

Todos observavam o compartimento.

Caïssa e Claire se concentraram para ouvir a abertura.

Nada.

Até que então...

45

Até que então se ouviu um barulho, muito suave, de uma engrenagem se abrindo.

Toc-toc-claque.

O compartimento sob o tabuleiro não se abriu inteiro, mas abriu um centímetro, deixando espaço suficiente para que pudesse ser puxado.

Elizabeth Winter tentou enfiar o dedo ali, mas Assane foi mais rápido. Uma folha de papel, amarelada e amarrotada pelo tempo, realmente estava escondida naquela gavetinha.

— O mapa! — gaguejou a Rainha.

Ela não ousou tocar nele, por medo de que o papel, ao menor contato, se desfizesse em pó. Assane e Benjamin também ficaram paralisados diante daquele objeto que, embora tivesse uma aparência tão ordinária, havia ocupado, e até mesmo monopolizado, a vida de um número significativo de pessoas nos últimos anos.

Benjamin não conseguiu deixar de pensar em Jules. Que emoção seria para o pai estar ali ao lado do filho!

Elizabeth Winter criou coragem e deslizou a palma da mão debaixo do papel, sem pegar a folha, para não correr o risco de estragá-la. Assane percebeu que ela estava tremendo. A Rainha estava com os olhos marejados. A emoção dela era transparente. Mas não havia nada, absolutamente nada escrito no papel.

— Não pode ser! — gritou Benjamin, que até então tinha conseguido manter o sangue-frio.

— Talvez esteja em transparência? — balbuciou a Rainha, erguendo a folha na direção da luz.

— Será que alguma coisa foi escrita com tinta invisível? — sugeriu Assane.

Benjamin aproximou-se do compartimento e o vasculhou com os dedos da mão direita, sua mão mais hábil, para ter certeza de que o compartimento não escondia mais nada.

Tentando alcançar o fundo da cavidade, encostou em uma pontinha de madeira que se movia; insistiu.

Claque. Alguma coisa rolou perto de seus dedos.

— Rá! — gritou.

Os outros dois se viraram para Benjamin, alarmados.

Pegou o objeto e o trouxe à luz.

46

Era uma peça de madeira.

Uma peça sobre uma base, como todas as outras. Ela representava dois rostos, lado a lado, sorridentes, serenos; duas pessoas que, visivelmente, se amavam sem que seus olhares precisassem se cruzar.

Era o rosto de Rosa Bonheur. Uma Rosa madura, afortunada, celebrada e segura de seu talento. A artista trazia estampada no rosto a satisfação de um sucesso que não lhe fora dado, mas que ela havia buscado com coragem e abnegação.

Ao lado dela, o rosto de uma mulher mais jovem, de aparência sensível, com o cabelo preso em um coque.

— Rosa Bonheur e Anna Klumpke — disse a Rainha, com a voz trêmula. — Anna nasceu em São Francisco, mas passou a maior parte de sua vida no castelo de Thomery com a artista. Ela foi a última alegria de Rosa. As duas trocaram correspondência até o dia em que Anna pediu autorização a Rosa para fazer o retrato da artista. Rosa tinha acabado de perder sua amiga, Nathalie Micas, logo, apreciou o trabalho e a companhia de Anna. Fez de tudo para mantê-la ao lado dela, em Thomery. Antes de morrer, Rosa confiou a ela seu patrimônio e suas memórias. Anna também pintava. Rosa chegou até a mandar construir um ateliê para ela no parque.

E agora?

Para Assane, a caça precisava continuar. Archibald Winter não tinha escrito nada na folha de papel, mas deixara aquela peça esculpida como um último enigma a ser resolvido.

Onde estava o tesouro?

A resposta só poderia estar escondida no lugar onde Rosa Bonheur e Anna Klumpke viveram juntas.

O espírito do discípulo de Arsène Lupin se abria para todas as possibilidades. Ele deveria, assim como seu mentor da ficção, estar sempre um passo adiantado. Em sua mente, todos os elementos recolhidos naqueles últimos dias teciam redes inesperadas. Ele ainda estava sob o efeito da figueira-brava? Estava se sentindo forte em perspicácia e seguro de seu juízo.

Anna-Rosa de um lado.

Danican-Winter de outro. Inverno, em sua língua original.

E esse ponto de convergência geográfica que ligava todos eles, pensou Assane. *Bem longe daqui.*

Do outro lado do Atlântico.

Muito perto da altitude zero, como aqui. Pelo menos do ponto de vista dos instrumentos de medição clássicos, e não das escalas da história da arte. Mas também havia enigmas e aventuras.

A mente de Assane estava trabalhando a toda velocidade. O castelo de By. A casa de Rosa Bonheur, na França, às margens da floresta de Fontainebleau.

— O tesouro está na França! — ele gritou.

— Como assim? — espantou-se a Rainha.

— Winter escondeu o tesouro no castelo de By — explicou Assane. — Ele foi para lá quando só lhe restavam alguns meses ou semanas de vida. Essa peça com os dois rostos indica o local onde o tesouro da Rainha está escondido!

Benjamin interveio:

— Você está falando de um destino final, mas foi lá que praticamente tudo começou!

— Não me diga — desabafou a Rainha.

Elizabeth Winter estava mergulhada em dúvidas. Ela deveria confiar naquele sujeito esquisito que acompanhava o filho de Férel? Esse vigia de loja que, segundo as investigações de seu chefe de segurança, tinha vivido uma adolescência terrível e um início de vida adulta conturbado?

— Temos que ir ao castelo com esta última peça, que talvez ainda tenha outros segredos a revelar. Lá encontraremos o tesouro!

— E você está deduzindo tudo isso, Assane, com base apenas na revelação dessa peça e dessa folha de papel? — perguntou Elizabeth.

— Esse retrato duplo não foi escondido no tabuleiro só porque é bonitinho — disse o gigante. — Posso estar errado, sim, mas é o que eu acho e ninguém vai me fazer mudar de ideia! Afinal de contas, foi a minha intuição que permitiu que abríssemos o compartimento, não foi?

Sua convicção era contagiosa, e a Rainha tinha tamanha confiança nos olhos de Benjamin que acabou concordando:

— Tudo bem. Partimos hoje à noite. Kilkenny vai providenciar o voo.

O sujeito se endireitou, quase em posição de sentido.

— Frete um voo particular. Vamos fazer uma rápida escala em Nova York.

Havia muito tempo ela prometia a si mesma que visitaria o castelo dessa artista que ela tanto amava!

— E tente conseguir um horário no aeroporto de Orly, e não no Bourget — acrescentou a Rainha, que, definitivamente, pensava em tudo. — Assim vamos ganhar um tempo precioso.

Nem mesmo Benjamin conseguia conter o entusiasmo.

— Não temos mais nossos passaportes — ele a lembrou. — Eles ficaram no porto, como caução para o barco.

Ela não pareceu preocupada.

— Ray, cuide disso também.

O homem já estava no telefone. Fez um aceno de cabeça. Assane sorriu ao pensar que aquele cara, que tinha sido um demônio para eles, agora era seu anjo da guarda.

— Pois bem, senhores — disse a Rainha —, sigamos em frente!

47

O voo de volta foi mais calmo. Assane e Benjamin, que estavam privados de sono, desmaiaram em suas poltronas no momento da decolagem e só acordaram quando estavam sobrevoando Cork, na Irlanda.

Kilkenny, que também estava no voo, fizera maravilhas: conseguira reservar uma pista em Orly e obtivera uma autorização especial do cônsul de Los Angeles – amigo da Rainha e grande admirador da tecnologia da Chorus – para a entrada no território francês dos cidadãos Férel e Diop.

Um sedã confortável os aguardava na pista do aeroporto e os conduziu até a rua Rosa-Bonheur, em Thomery.

Chegaram pouco antes das nove da noite.

Antes de decolarem, Benjamin tinha ligado para Cendrine Gluck. Ela os aguardava no pórtico de entrada do castelo, acompanhada de suas quatro filhas.

Ainda em Santa Catalina, Assane ligara para Claire e Caïssa, pedindo que elas os encontrassem no castelo. Os dois amigos queriam compartilhar com elas os últimos momentos daquela aventura. Elas eram amplamente merecedoras.

No salão do andar térreo, situada debaixo do ateliê da artista, as meninas Gluck serviram um lanche acompanhado de suco ao redor da grande mesa.

Antes de qualquer coisa, a Rainha desculpou-se perante todos os presentes pelos métodos pouco ortodoxos utilizados pelo chefe de segurança sob suas ordens. Em nenhum momento tentou se justificar. Mas aquele não era o momento de atribuir as responsabilidades de cada um.

Todas aquelas inteligências ali reunidas em torno da mesa precisavam se aliar para determinar se o tesouro de Archibald Winter tinha ou não migrado do litoral californiano para um castelo na região parisiense.

Como continuar a busca tendo como única bússola uma velha folha de papel e uma escultura de madeira? Depois de resumir toda a jornada na Califórnia, Assane dirigiu-se a Cendrine Gluck.

— Archibald Winter morreu oito anos depois de Rosa Bonheur. A senhora sabe se o milionário voltou para o castelo depois da morte dela, algumas semanas antes de seu próprio falecimento, em um momento em que devia estar bastante fragilizado pela doença?

— É impossível saber com certeza — explicou a administradora do local. — Nunca encontrei nenhum registro dos convidados. Podemos encontrar indícios de algumas visitas nos diários e cadernos, mas, fora isso... seria preciso buscar nos arquivos, como o sr. Férel tinha começado a fazer. É um trabalho hercúleo!

Benjamin continuou:

— A senhora já ouviu falar de algum esconderijo no castelo? De alguma escada secreta? De um porão que leve a outro lugar?

— Receio que esse tipo de construção apareça com mais frequência nos romances que na realidade... Já investigamos todas as partes do castelo em buscas anteriores, e posso garantir que nada disso existe.

— E no parque? Um buraco no chão? Não me diga que não há nenhuma lenda em torno deste lugar.

Caïssa interveio:

— A vida de Rosa Bonheur, a artista deste lugar, é a única e exclusiva lenda.

A administradora sorriu e pediu para ver a escultura que representava Rosa e Anna.

— São realmente os traços de Rosa.

Caïssa e Claire estudavam os dois retratos.

— A senhora tem um jogo de xadrez? — perguntou Assane a Cendrine Gluck.

— Não — ela respondeu. — Aliás, Benjamin já tinha me feito essa pergunta. Assim como o pai dele, tempos atrás. Mas Rosa não jogava xadrez; imagino que ela não conhecia nem as regras do jogo. E Anna, até onde sei, também não praticava o jogo dos Reis.

— É observando essa peça que vamos descobrir a solução — disse Caïssa. — Se nada vier à nossa mente, significa que você deu um passo em falso voltando para cá, Assane.

A segurança dela deixou o gigante sem palavras. Mas aquilo não significava que ele estava errado. Significava apenas que ele deveria se concentrar mais. Ele já tinha esse costume, assim como Arsène, que sempre avaliava todos os aspectos de uma situação para tirar dela o melhor proveito.

Benjamin também analisava os dois rostos serenos. Se procurasse, acabaria encontrando. Foi com ele que tudo começou; seria, em certo sentido, lógico que tudo terminasse graças a dele. Mesmo que ele e Assane fossem um só.

Pedindo licença à sua anfitriã, ele passeou novamente por todos os cômodos, subiu até o sótão, foi até os arquivos. Quando o relógio marcava quase meia-noite, o grupo inteiro o imitou e começou a explorar o último lar de Rosa Bonheur.

Há momentos, em uma vida, em que se vive com mais intensidade que em outros. Momentos de exceção.

Benjamin segurava a peça com os dois rostos. No escritório de Rosa, ele fez uma pausa e a examinou com ainda mais atenção, debaixo da forte luz de uma lâmpada, observando os rostos de perfil. Foi então que percebeu que os dois perfis não se confundiam, mas se completavam. Aquilo era interessante, porque os rostos das duas companheiras eram completamente diferentes; ainda assim, o escultor conseguira, acrescentando um laço à cabeça de Anna e aumentando um pouco as bochechas de Rosa, obter um recorte aparente quando o conjunto era observado de perfil.

O filho de Férel teve a certeza disso quando, ao fechar os olhos, tateou a peça com os indicadores. O que ele sentia era o contorno de uma... chave!

UMA CHAVE! Parecia loucura, mas toda aquela aventura não tinha sido uma loucura desde o princípio?

Benjamin desceu, parou em frente a Cendrine Gluck e perguntou se não havia no castelo um cômodo cuja chave ela não tivesse.

A administradora franziu o cenho.

— Não, Benjamin, e também não sei se entendi o sentido dessa pergunta. O senhor está querendo dizer que...

Benjamin não ouviu o resto da pergunta. Não ouvia mais nada. Não enxergava mais, ao seu redor, nem a sala nem aqueles que ali estavam naquele mesmo instante. Todas as imagens que ele tinha acumulado quando visitou a propriedade de By começavam a voltar à sua memória, em uma velocidade alucinante. Ele precisava encontrar... Ele conhecia aquele formato... Aquele formato desproporcional! Ele já tinha visto aquilo em algum lugar. Mas onde?

No térreo?

No segundo andar?

No quarto de Rosa?

As cabeças de Rosa Bonheur e de Anna Klumpke coroando um tesouro. Que bela imagem!

E, de repente, seu espírito começou a arder: viu-se de novo no mirante em sua primeira visita. Em cima do ateliê. Chegava-se lá passando pelos arquivos. Durante um período de graça em que o tempo parecia ter parado, ele observara Caïssa dançando.

Benjamin chamou Assane, sua meia-irmã e Claire. Todos, ao constatar sua agitação, correram na direção dele.

— O pombal! — disse, quase sem respirar. — A fechadura do pombal...

Subiu até o sótão e passou por cima das caixas de arquivos. Saíram correndo atrás do Arquimedes de By, que finalmente parecia ter tido uma revelação.

Benjamin parou no pé da escadaria que levava até o mirante.

— Assane, preciso de uma escada.
— Uma escada?
— Uma escada.
O gigante interrogou a administradora com o olhar.
— Venha — ela disse.
Três minutos depois, estavam no telhado. Assane teve toda a dificuldade do mundo para carregar o objeto pela escadaria estreita, mas atendeu ao pedido do amigo e posicionou a escada no pé do mirante. Benjamin alinhou as barras superiores na direção do pombal.

Era plena madrugada. Um vento forte soprava, morno, ameno, carregado de aromas vegetais. Elizabeth Winter, Ray Kilkenny, Claire, Caïssa e as quatro meninas Gluck estavam no mirante, enfileirados, como se assistissem a um espetáculo.

Benjamin subiu na escada, segurando os rostos de Rosa Bonheur e de Anna na mão direita.

— O pombal está vazio — disse Cendrine Gluck. — Se você quiser a chave, imagino que ela esteja em meu escritório, em um dos inúmeros chaveiros do castelo.

— Tem certeza? — perguntou Benjamin.

Será que Cendrine estava começando a achar aquela história toda cansativa?

Mas Assane tinha entendido o que o amigo estava fazendo. Assim como Claire e Caïssa.

— Se a peça de madeira destrancar a fechadura do pombal — entendeu a jovem loira —, significa que o tesouro da Rainha está escondido nele.

Mas Cendrine não queria mudar de ideia.

— Estou dizendo que esse local está vazio!

Benjamin encaixou as duas cabeças na enorme fechadura e tentou fazer um movimento de rotação. A madeira pareceu encontrar resistência. Ele insistiu, mas sem forçar. Então, alguma coisa aconteceu.

A fechadura foi destrancada.

Benjamin ergueu a trava de madeira.

E as dobradiças da porta rangeram.

48

Mais uma porta se abria... encontrariam, enfim, um tesouro de verdade?

De onde estava, Elizabeth Winter acendeu a lanterna de seu DigiPhone e a virou na direção do pombal.

O pequeno espaço parecia vazio. Mas Benjamin não aceitava que aquela fosse mais uma pista falsa. Não! Uma peça de madeira encontrada na Califórnia que destranca um pombal na região de Paris... eles tinham que encontrar alguma coisa.

Assane, que tinha se juntado ao amigo, vasculhava as tábuas frouxas do chão do pombal.

— Cendrine — ele disse —, a senhora me autoriza a erguer estas tábuas?

— Não! — gritou a administradora.

Mas a Rainha, que não aguentava mais assistir àquela cena como uma testemunha passiva, mandou Assane e Benjamin continuarem.

— Eu pago — disse Winter. — Isso e todo o resto. Pago a reforma do castelo e a restauração do parque.

Cendrine desistiu. Afinal de contas, que risco ela corria além da possibilidade de adicionar mais um episódio à lenda de Rosa?

Assane quebrou uma primeira tábua, depois uma segunda, e Benjamin o ajudou a afastá-las. O barulho de madeira no meio da madrugada era alto.

— Querem ajuda? — perguntou Kilkenny.

Os dois amigos não responderam. Assane percebeu um brilho no buraco que tinham acabado de abrir.

— Tem alguma coisa aqui! Alguma coisa brilhante!

E, como tesouros são sempre brilhantes, por definição, o coração de todos os membros daquela assembleia disparou.

Benjamin enfiou a mão debaixo das tábuas e tirou uma caixa de madeira de tamanho médio; a tampa era gravada com um retrato de Danican, o fiel chihuahua do bilionário.

— O tesouro dos Winter — sussurrou a Rainha. — Aí está! Finalmente o encontrei!

Ela se corrigiu imediatamente, pois tinha uma promessa a cumprir:

— Finalmente o encontramos!

Não havia mais dúvida a esse respeito. Benjamin e Assane se juntaram aos outros no mirante para abrir a caixa.

Que ironia! Jules Férel passara dias inteiros ali, procurando um tesouro que estava a apenas alguns metros.

Foi Benjamin quem ergueu a tampa... e descobriu o tesouro.

Trinta e duas peças de um jogo de xadrez muito especial, porque cada uma das peças, desta vez, não era esculpida em madeira, mas sim em pedras preciosas.

Peças em formato de cachorro, de pombo, absolutamente idênticas às que Jules Férel e Elizabeth Winter tinham procurado no mundo inteiro.

Mas agora elas eram feitas em diamantes, esmeraldas, rubis, safiras... Eram pedras enormes, suntuosamente trabalhadas. O chihuahua de diamante devia pesar uns trinta quilates e valia, sozinho, uma verdadeira fortuna.

— É fabuloso — balbuciou Elizabeth, em lágrimas, emocionada.

Para ela, era o fim de longos anos de procura. Ela enfim tinha encontrado a fortuna da qual seu antepassado privara propositalmente sua família! Mas, acima de tudo, ela o desafiara através de gerações, mais de um século depois, a resolver aquele enigma deixado para as mentes mais brilhantes.

Benjamin, de sua parte, pensava na emoção que seu pai sentiria com aquela descoberta. Assane também estava tremendo diante de seu sucesso. O gigante tinha se jogado nessa aventura sem pensar duas vezes, sem nunca duvidar, ao lado do melhor amigo.

E ele tinha vencido! Seria a primeira de uma série de vitórias a vir? Tinha que ser.

Com o dinheiro daquele tabuleiro, o campo de possibilidades que se abria diante dele era imenso.

— Tem uma carta no fundo — notou Caïssa, igualmente emocionada.

Elizabeth Winter tomou coragem, afastou as peças para conseguir uma brecha e, com a mão trêmula, tirou a carta de dentro da caixa. Era uma carta íntima, uma correspondência familiar, que ela gostaria de ler primeiramente para si mesma.

Depois, ela a leu para os outros, em voz alta, e as palavras de Archibald Winter deixaram todos comovidos.

Caríssimo amigo,

Não sei quem você é, mas, se estou convencido de uma coisa neste instante em que o felicito, é de que você não é um dos meus três filhos, já que teve a inteligência, a força de caráter e o brilhantismo de conseguir encontrar meu tesouro.

Estou convencido também de que você é um jogador (ou uma jogadora) de xadrez de muito talento.

Meus parabéns! Meu tabuleiro precioso é seu. Esse é meu último gesto de desprezo pelos meus três filhos incapazes, que sempre se recusaram a jogar o jogo dos Reis. Eu o mandei ser lapidado pelos mais famosos ourives de Paris. Custou minha fortuna inteira. Não sei, no momento em que você o encontrou, qual é o valor das pedras preciosas de que ele é feito, mas não dizem que os diamantes são eternos? Aliás, esse seria um ótimo título para um romance de aventura... um romance do meu querido Maurice Leblanc.

Eu me diverti muito, nos meus últimos meses de vida, enquanto organizava essa caça ao tesouro. Espero que você também tenha se divertido ao longo de sua busca.

Vivi uma vida loucamente apaixonante. Espero que a minha morte não seja entediante demais.

Meu tesouro levou um xeque-mate. Você ganhou.

Com todo o meu afeto,
Archibald H. Winter

O grupo inteiro voltou ao andar térreo, ao salão, onde as conversas continuaram até altas horas da madrugada.

Uma breve negociação aconteceu entre a Rainha e Cendrine Gluck a respeito do tesouro. O dia estava começando a nascer, e as meninas da casa tinham preparado chá, café e alguns pães para que todos pudessem recuperar suas forças após aquela noite inesquecível.

Elizabeth Winter perguntou à anfitriã se ela conhecia um ourives de confiança, discreto, que fosse capaz de avaliar as joias e garantir sua autenticidade.

— Você precisa de um ourives de plantão — comentou a administradora.

Para ela, essa descoberta, depois que tivesse sido revelada, seria uma dádiva dos céus, mais um episódio sensacional a ser somado à lenda de Rosa Bonheur – que merecia brilhar cada vez mais.

O sr. Jeffery, ourives de Fontainebleau, um homenzinho atarracado cujos olhos eram tão verdes quanto esmeraldas e cujo nariz era vermelho como um rubi, chegou pouco depois das seis da manhã. Ele se isolou em um cômodo do andar térreo para analisar as peças bem de perto. A Rainha não conseguiu deixar de vigiá-lo da porta. Desde que o pequeno baú tinha sido aberto, ela não conseguia se separar do tesouro deixado por seu trisavô.

Quando o especialista saiu, meia hora depois, recusou com rispidez a xícara de café que Cendrine lhe oferecera.

— A senhora sabe — começou ele com uma voz suave como o som de uma flauta — que o meu tempo é precioso, não sabe? Sinto informar que todas as pedras são falsas. Muito bem-feitas, sim, mas não valem um centavo. A senhora me fez vir até aqui por causa de joias de brinquedo.

49

Elizabeth precisou juntar todas as suas forças para não desmaiar, enquanto Assane e Benjamin absorveram o golpe em silêncio.

— Não pode ser — disse a Rainha. — Não acredito! Meu trisavô jamais deixaria pedras falsas! Nunca! Ele gostava de brincar, sim, sabemos que ele era excêntrico... mas ele nunca nos enganaria a respeito da recompensa. Essas joias são verdadeiras, cavalheiro.

— Só me faltava essa! — sibilou o joalheiro, erguendo os ombros arredondados. — Verdadeiras como as que vêm de brinde em festinhas de crianças, isso sim.

Jeffery coçou a testa.

— De toda forma, a senhora mencionou seu trisavô... longe de mim cometer uma indelicadeza perguntando sua idade, mas parece-me que é um presente vindo dessa pessoa, ele deve ter deixado tal presente no início do século XX. Já faz quase cem anos.

— É isso mesmo — disse Benjamin.

— Então é impossível! — contestou didaticamente o ourives, erguendo o indicador. — Essas pedras não são feitas de vidro, nem mesmo de cerâmica. São de plástico, revestido de um verniz de alta qualidade. Sem querer ser preciosista demais, eu diria que elas vêm no máximo dos anos cinquenta!

— Mas isso é impossível! — gritou a Rainha.

Assane não quis se envolver. Ele já estava suspeitando de algo, e o joalheiro tinha acabado de confirmar sua suspeita.

— Se for isso — disse, então —, vejo apenas uma explicação para esse último enigma acerca do tesouro deixado por Archibald Winter: alguém trocou o original por uma cópia barata há cinquenta anos.

— No fim da guerra — balbuciou Cendrine Gluck.

Assane, Benjamin, Winter, Caïssa e Claire se juntaram em torno dela. A anfitriã agora precisava falar, pois parecia ter uma importante informação a transmitir.

— Durante a Segunda Guerra Mundial, o castelo sofreu alguns danos. Primeiro fizeram dele um hospital; depois foi ocupado por refugiados, soldados franceses e alemães, e finalmente se tornou um asilo para idosos até 1941. Em 1950, obras foram realizadas para restaurar alguns cômodos, e...

— E — completou Assane — durante essas obras, reformando o pombal, por exemplo, certamente espíritos e mãos mal-intencionados roubaram o verdadeiro jogo de xadrez e o substituíram por uma imitação.

Ninguém falou mais nada. A decepção era imensa. Até o ourives, que tinha acabado de entender o que estava acontecendo, mordia os lábios em desaprovação.

Elizabeth retomou a questão:

— Quem foi o responsável por essas reformas? Qual era o nome dele? Quem foi que deixou uma caixa falsa em vez de levar tudo, inclusive a carta de Archibald, e queimá-la para que os caçadores do tesouro de Archibald fossem levados a acreditar que fracassaram mais uma vez? Quem? Quem?

Imediatamente, ordenou a Kilkenny que começasse as investigações para descobrir o nome da empresa responsável pela reforma do pombal.

— Vamos seguir os passos dessas pessoas — ela prometeu. — Vamos dissecar seus extratos bancários e, mesmo que isso me custe o preço do verdadeiro jogo de xadrez, ou até mais, eu vou até o fim!

— Nós vamos até o fim — corrigiram Benjamin e Assane em uníssono.

O ourives foi embora, e os dois amigos decidiram dar uma caminhada pelo parque.

— Foi uma meia derrota para nós — disse Benjamin.

— Está brincando, irmão? — respondeu o amigo. — Foi uma meia vitória!

Diante de um pequeno templo, redondo como um moinho sem as pás, em cujo teto cônico havia uma bandeira de ferro gravada com dois corações, os amigos se abraçaram. Quantas aventuras tinham acabado de viver juntos!

Quanta intensidade!

Estava chegando a hora de retomar o curso normal da vida.

Mas seriam capazes disso?

Poucas horas depois, ainda pela manhã, Benjamin conversou com a mãe por telefone. As notícias finalmente eram boas, e ele as dividiu com Caïssa, Assane e Claire.

Jules havia acordado e tinha tudo para se recuperar bem. Chegou até a dizer aos filhos algumas poucas palavras, porém ternas e tranquilizadoras. Benjamin também teve a oportunidade de se reaproximar da mãe. Édith mostrou-se admirada pelos feitos do filho e de Assane e até pediu desculpas pela maneira como tinha se comportado.

— Na vida, sempre há tempo para corrigir os próprios erros — ela concluiu, sem deixar claro a quem se referia.

Ela chegou a confessar para o filho seu desejo, que esperava que fosse compartilhado por Jules, de se afastar um pouco dos negócios e dar mais espaço para ele gerenciar os antiquários.

Benjamin preferiu não comentar. Ele sabia que não queria aquilo, não havia dúvida. Mas aquele não era o momento apropriado para contar aos pais. Ele não queria mais aquele vínculo forçado de trabalho. Esses últimos dias também tinham colaborado para sua emancipação. Benjamin assumiria sua independência e deixaria o império Férel, pelo menos profissionalmente.

Por que não abrir sua própria loja, perto do mercado de pulgas de Saint-Ouen? Afinal de contas, mesmo que a caça ao tesouro não tivesse gerado os resultados financeiros tão esperados, ele tinha um bom talento para a negociação – e ainda ficaria mais próximo de Claire... mas guardou este último pensamento para si. De toda forma, dividiu o projeto com Assane, que ficou imediatamente empolgado:

— Você vai se dar muito melhor em uma loja própria! Já consigo imaginar!

E, como Elizabeth Winter tinha se juntado a eles, Assane acrescentou, em inglês:

— *Downstairs, the shop, upstairs, the adventure!*

Ao redor da mesa, as pessoas sorriram. Caïssa se ofereceu para vir trabalhar em um dos andares, de preferência no segundo, durante as próximas férias.

A Rainha aproveitou para anunciar que já estava voltando aos Estados Unidos.

— Tenho negócios a fazer. Ray vai ficar na França pelo tempo que for necessário para continuar nossa investigação — ela disse.

Benjamin e Assane saborearam esse "nossa" muito bem colocado.

Eles insistiram para acompanhá-la até os portões do castelo. A diretora da Chorus queria decolar de Orly ainda naquela manhã.

Um sedã de vidros escuros a aguardava na porta, com o motor roncando. Os portões estavam abertos.

— Vou cumprir todas as minhas promessas — disse Winter antes de se instalar no banco traseiro do veículo. — Todas. Inclusive a que fiz para a senhora — prometeu a Cendrine Gluck. — A diretora jurídica da minha empresa vai entrar com contato em breve para estabelecer um acordo de mecenato.

Cendrine agradeceu.

— Deixei a escultura de Rosa e de Anna em cima da mesinha de cabeceira — Elizabeth completou. — Eu gostaria que ela fosse entregue a Jules Férel.

Ela olhou nos olhos de Benjamin.

— Acho que seu pai merece. Como uma lembrança dessa história tão singular. Na hora certa, virei pessoalmente apresentar meu pedido de desculpas pelo meu comportamento pouco apropriado.

A promessa não parecia muito firme.

— Também gostaria de dizer a vocês que apreciei nossa colaboração. Mesmo que o início tenha sido bastante caótico, logo aprendemos a nos conhecer, vocês não acham?

Os dois amigos concordaram, pois era verdade, pelo menos em parte.

— Eu me comprometo a fornecer a vocês, à vontade e para sempre, conforme vocês tiverem desejo e necessidade, equipamentos de altíssima tecnologia. Até meus protótipos, se vocês tiverem interesse. No momento estamos trabalhando no DigiPhone que vocês acabaram de usar, mas também em um computador de bolso sem teclas, além de um drone de uso pessoal que pode revolucionar o mundo do entretenimento. Não tenham dúvidas.

Benjamin e Assane guardaram essa oferta. Quando chegasse o momento, isso poderia ser útil, até produtivo. Além disso, era sempre bom contar com uma mulher tão poderosa entre as pessoas próximas, *wasn'it*?

Nesse momento, ouviram um breve toque que vinha de um dos bolsos da calça jeans da Rainha.

Ela pegou o DigiPhone e acendeu a tela com um simples gesto. Leu a breve mensagem recebida e balançou a cabeça.

— Parece que Ray descobriu o nome do empreiteiro que trabalhou sozinho na reforma do castelo no começo dos anos 1950. Só foi preciso consultar alguns arquivos na prefeitura. Minha equipe de advogados vai se encarregar de descobrir o que é possível fazer contra ele, certamente contra seus descendentes.

Ela releu a mensagem, visivelmente satisfeita.

— É um nome bastante comum.

E virou o celular na direção dos dois aventureiros.

Para Assane, foi como se ele se visse no meio de um campo, debaixo de uma tempestade, com os braços erguidos para o céu, atingido por um raio fulminante.

50

Pellegrini.

Assane tinha lido direito.

Antonio Pellegrini.

Aquele nome que significava tanto para ele.

Antonio, pai de Hubert Pellegrini, o último patrão de seu pai, Babakar; que acusara seu pai de roubo, que o mandara para a cadeia, onde o pai tinha se suicidado, colocando sua honra acima de qualquer coisa, acima até do amor que tinha pelo filho.

Assane se lembrava de ter lido em algum lugar que os Pellegrini deviam sua fortuna ao trabalho incansável de Antonio, um empresário na área da construção civil. Mas Antonio tinha apenas empreendido, o que era nobre, ou roubado, o que era criminoso?

O gigante perdeu as forças, e Benjamin, que tinha percebido – e, principalmente compreendido – sua emoção, correu para apoiá-lo.

Então o pai de Hubert era o ladrão! Ele construíra seu império em cima de um roubo!

— O cansaço chegou? — perguntou Elizabeth Winter enquanto se acomodava no carro.

Assane, ainda sob efeito do choque dessa revelação, sentia crescer dentro dele o calor da raiva. Pellegrini acusara seu pai de roubo, enquanto toda a sua fortuna tinha vindo do roubo do tesouro de Winter, desse jogo de xadrez feito de pedras preciosas de valor inestimável... esse tesouro que voltaria para *eles*!

Em todos os momentos importantes de sua vida, a sombra dos Pellegrini surgia para atordoá-lo.

Assane jurou que encontraria o tesouro. Mesmo que precisasse esperar um ano, cinco ou dez, ele aguardaria o momento certo para atacar.

Não, pensou Assane. *Não foi o cansaço que chegou, minha cara Rainha; é só o próximo golpe que vou dar*.

Ele sempre teve certeza da inocência do pai, assim como estava convencido, agora, de que os Pellegrini tinham feito fortuna sobre um roubo. Ele provaria, contaria ao mundo. Tinha talento para isso.

Assim como seu herói preferido.

— Uma última coisinha para você, Assane.

Elizabeth Winter estendeu-lhe um envelope branco simples.

— Posso chamá-lo de Assane?

Ele não respondeu.

— Você vai encontrar neste envelope uma espécie de convite para uma viagem. Tem o nome de um aeroporto no norte do Canadá, perto do qual tenho uma propriedade. O lugar é maravilhoso, muito selvagem, perfeito para encontrar calma e paz. O convite vale para você também, Benjamin. Abram o envelope depois que eu tiver ido embora.

Eles se despediram calorosamente – mais do que apenas por educação.

E, enquanto o carro saía do pátio do castelo de Rosa Bonheur, deixando para trás uma chuva de pedrinhas, Assane abriu o envelope e tirou dele um pequeno retângulo de papel no formato de um cartão de visita.

Ele não pôde evitar um sorriso e imediatamente mostrou a Benjamin a única palavra que estava escrita ali.

O aeroporto canadense em questão era o aeroporto de...

51

Lupin

Agradecimentos

Que aventura foi escrever este livro! Um grande obrigado a Cécile Térouanne e a Isabel Vitorino, minhas editoras, por sua confiança.

A George Kay, roteirista da série *Lupin*, por ter me "emprestado" seus personagens pelo tempo de um romance inteiro.

A Joe Lawson e a Cindy Chang, da Netflix Publishing.

E a Leïla, que conhece tão bem Rosa Bonheur e fala dela com tanta sensibilidade.